书与人

梁治平 著

生活·讀書·新知 三联书店

Copyright ⓒ 2022 by SDX Joint Publishing Company.
All Rights Reserved.
本作品版权由生活·读书·新知三联书店所有。
未经许可,不得翻印。

图书在版编目(CIP)数据

书与人/梁治平著.—北京:生活·读书·新知三联书店,
2022.1
ISBN 978-7-108-07209-2

Ⅰ.①书… Ⅱ.①梁… Ⅲ.①散文集-中国-当代
Ⅳ.① I267

中国版本图书馆 CIP 数据核字(2021)第 141337 号

责任编辑	饶淑荣
装帧设计	康　健
责任校对	龚黔兰
责任印制	宋　家
出版发行	生活·讀書·新知 三联书店
	(北京市东城区美术馆东街 22 号 100010)
网　　址	www.sdxjpc.com
经　　销	新华书店
印　　刷	河北鹏润印刷有限公司
版　　次	2022 年 1 月北京第 1 版
	2022 年 1 月北京第 1 次印刷
开　　本	880 毫米 × 1230 毫米　1/32　印张 10.625
字　　数	245 千字
印　　数	0,001-5,000 册
定　　价	78.00 元

(印装查询:01064002715;邮购查询:01084010542)

目 录

热爱书籍（代序）……………………………… 1

书 览

为乐趣而读书 …………………………………… 3
于出入间看美国 ………………………………… 6
从清末学风的"趋新趋旧"说起 ……………… 8
集体表象与心史的研究 ………………………… 12
两部英语世界的法律辞书 ……………………… 17
书的新与旧 ……………………………………… 20
再生之途：法律与宗教的"综合" …………… 25
辜鸿铭现象 ……………………………………… 29
《丰子恺漫画》 ………………………………… 33
《奥古斯都》 …………………………………… 37
《中国学术思想史随笔》 ……………………… 40

译事难 …………………………………………… 43
人类的故事 ………………………………………… 46
茨威格人物传记两种 ……………………………… 50
12世纪的文艺复兴 ………………………………… 53
发现盖尤士 ………………………………………… 56
罗马法教材两种 …………………………………… 59
《名公书判清明集》 ……………………………… 63
一份用法律记录的社会档案 ……………………… 67
我们生活的三个世界 ……………………………… 72
暑假读书计划 ……………………………………… 75
"漫画"法治 ……………………………………… 79

书 评

"现代化"的代价 …………………………………… 85
读《不含规范的伦理学》 ………………………… 93
重新解说西方法律史 ……………………………… 101
法不等于法律 ……………………………………… 110
"公法"与"公法文化" …………………………… 118
故纸中的法律与社会 ……………………………… 127
用自己的语言发言 ………………………………… 135
从市场经济到法治的市场经济：吴敬琏的
　　改革词典 ……………………………………… 140

底线与共识……149
当代儒生面对的三种挑战……154
《华夏治理秩序史》读后……160
谈《法律东方主义》……165
认识韦伯，善用韦伯……175
天下枢纽：我们时代的问题与思考……185
思考现代儒学的困境与出路……196
"比较法"的三种形态……201
《中国法律史研究的三重困境》简评……212
我与你：一种法哲学视野中的人地关系……219

书与人

认真的人和他的一生……233
一个"绝不从时俗为转移"的纯正学人……237
"《读书》服务日"忆旧……241
无言的纪念……244
我认识的何美欢教授……247
追念蔡定剑教授……252
一个华语社会学家的努力与追求……258

序与跋

《书斋与社会之间》自序……271

《法治十年观察》序 …… 273
《寻求自然秩序中的和谐》台版前言 …… 277
《梁治平自选集》自序 …… 281
序《公羊学引论》 …… 284
序《法理学的世界》 …… 288
序《法治与文明秩序》 …… 290
序《在东西方之间的法律哲学》 …… 292
序《天下的法》 …… 297
序《法律的灯绳》 …… 301
《秩序与信仰》中译本序 …… 305
礼法之争再思 …… 313
薪火相传的燃灯者 …… 315
《为政》答问七则 …… 318

后　记 …… 327

热爱书籍（代序）

30年前，我不曾想到，有一天世界上会有那么多书（按：指能够令识字者感觉乐趣之书，不包括红宝书以及农桑医书等类），买不尽，读不完，更不用说，我在自己家中就可以坐拥书城。同样，现在30岁以下的人也绝难想象，就在并非很久以前的那个年代，书是何等珍贵之物。

我开始学会阅读的时候正是"文革"之始，而直到80年代初我大学毕业，这个社会仍未走出书荒时代。这种经历塑造了我与书的关系。

有一个经历了那个时代的人说，他看到过一本书如何被人们读"没"了。这不是夸张之辞。我那时读过的书，一多半是这种将"没"未"没"之书。这种书首尾皆无，绵如败絮，书页翻卷，字迹漫漶，前后残破最重，甚者上下裂为两截。读这种书，先要清理勘察，拼接残页，读时一页变作两页翻。这需要耐心，也需要技巧。但就是这样的书，也经常是求之而不得，因为在当时，它们不仅是禁书，而且毫无例外都是绝版书。书的数量不变，读者却有无限增加之势，结果，一本书在无数人手中流传、翻阅，直至磨损销蚀，终归于无。

　　书既如此难得，读者求书的饥渴之情也就可想而知。从第一次品尝到读书乐趣开始，我就没有摆脱过那种求书若渴的状态。从小学到中学，生活中令人兴奋的事许多与书有关。为读到一本书，可能要经历漫长的等待和曲折，其间的想望、焦急、兴奋、沮丧和失望，难与外人道之。其实，当时求书的标准既非"古典"，亦非"名著"，我也不可能有什么读书计划，永远是抓到一本读一本，碰到什么读什么。从那些破烂不堪的"旧书"如《三家巷》《林海雪原》《苦菜花》，到当时流行的"新书"如《金光大道》《艳阳天》，从繁体字版的苏联反间谍小说，到散发霉味的才子佳人小说如《梁山伯与祝英台》和《杨家将》，还有得之偶然的《克雷洛夫寓言》《高尔基短篇小说集》等，一本都不放过。

　　上大学以后，周围的书日渐增多，但我对书的渴求并未稍减。因为要恶补儿时不足，读书欲望十分强烈。而在那时，我早先就有的"藏书"喜好也有了发展。起初，书店里新书有限，佳作难求。每闻书讯，我必设法求购。学校在重庆市郊，坐车到市中心书店，辗转换乘，往返要三四个小时。有时因故不能立即前往，只好托同学代购，或者等待数日再去，但只要书未到手，总是寝食难安。

　　那时买书大有"抢购"的味道。好书本来就不多，书店每次到书的数量又十分有限，常常是书到几天以后便售罄，而出版社又不会因应市场需求增加印量。因此，能不能买到心仪的好书，一半靠信息，一半靠运气。比较保险的办法是邮购和订购。由潘念之先生主编、知识出版社出版的《国外法学知识译丛》，便是我那时邮购所得。这套书根据法律学科门类,选译欧美及日本主要百科全书中的法律条目,可以算是"文革"后最早的一套法律译丛。这套书的出版开风气之先,为像我这样读了几年法律本科但却没有接触过什么像样的法学书的学生带来一种异常的兴奋。我就是在那样一种兴奋的心情下,活学活用,把其中的知识运用、发挥到一门我最喜爱的课程的期末考试中,结果大获老师赞赏。大学时订购的图书还有商务版的《汉译世界学术名著丛书》,这套书把商务印书馆50年代以来翻译出版的西方社会科学与人文学经典重新印行,分量最重。它们后来伴我辗转南北,数量不断增加,成为我书橱中最坚固的部分。

大学毕业后到北京,先读书,继而教书。书读得多,买得更多。北京是文化中心,出版社云集,书店也多,加之80年代以后出版业日渐发达,可买之书和能买到之书也越来越多。那是一个生气勃勃的年代,也是一个充满购书乐趣的年代。我常常骑车逛书店,跑书市,不拘远近,无论大小,常有所获。不数年,我的"藏书"就从最初的几箱,发展成一面墙的满满一书柜。访客到来,无不对这一面书墙印象深刻。某次有编辑来访,在书墙前站立良久,最后操着南方口音一字一顿地说:"本本都是好书。"这让我有很大的满足感。

我的购书和"藏书"正好与这个社会走出书荒的过程同步,这种经历给了我一种狂妄的自信,以为可以尽收天下好书。渐渐地,我发现这是一种错觉,一种由狭隘的经验中生出的错觉。"好书"不仅读不完、买不尽,就是要跟上其出版的节奏也越来越难了。更糟的是,藏书日增,记忆也开始出错。以前总能轻易地在书架上找出要用的书,但是后来,为寻一本书可能要花去大半日时光。再往后,重复买书的情况居然也不止一次地发生。这时我不得不承认,读书虽然不够,买书已经太多。买来的书,恐怕有许多是不会读了。尽管如此,我仍在不停地买书。

80年代末,第一次有机会走出国门,我求书的热情便立即倾注到异域书肆。那时国内书店尚无西文书卖,用信用卡在互联网上购书更是闻所未闻。因此,在海外淘书便具有一种特别的意趣。在美国的哥伦比亚大学和哈佛大学访学期间,我不但遍访两校周遭书店,也不放过街边书摊和慈善性的书市,节衣缩食,以多得一书为乐。我书橱里的英文书从那时开始便有了一点规模。十年后,再访美国,我虽然一再告诫自己买书要克制,结果还是像一个意志薄弱的易受诱惑者,一而再、再而三地屈从于心底对书的欲望。我那几年所记的日记,几乎就是一本求书的记录。

如今,我的书斋已经变成"书灾",这种灾难已经迫使我不能不有所收敛。但是即便如此,就是走过街边最不起眼的小书店甚至小书摊,我还是下意识地要多看几眼。我自认为这是一种"病态",而"病根"是30年前种下的。

这"病"有多种症状,比如有书洁癖。早年那种没头没尾破破烂烂的书读多了,颇知道敬惜字纸的道理。以后每得一书,都要用硬纸包裹,做成护封。后来书多了,包不胜包,这爱护书籍的好习惯慢慢也就放弃了。不过,买书时左挑右选,对书的外观百般挑剔的习惯没有改。书洁癖也延伸到书的美观。不但装帧、设计、版式,而且纸张、色泽、质感,都是观书、买书时考量的因素。

书洁癖源于敬书。因为早年的经验,书在我眼中带有神秘性,拥有一本书更具有特殊意味。我不忍看书受到"虐待",不管是因为受到污损还是轻忽。我不愿将书页折角,也不愿把书随意放置,甚至，我不愿轻易地去读一本书。读书要有始终，要有系统。读一本好书，虽不至先沐浴焚香，但也总要在心理上和时间上有所准备。我的许多读书计划因此而一再推迟。

不过，所有"病症"中最突出的还是购书癖，这种癖好就似一种强迫症：见了书店忍不住要进，见了书忍不住要买，有了书舍不得扔。现在图书市场发达，早先那种欲求一书的焦虑、错失好书的怅然、一书在手的满足，也已经慢慢淡出，但是见了书店，依然两眼放光；进了书店，依然很容易陷入一种买书没有节制的境地。其实我心里明白，我并不真的需要这么多书，我的书架也容纳不了这么多书。我也曾痛下决心，自立规条，但总是忍不住破戒。当然，我可以为自己的不理性找出许多理由，如自己藏书的便利、书的不同用途，以及个人的读书习惯，等等。不过，我细细分析自己的心理，发现在心灵深处起作用的，仍然是儿时那种求书若渴的经验。

就因为当年的经验太过深刻，即使后来世事变迁，秦火不再，书早已不再是稀缺物、奢侈品，深埋心底的对书的饥渴仍然没有消除。的确，读的书越来越不及买的书多，这却不是减少藏书的理由。相反，读书愈加有限，藏书就应当愈多。书在手边，让你觉得书中的世界也近在咫尺，伸手可及。这不只是一种虚幻的满足，最重要的是，它给人一种安全感。这种心理很像杰克·伦敦在一部短篇小说里描写的情形。小说写一个陷入绝境的荒原旅行者，他饥寒交迫、精疲力竭、孤独无助，唯有求生的意志支持着他挣扎向前。在他身边，一只同样衰弱的荒原狼随伺左右。他们当中只有一个能够活下来。最后，人和狼纠结着倒在一处，那人紧紧咬住狼的喉管，再也不松口。在失去知觉之前，他感到有一股暖暖的东西流进了自己的喉咙。在小说的结尾，终于获救的旅行者慢慢地恢复了正常，但是人们发现，他经常在自己的背囊里和床铺下藏匿许多食物，那些食物已经长霉。

这篇小说的标题是："热爱生命"。

本文发表于《政法论坛》2011年第3期

书览

为乐趣而读书

"诗言志""文以载道",这是中国的文统。依此,读书便含有道德教训的味道。尤其是经典一类,即或不一定要板着面孔来读,总要正襟危坐才好。部分因为这个缘故,供人消遣的小说之流,在传统文评中没有地位,最多算是末流。然而在西方,为消遣而读书似乎并非不雅的事情。生活在16世纪的英哲培根写道:"读书为学的用途是娱乐、装饰和增长才识。在娱乐上学问的主要用处是幽居养静。"(《培根论说文集》)这种读书为学的态度与基督教文化中的个人主义传统恐怕不无关系。进入现代,人们愈发地注重个性,追求快乐。蜚声文坛的小说家毛姆干脆对他的读者说,"为乐趣而读书"。(毛姆:《书与你》)乐趣因人而异,没有统一的标准,所以,毛姆又主张,书于读者的意义,只有读者自己才是最好的裁判。"试问,谁能要求那使某人快乐的事情一定也要使别人觉得快乐呢?"不但批评家的权威和公众的定评不足采信,读书方法也无一定之规。可以用跳读的办法,略去冗长、沉闷的段落,也可以同时预备五六本书,依心情不同随意选读。

读书的原则确定了，依此开列一个书目却还是件难事，欧美文学史上，称得上名著的作品真不下千百种。然而并非只要是名著，便能为人带来乐趣。且不说各人趣味不同，仅仅是由于时代的变迁，人们的审美意识就可能大不同于以往。有些曾经激动人心的作品，变为学究研讨的对象，对于那些"除了职业以外仍有闲暇"的普通读者不再有什么吸引力了。怎样对这些名著重加取舍呢？毛姆提出一项具体标准，即书的可读性。"一本具有可读性的书必定意味着书中许多事物与你有所关联"，它能引起读者的共鸣，因为，"这些书中所蕴含的人性对我们大家而言，都是熟悉而亲切的"。循着这条途径，毛姆引导他的读者进入了一所艺术的殿堂。在那里，我们将愉快地认识和重新认识许多优美动人的作品。无论是小说、传记，还是诗歌、散文，也无论是作品的艺术特色和得失，还是作者的个性及成败，都是他品评的题目。

与一般人不同，毛姆不是把一张枯燥的书单硬塞给读者，也很少像职业批评家那样做抽象的理论分析，他只是以一个艺术家特有的敏锐，娓娓道出他自己对这些作品的细微感受。着墨不多，但往往能一语中的。比如，关于斯威夫特的《格列佛游记》，他说，其中"有机智的嘲讽、巧妙的思维、丰富的幽默、残酷的讥嘲与生命的活力，全书文体美妙得令人惊叹"。而菲尔丁的《汤姆·琼斯》，则是"英国文学中最爽朗的作品，一本漂亮、勇敢而欢愉的书……一本洋溢着男性活力而且又有益的书，从头到尾没有一点欺骗，它能使你的心温暖"。他还赞美爱弥丽·勃朗特的《呼啸山庄》，说它"充满激情，深切动人；像伟大的诗篇一样深刻而有力"，"它是源自你生命根源之处的一种破碎、扭曲的经验"。论及爱伦·坡的诗，他写道："它们犹如威尼斯画派的一些伟大名画，那出人意表的美使人屏息凝神,在那瞬间你将满足于只用你的感官去感受。你根本不在乎它们如何引发你的幻想。"作者笔下还有许许多多的人物和作品,信手拈来几例,虽不足使人领略该书全貌,但也或可以得其一二。奇怪的是,对于有些无论在文学史上,还是在今日普通读者心目中都堪称重要的杰出作家,如欧洲文学中的雨果和契诃夫、美国文学中的杰克·伦敦和艾略特,作者都略而不提。这,恐怕只能以作者本人的好恶来解释了。

虽有这样的缺憾,还是可以说,这本只有6万字的小书所包含的容量,远远超出了它的篇幅。全书行文流畅,简洁明快,处处可见作者的机智、幽默,亦不乏真知灼见。小书的作者就像一位饱学而热情的导游,引领他的读者,从不列颠岛扬帆启程,在广袤的欧洲大陆做匆匆的巡礼,然后,在古典世界的最后一缕光辉中渡过大洋,在新大陆充满生机的世界里驻足。这是一次充满乐趣的旅游,此后,已入门径的读者可以离开向导,在那满是瑰宝的奇异王国里继续他的漫游。

原载《书林》1987年2月号

于出入间看美国

日前,于路旁书摊上偶然见到梁厚甫先生的近作,书名《海客随笔》。拿来一翻,竟不忍释手。书中所收全是千字小文,范围主要以美国社会为主,上自美国政体、民族心理,下至女子减肥、餐室小账,举凡美国社会中事,政治、经济、文化、教育、新闻、时尚,天上地下,过去未来,事无巨细,都在议论之中。梁先生观察敏锐,角度特异,常能由表及里,以小见大,在他人不易注意的地方做出好文章来。

谈及美国,人多对其至强至富有深刻印象。实际上,至强至富之下,难保没有至贫至弱之处,不可一概而论。梁先生谈美国人的爱国心便是如此。美国人并非统统爱国,亦非统统不爱国,梁先生由财产方面、年龄方面、肤色方面,逐一分析其爱国心的层次,得出若干结论来,不由你不信服。又如,梁先生由美国选举制度的种种,谈到美国人的厌恶民主,进而提出"美国是否民主国家"的问题,这样的问题本身便很有吸引力,细读之下,必有所得。

书名取《海客随笔》,甚是贴切,客居海外,有两层意思,既然是"居",自然要入乡随俗,同美国人打成一片。街头巷尾,酒吧舞厅,所见所闻,都是美国社会中最平常事。不特如此,异邦的风情世故,人情冷暖,也要一一去亲身体味。这样,美国的形象于作者便是具体而真切的了。此其一。居而为客,作者与一般的美国人又有了不同,更何况,数千年的中国文化在他身上留下了深深的烙印。所以,在"随俗"之外,作者还能置身事外,以局外人的冷眼,静观美国社会的种种。书中关于读书的两篇文章把中国人和美国人的读书态度做了一个比较,读来颇有新意。《绳其祖武与反其祖武》一文,比较了中国人的"敬祖"和美国人的"反祖"两种相应的文化传统,发人深思。这样的角度,这样的写法,在书中随处可见,设若不能居而为"客",这样的文章恐怕是写不出来的。此其二。梁先生长于写时评,其随笔亦如其时评文章,写得生动流畅,深入浅出,亦庄亦谐,议论风生。论及美国社会种种现象,不掩恶,不溢美,难能可贵,文章的结论往往出人意料,但并非故作惊人之语。当然,作者的看法未必句句正确,但它提供给读者许多新鲜活泼的观感。

读毕全书,有一点实在难以释怀。此书既无序跋,也无编者言一类,读后竟不知其来龙去脉。本来,书的写作、编辑、出版、流传正有它自己的生命史,似这样,赤裸裸来到人间,编者亦不著一字以为说明,实在不足为训。

原载《博览群书》1986年3月号

从清末学风的"趋新趋旧"说起

近代著名学者王国维,早年曾醉心于西方哲学和美学的研究,他所写的《红楼梦评论》,在文艺批评史上,是以西方哲学和美学观念剖析中国古典文学名著的第一次尝试。然而,他后来竟完全放弃"文哲之学",转而将毕生精力付诸中国古代文物制度的考证。就他而言,这不过是个人治学生涯中的转变,但以时代观之,其中却含有特殊的意义。清末学风的这种"趋新趋旧"并不仅限于一人一事。它是社会变迁带来的各种矛盾在学术界的反映,简言之,是一种特殊的文化现象。

较王国维早30多年出生的严复,是中国近代史上著名的启蒙学者。他早年曾大力倡导"西学",于系统介绍西方学术思想和科学观念方面,筚路蓝缕之功终不可没。但至晚年,这样一个斗士竟也对西方的科学、政制失望之极,复转向中国传统文化。他在给门生的信中说:"鄙人行年将近古稀,窃尝究观哲理,以为耐久无弊,尚是孔子之书。《四书》《五经》,固是最富矿藏,唯须改用新式机器,发挥淘炼而已。"这分明是"中学为体,西学为用"的另一种说法。当时，经历了这种转变的学人恐怕不在少数。

何以如此呢？

19世纪中叶，西方列强用兵舰和大炮打开了中国的大门，向以老大自居的"天朝大国"窘相毕露，数千年积弊暴露无遗。中国人痛感于国家贫弱，国难当头，遂起而研习"西学"，以为开启民智、富国强兵的救国之道。一时间，"新学"风靡，人心向洋。但是，改良终未成功，革命打破了旧秩序，而新的立足点却未寻得，平衡顿失。这便是一代学人的苦恼。深自反省，严复得出了这样的结论："间尝深思世变，以为物必待极而后反，前者举国谙于政理，为共和幸福种种美言夸辞所炫，故不惜破坏旧法从之。今之民国已六年矣，而时事如此，更复数年，势必令人人亲受痛苦，而恶共和与一切自由平等之论如蛇蝎，而后起反古之思。"（《严几道与熊纯如书札节钞》，《学衡》十三期，转引自叶嘉莹著《王国维及其文学批评》第45页）自大距盲信仅一步之差。从死读经书，侈谈华夷，到"为共和幸福种种美言夸辞所炫"，尽弃"旧法"，盲趋"西学"，不过咫尺间事，历史的辩证法就是如此。然而，果真只是由于目睹西方政制种种弊端才生出"反古之思"吗？且不说把中国政治的窳败归咎于"新学"的影响是士大夫们的偏见，对"西学"的失望也并非产生"反古之思"最重要的原因。

19世纪的西学东渐，是帝国主义侵略中国的副产品。因此，中国人的接受"西学"，出自对历史的自觉意识者少，而于民族危亡之际，图求生存，不得不为的消极因素居多。所以，后来由"西学"再返归"国粹"，也是两种文化之间冲突至于不可调和的产物。

华夏文明源远流长，数千年间充满曲折变故，亦不乏与各种文化势力的冲突、融合。那么，何以唯独中西文化的冲突在当时是不可调和的呢？答曰：前此中国历史上的所有征服者，文化的发达远逊于被征服者，因是辄为当地文明所同化。但是，19世纪的入侵者所代表的，不仅是"船坚炮利"或"奇技淫巧"，还是一种高度发展了的文化，即欧洲的基督教文化。它保留了古希腊的民主共和传统，吸收了古罗马的个人本位观念；它务实而充满进取精神，把无穷的精力用来征服周围的世界。追求"无限"、生死以之的浮士德就是这种精神的人格化。同样的科学发明和技术进步，在中国被视为雕虫小技，在西方世界却被尽可能应用于战争、航海、商业和扩张。这不是偶然的。近代资产阶级的崛起，把上述进取精神同对利润的追逐结合在一起，变成一种没有止境的占有欲和统治欲。与此相反，中国传统文化的精神是恬淡自足的中庸哲学。儒家积极的道德实践和老庄消极的避世哲学被巧妙地糅合在一起，形成一种尊古崇圣的保守传统和洁身自好的消极哲学。由宋明始，这一古老的文明便日益表现出老化和惰性。它固执而缺乏热情，满足于现状而又沾沾自喜，一副龙钟老态，在历史的旅途上蹒跚而行。可笑的是，面临外侮，它依旧抱残守缺，妄自尊大，直到被人打破大门，在自家庭院里横行无忌，才赶忙起来办学堂、造船舰，以为只要"师夷长技"，便终可"制夷"。甲午之战粉碎了洋务派的迷梦。中国人方始懂得，只有坚船利炮是不够的。物质之后尚有精神，不学西人的文明制度怕是不行的。于是，方有严复的大量译著，康、梁的变法维新。但是，欲吸取"西学"之长，使之有益于中国社会，非彻底改造旧有文化不可。然而，当时能真正摆脱中国传统文化的褊狭，基于对两种制度、两种文化的深刻认识，以自觉意识改造旧文化的究竟能有几人？康有为的"托古改制"是传统的变法模式，与旧文化有千丝万缕的联系。他的学生和助手，名噪一时的变法领袖梁启超，最后也沦为保皇派，退回书斋。早年投身于启蒙的学人，或如严复、刘师培等，进了"筹安会"，忙不迭地去拍袁氏皇帝的马屁，或如罗振玉辈，结交遗老，效命清廷，终于沦为汉奸，为国人所不齿。至于本文开始提到的王国维，虽在学术研究诸多领域均有建树，终以不惑之年，拖着一根长辫，自沉于昆明湖，给后人留下深深的惋惜和一个难解的谜。

谈论历史人物，难免评其得失，但并无苛求前人之意。说这些人的悲剧是因其阶级立场所致，也许不错。但我们通常说的历史局限性不正是指一种特定的、发展到一定阶段的文化吗？任何时代，任何国度，处于两种文化剧烈冲突夹缝中的人，必定面临种种痛苦的抉择。清末民初一代学人的悲剧就在于，虽已面对新的外来文化的严重挑战，却无法摆脱传统的羁束，更无力改造旧文化以适应新潮流，只能在夹缝中惶惶奔走，终而成为时代的落伍者、旧文化的殉葬品。这一历史的教训足以使后人掩卷深思。

1984年11月3日于北京

原载《读书》1985年1月号

集体表象与心史的研究

"历史长河湮没了那么多人心的活动,……历史本身也应当是人的心灵和情感的历史。"(张承志:《历史与心史》,载《读书》1985年第9期)读到这两句话,不禁怦然心动,它使我想起两年前读过的一篇小说:《黑骏马》。很巧,作者也是张承志。当然,这不是巧合。

小说《黑骏马》写的是一个蒙古草原上的爱情故事。时日既久,细节已经模糊了,只记得小说是以一首叫作《黑骏马》的古老民歌开始的。小说的情节并不复杂,但却是按民歌的段落展开的。那民歌唱的是一个骑手寻找他妹妹的故事,小说述说的则是男主人公的爱情、离别和寻找"妹妹"的过程。最后的结尾出奇地相似。民歌里的骑手和小说中的主人公末了都发现,"他在长满了青灰色艾可草的青青山梁上找到的那个女人,原来并不是他寻找的妹妹"。(张承志:《黑骏马》,载《十月》1982年第6期)这样的体味使小说主人公对那首古歌的理解一下子升华了,并"不能不再次沉入了深深的思索"。(同上)

的确，关于那古朴、苍凉的歌谣，它那深埋于久远岁月中的源头，它那似乎是主宰人生的神秘力量，都值得深深地思索。实际上，小说作者已经这样做了，并在小说的篇首就试着提出了自己的解答。

……天地之间，古来只有这片被严寒酷暑轮番改造了无数个世纪的一派青草。于是，人们变得粗犷强悍，心底的一切都被那冷冷的、男性的面容挡住。如果没有烈性酒或是什么特殊的东西来摧毁这道防线，并释放出人们柔软的那部分天性的话——你永远休想突破彼此的隔膜而去深入一个歪骑着马的男人的心。

不过，灵性是真实存在的。在骑手们心底积压太久的那丝心绪，已经悄然上升。它徘徊着，化成一种旋律，一种抒发不尽、描写不完，而又简单不过的滋味，一种独特的灵性。……那些沉默了太久的骑马人，不觉之间在这灵性的催动和包围中哼起来了；他们开始诉说自己的心事，卸下心灵的重负。

相信我：这就是蒙古民歌的起源。(《黑骏马》)

也许还可以说，许多古老的民歌都是这样产生的。它们讲述的不是某一个人的故事，而是过去、现在甚至将来许多人的故事。这并不奇怪。无数的个人体验，经过了可能是很长很长的时间，在人们心灵深处慢慢沉积起来，化成一个简单的故事、一段古朴的旋律，变成为一种单纯的形式或框架。草原上有多少青年男女，就会有多少爱情故事，这原是真实的生活，是生活本身。但在这里，它们却成了一些依托，一些借以展现某种更隐蔽、更复杂、更深刻内容的东西。那原本是生活产物的内容,反过来支配了生活。这就是为什么,在那些古歌的质朴旋律和悠长尾音里,往往蕴含着深沉动人的力量,震撼人心。

艺术家把他们的感受用形象记录下来,述说出来。科学家却用另一种语言来传达他们的思想。法国人类学家列维-布留尔在原始人中间发现了一种他称之为"集体表象"的东西。关于"集体表象",他写道:

> 这些表象在该集体中是世代相传;它们在集体中的每个成员身上留下深刻的烙印……它们的存在不取决于个人;其所以如此,并非因为集体表象要求以不同于构成社会集体的各个体的集体主体为前提,而是因为它们所表现的特征不可能以研究个体本身的途径来得到理解。(《原始思维》中译本第 5 页)

这里,异国人类学家与《黑骏马》的作者触及的差不多是同一个问题,即存在某种超乎个人但又左右个人的社会潜意识,不管它是通过一首古老的民歌还是经由各种奇怪的习俗表现出来。这也不是巧合。如果说,古代哲人们关于"性善""性恶"的讨论主要是政治学领域的现象,而 18 世纪康德所做的努力是要从哲学的高度来把握人类认识能力的话,那么,现代关于"人心"的研究则扩展到了整个文化领域。列维-布留尔之提出"集体表象"概念,正是把原始人的思维当作一种综合的文化现象来研究的。也有人把注意力放在个人心理的深层结构——无意识方面,其结果是心理学中精神分析一派的兴起。把这种研究的范围从个人扩大到群体,就会从"个人无意识"转到"集体无意识"。什么是"集体无意识"?

有人解释说：

> 自原始时代以来，人类世世代代普遍性的心理经验长期积累，"沉淀"在每一个人的无意识深处，其内容不是个人的，而是集体的、普遍的，是历史在"种族记忆"中的投影，因而叫集体无意识。（张隆溪：《诸神的复活》，载《读书》1983年第6期）

还是那个神秘的"灵性"（也不妨看作是民族心理的深层结构）。文艺批评家吸收了人类学和心理学的研究成果，于是产生了一种新的批评方法：原型批评。历史学家呢？似乎还未见有历史学的"原型批评"，当然，未必有此必要。然而，究竟又有多少历史学家能自觉地借助于人类学和心理学的成就来重写历史呢？

应该承认，在人类社会里，确实存在着某种东西，叫它作"灵性"也好，"集体表象"或"集体无意识"也好，总之，它是一种超于单个人之上的潜在社会力量。研究任何一个个体都无法探得它的真谛，但它又无所不在地支配着个人，通过纷繁的世态顽强地表现着自己。小说《黑骏马》中的那个可怜女子，虽曾有过真挚美好的追求，末了还是发现，她"没能逃开蒙古女人的命运"，一如那个古老歌谣所唱的那样。于是，那古歌本身便表现为个人的命运，历史的主宰。这是一个尚未完全揭开的人类历史之谜。即使是在今天，对于那个冥冥之中的力量，我们还只能说，它是无形的，因为人们的思维方式和行为方式受其支配却难以自知；它是隐蔽的，因为世世代代社会生活的五颜六色遮掩了它粗糙的原始精神；它是强大的，因为即便是在逻辑思维最进步的民族中间，这些集体表象也还具有"无限的持久性"（列维－布留尔语）。而且，谁又能否认，人类久远的过去不会通过这无形的存在暗地里左右着我们的言行举止，影响我们的现在乃至未来？的确，对于一个千里跋涉、不畏艰辛的朝圣者，或对一个在狂暴中沸腾起来的民族，理性和逻辑究竟有多少力量呢？如果我们只能从现存的政治、经济制度等方面来解释发生在罗马、德黑兰甚至60年代中国的现代宗教热情，而不能深入到民族甚而人类灵魂隐秘的深处，我们的结论不会是幼稚肤浅的吗？

固然，人对自身的认识还只是开始，然而，人类学和心理学做到的为什么历史学做不到呢？是不是因为我们更喜欢把历史看成是政治史、经济史或别的什么史却很少视之为心史呢？且不论心史这个名称适当与否，把所谓集体表象一类的东西作为历史的能动要素加以研究，不仅十分必要，而且大有可为。实际上，也已经有人开始这种尝试了。

用个人心理情绪的任意性来解释历史的做法已经不时兴了，但把历史同时看成是心史的研究却是刚刚开始。我们也许都还记得戴尔菲城神庙里镌刻的那句古老箴言：

你要认识你自己。

原载《读书》1986年5月号

两部英语世界的法律辞书

50年前学过法律——当然是受较正规训练——的人,可能都知道《布莱克法律辞典》(*Black's Law Dictionary*)。自然,这是一部老书,颇有年头了,但是无论如何,它还不能算是旧书,笔者手边这部1979年的第5版可以为证。据出版者说,第5版的推出,主要是因为,自该辞典第4版之后,法律(主要是美国法)的绝大部分领域都发生了根本性变化,这些变化不仅反映在各个部门法方面,而且也影响到传统的普通法学说和概念。为了反映这些变化,除扩大辞典中已收术语、短语之外,还有必要根据流行的用法重新修订原有条目。其结果,便是这部第5版的问世。在这一版中,新增和修订的条目逾一万之数,且有大量新用法例示,俾使美国法十余年间之重大变化得到较充分的反映。比如,对各州法律的协调,作为一种新的法律渊源,其地位于近一二十年中显著上升,有鉴于此,第5版对于《统一商法典》《法律的重述》,以及民法、刑法和证据法诸方面的"联邦规则"(Federal Rules)都予以充分注意。这是一方面。另一方面,第5版依然保有相当数量的古代和中世纪欧洲法,特别是英国法中的有关术语和词汇,这一部分包括许多拉丁格言和法律法语,它们表明了构成西方法律发展之基础的那些东西,格外值得注意。《布莱克法律辞典》的副题是:"古代和现代、美国及英国法学术语和短语释意",这可以用来说明"辞典"的这一面特点。

1980年,英国的牛津大学出版社也推出一部法律辞书:《牛津法律指南》(The Oxford Companion to Law)。从时间上看,这部辞书比《布莱克法律辞典》晚出差不多一百年(《布莱克法律辞典》初版于1891年,至1979年重印、重版凡6次)。如果说能够把它们放在一起比较的话,那只是因为,它们都是用英文写成,因而也都是以英语思维的;它们的重点都在英美法系国家;它们的作者都受过英美法律的训练。当然,比较起来,差别还是多而且大的。

《牛津法律指南》的编者,格拉斯哥大学钦定法律讲座教授大卫·M.沃尔克(Divid M. Walker)的目的,不是编一部只供专家们使用的辞书,而是要向其他学科的读者,实际是所有在工作或阅读中触及法律问题的人提供一个指南。不过,这也还不是通常意义上的通俗著作,在它的条目里面,就是专家们也会发现许多极专门的概念、术语,如中世纪英国法,特别是当时土地法中的老古董。而且,在《牛津法律指南》里面,数千言乃至上万言的条目比比皆是,这些条目远非释意,而是真正的"论文"了。这是《牛津法律指南》(以下简称《指南》)大不同于《布莱克法律辞典》(以下简称《辞典》)的地方。

《辞典》副题中已写明是有关术语和短语的"释意"(definitions),它的条目也确实写得简明扼要,只提供"定义"。这里的不同是因其他方面的差异而来。大体来说,《指南》基本上是部文化书,偏重于理论和历史;《辞典》则主要是注重实用的工具书。《指南》在形式上可说是百科全书式的；《辞典》则纯为一般意义上的辞典。《指南》里面，所有重要条目之后都附有有关权威论著的书名，这样，既可表明条目之所依凭，又可做进一步阅读的提示，于研究者颇方便；《辞典》则收有大量判例，旨在以立法和司法解释来界定有关术语或短语实际上的和最新的含义。自然，这样的辞书主要是为律师们准备的（当然也包括法学院的学生和其他法律实践者），而《指南》却是为一般所谓知识分子写的（当然并不排斥法律专门人才）。前一本是专家们的书，后一本则可说是所有文化人的书。这些差异决定了（也表现于）它们对于条目的取舍和处理。《指南》中许多大的条目是《辞典》中没有的，如"希腊法""中世纪法"等等，有些条目虽然都有选用，处理方式却迥异其趣，如在《辞典》中，"罗马法"条不过寥寥一二百字，在《指南》中却洋洋万余言；"教会法"（Canon Law）条在《指南》中是独立的大条目，在《辞典》中则不过是"canon"条下一个次级条目。当然，反过来看，在同样的条目下，《辞典》所做分类的繁多和细密，又是《指南》远远不及的。两者相比，《辞典》的特色是简单明了，以技术性和实用性取胜；《指南》的特点是广博宏大，以学理见长。此外，《辞典》基本上是一部美国法律辞书，而《指南》则如其编者所言，以联合王国的法律（制度、学理、历史）为主，旁及与之有关的其他法律制度（实际上，一些无关的古代法律也包括在内了）。

上面种种差异，并不能使我们说《指南》和《辞典》哪一部更好些。相反，这样两部辞书摆到一起，正好互相补充，使读者对于英美法律制度有一个比较全面的把握。

原载《文化：中国与世界》第五辑

书的新与旧

近者为新，远者为旧，这个标准又客观，又简单，因此为大家所接受。举凡列入"新书介绍""新书预告"一类栏目中的图书，必定都是新近出版的或将要出版的，人们一看就知，绝不致生出误解。不过，同是新出版的图书，情形也不尽相同。有的是作者新近写成，第一次付印，又第一次与读者见面的；有的虽然是第一版，第一次印刷，成书的年月却可能早得多；还有的不但书早已写成，而且也早已印行不止一次了，现在只是重版或者重印。这后一种书似乎不宜视为新书，因为它们毕竟是另一个时代的产物，代表了另一时代人们的思虑与向往，是过去生活的一个部分。倘若事隔多年，当这些书重与读者见面的时候，原书作者早已故去，或者虽然健在但不能或不愿对原书再做改动，这样的书尤其不宜叫作新书，名之为"旧籍新刊"，也许是最为恰当的了。

上面谈书的新与旧，纯是以时间的客观标准做依据。这样做固然简单明白，但是未必使人心折。倘使我们翻开一本"旧籍"，却感觉有清新的气息扑面而来，眼前豁然开朗，心扉为之洞开，此刻，我们还能以"旧籍"相称吗？又如果在我们涉猎的同类书籍里面，眼前这部"旧籍"不仅有新鲜的气象，而且别开生面，使我们得更上一层境界，我们是会从心底里把它看作"新书"的。这样来判断书的新与旧，其标准显见是主观的，但也不无道理。毕竟，书是人为人而写的。明白了这一点，我们对以主观标准评判书之新、旧的做法就会增加几分应有的尊重。

去年的初夏，在一次逛旧书店的时候，偶然发现架上有钱锺书先生的《旧文四篇》（上海古籍出版社，1979年版），当时的喜悦正可以"欢呼雀跃"四个字来形容。我寻此书久矣，想不到今天如愿以偿，竟是那么突然，那么轻而易举。那次，我一下就买了五六本，留着分送朋友。买别人的书来送朋友，这在我还是第一次，当时还在书的扉页上写下一小段记言，颇能道出其时的心境："适与朋友言及此书，为不曾觅得而惋惜再三。不想旋即于旧书店购得，真是感慨系之。"现在读这段话，依然感触良多。这就是那种能够使人"眼前豁然开朗，心扉为之洞开"的书。直到现在，我还能回忆起初读此书时那种新鲜的感受。钱锺书先生的文字幽默、隽永，极有情致，处处透着智慧。他的小说早已饮誉海内外，为大家熟知；其学术巨著《管锥编》《谈艺录》等亦在学界备受推崇。只是，前者并非学术著作，后者因以文言文写成，传播范围比较有限。唯有《旧文四篇》所收的这类文字，是以白话文写成的学术文章，读来别有一种亲切。作者谈中国的诗与画，谈莱辛的《拉奥孔》，谈林纾的翻译和中国诗文中习用的描写手法，征引文献，不论古今中外，也不拘高头讲章、笔记掌故，皆信手拈来，如数家珍，当真是挥洒自如，绝不给人掉书袋的印象。书中所论之事，在专家看来至为平常，但是新意迭出；在外行人看来是学问，读来却津津有味。

文章有生命力,所以耐读。耐读的文章是常新的。当然,《旧文四篇》乃是"旧籍",这书名就足以说明问题。

30年代初,冯友兰先生分两次出版了他的两卷本《中国哲学史》。1944年此书再版,冯先生认为自己的思想有了"甚大改变",因此将几篇新作列入附录,一并刊行。此后除1961年有中华书局的一个新版之外,直到1984年才又根据商务印书馆旧版重印。冯友兰先生在为这次重印所写的"新序"中完全把它当作史料来看待,认为其意义就如重印《二十四史》一样。可见这完全是"旧籍"。然而在两年前,当我在一位朋友处第一次翻开这部书的时候,确实是有那种"清新的气息扑面而来"的感觉(顺便说一句,甚至初读较冯著更早的胡适所著《中国哲学史大纲》,也是如此)。虽然这一瞥之下的印象不能用来代替专家们的审评,但也绝不是无关紧要的。这里面包含有很丰富的内容,其重要性并不下于专业上的审定。

类似这样的例子还可以举出许多,单说自己读过,且极喜欢的几本书吧。

已故学者王亚南著有《中国官僚政治研究》一书。此书初版于1948年,虽然曾先后印刷过两次,亦不过3500册,普通读者很难见到,甚至大多不知有其书。直到1979年,王亚南先生的高足孙越生君在《社会科学战线》上撰文介绍,乃至两年后中国社科出版社予以重印之后,才有更多的人得以闻见此书。薄薄的一册,仅10万余字,却是我所读过的同类中文著作中最有卓见的一部。它以极冷静的态度讨论问题,平实无华,但是绝不枯燥。政治学的立场,历史学的眼界,经济学的素养,三者统一于知识分子的科学使命与社会良心之中。

与王亚南先生此书差不多先后问世,现在也得到"新刊"机会的，还有老报人储安平的《英国采风录》。与官僚政治研究一类著作相比，这类书名听上去要轻松得多。不过，内容可以说是同样地严肃。尤其是其中有关政府机构、社会结构和自由主义的几章，注释中常引梅特兰诸公的学术论著。当然，这并不是说此书只有学问人可以读得下去，也不是说其"性格·风度""雾·雨·潮湿"或者"女子·结婚·家庭"诸章便只是饭后闲聊中的谈资。作者是要在对英国历史、文化的透视中弘扬人类美好的东西，亦是要由此反省自身，做唤醒民众的奋争。岳麓书社重印此书时将储先生的《英人·法人·中国人》附入，可以说深解此意。记得当日购得此书回来，立即不释手地读了几个章节。储先生简练、明快的文字给我以阅读的享受，他观察问题的独到，更给我留下深刻的印象。在我的心目中，此书是可以与费孝通先生的《美国与美国人》相媲美的。

《美国与美国人》亦可算是"旧著"，其中《初访美国》与《美国人的性格》两篇分别初版于1945年和1947年，今天读来依旧新鲜。当然，与储著《英国采风录》相比，此书的风格与观察问题的角度是很不相同的。两年前，三联书店重印此书的同时还刊行了费先生的另一本"旧著":《乡土中国》，这亦是40年代末的作品。40年光阴并未使它变得陈旧，相反，在80年代的"文化热"中展读此书，倒另有一番新意。《乡土中国》收短文14篇，统共不过6万余字，但是其中讲传统中国的某些特质，尤其是有关中国传统道德格局的几篇，至今能够予人以新鲜的感受和启发。整天被新名词、新概念、大而无当的宣言以及空而且玄的文化论战包围的人，初读费先生内中不乏真知灼见的大白话，都会觉得耳目一新。其实所谓文化，就在人们日常的衣食住行、言谈举止当中，原是没什么玄奥的。

最后还可以一提的是瞿同祖先生的《中国法律与中国社会》。

这部书从内容到形式，都可说是真正的学术论著。此书1947年由商务印书馆出版。1981年由中华书局再次印行（仅导言与结论稍有改动）。这一次印了20500册，应当说不是个小数目，但是还在两年前，北京的书店里就已很难见到它了。一部研究中国古代法律的专著能有这样的销路，这本身就很能够说明问题了。这样的书，今天读来仍能启人神智，令人耳目一新，焉有一读之下不为之精神振奋的，又如何当不上一个"新"字？

说近者为新，这是客观的标准，以旧著为新，却是主观的评判，这两者应该统一起来才好。当然，要做到这一点远不是件容易的事情。学问是实实在在的东西，非有朴实的钻研与积累不能成就，非有真性情，也都不能成功。就说上面提到的书吧。它们各有特色，每一本都不同于另一本。但是其中都透露出真性情，这一点是它们共通的。因为有真性情，所以有老老实实的态度，不虚浮，不饰伪，不矫揉造作。也正因为有真性情，才可能充分表露其个性，才可能有新鲜活泼的思想，才可能产生深刻的洞察力，也才可能有启开人心的感染力。时下许多一印便是10万、20万的"书籍"里面何以会充斥着空洞的言辞、平庸的思想和陈腐的观念？大概也就是因为缺少真性情的缘故。

最近几年，市面上明显有大量重刊旧籍的势头，这固然是由于多年来学术中断，现在已很难见到"旧籍"的缘故，但是更重要的，恐怕还是因为我们这时代还需要它们。而需要旧籍，又恐怕主要不是因为其少，而是因为其"新"。书的新与旧，原是有许多人们意想不到的东西蕴含其中的。

原载《瞭望》1988年1月1日

再生之途：法律与宗教的"综合"

自古希腊至今，西方法律的发展已逾两千年。在此期间，西方法律形成了自己独特的传统，并在西方资本主义崛起，西方各国先后跨入近现代社会的过程中，发挥了不可替代的重要作用。直到今天，它仍被认为是西方社会最坚固的基础。但是，现在有人发现，西方人对于法律的信任已经严重丧失，西方法律面临危机，西方社会面临危机。

埃默里（Emory）大学的 Woodruff 讲座教授，哈罗德·J.伯尔曼（Harold J. Berman）把这个危机叫作"整体性危机"（integrity crisis），它最明白的征兆便是今天的西方人对于法律与宗教的信任丧失殆尽，而这首先是因为，今天的西方人普遍认为，法律与宗教是完全无干的两种东西，可以截然划分开来。这样一种看法和态度又深深植根于900年来统治着西方人的二元思维模式（主体与客体分离，个人与社会分离，物质与精神分离，等等）。怎样认识这场危机，进而如何解决这场危机，这些，构成了哈罗德·J.伯尔曼《法律与宗教》（原名为《法律与宗教的相互作用》）一书的主题。

《法律与宗教》一书根据伯尔曼1971年在波士顿大学Lowell神学讲座所做的演讲编辑而成。全书除序言、导言、跋和注释以外，共分四章。

在第一章，伯尔曼由人类学立场出发，从文化角度考察法律和宗教。他认为，法律与宗教不仅是所有文化所共有的现象，而且它们本身又有共通之处。具体而言，法律与宗教共享四种要素，即仪式、传统、权威和普遍性。在伯尔曼看来，法律并不像人们通常以为的，只是世俗的、合理的和功利的，它不仅包含有人的理性和意志，而且还包含他的情感、直觉、信仰和献身。不能为人所信仰的法律是死的法律。

第二章由历史角度考察了西方法律的沿革，结论是："我们的基本法律概念和法律制度，由宗教在其中有极大影响的历史发展中获得其意蕴的大部。"实际上，不仅法律的许多基本观念来自犹太教和基督教，而且自11世纪以后，西方所有法律制度都是建立在宗教或准宗教的理想上面。这里，宗教的概念也像法律概念一样，是在非常宽泛的意义上使用的，因此，民主主义和社会主义的意识形态也包括在内（伯尔曼称为"世俗宗教"）。

在第三章，伯尔曼把读者的注意力，由法律中的宗教方面，转移至宗教的法律方面。这一章所采取的立场是哲学的。伯尔曼逐一考察了三种有代表性的神学思想（也是传统上的三个思想派别）："爱之神学""信仰神学"和"希望神学"。这几派分别认为，法律与爱、信仰和恩典之间有着不可调和的矛盾。在伯尔曼看来，这些看法不但不合犹太教和基督教的真精神，而且本身也是站不住脚的。因为无论多么神秘的宗教，也不能不对社会秩序和社会正义表示关注。如果没有社会秩序以及用以保障秩序的程序和制度化的组织（这正是广义上的法律在伯尔曼那里的主要含义），不但不会有德行和宗教上种种美好的东西，宗教团体的信仰也难以传递下去。

伯尔曼将第四章的立场称作"末世学的"，因为它所讨论的是死亡与再生的问题。旧的正在死去，新的却还未出现，这便是今天西方人面临的窘境。伯尔曼以为，死去的并不就是表面的制度化的组织，而是这些组织赖以建立的根据。而这根据首先就是把法律与宗教截然划分的观念、态度，从根本上说，就是数百年来支配着西方人的二元思维模式。

死亡将带来新生。由再生的经验中将产生一个新的时代——综合的时代。这就是希望之所在。

自然，综合的时代绝不是"政教合一"的时代。伯尔曼无意主张宗教与法律的合一。相反，他不但承认法律与宗教之间存在种种"张力"，而且对保持这些"张力"的必要和价值予以充分肯定。他很清楚地认识到，无论要保全法律还是宗教，都必须首先肯定它们之间的"张力"。而"在历史上的另一些时期，在今日世界的另一些地方"，人们因为国家想要把某种信仰体系强加于人民身上而强调个人或者集体保有其精神独立性的固有权利，或者，因为教会试图把它的政治见解强加于社会而主张国家的独立性，都是绝对必要的。不过，伯尔曼谈的并非"历史上的另一些时期"，或者"今日世界的另一些地方"，而是今日的西方世界，今日的美国。

西方人今天所面临的危险，主要不是专制，而是混乱无度；不是盲信，而是冷漠无情。

希望在于综合，在于社会的新生。那将是一个健全的社会。在那个社会里，法律与宗教的相互作用将得到普遍的承认，它们因此而获得"辩证的统一"。正义与神圣之间的裂隙，终将在最高的层面上得到弥合。

  纵观900年来西方文明的发展,应该承认,伯尔曼以其不同寻常的敏锐和深邃,确实抓住了西方法律文化中带有根本性的特征,并从中挖掘出了危机的根源。所以,尽管他的主要论述对象是西方社会,尤其是美国社会,尽管我们所处的情形又大不相同甚至正好相反,我们还是能够并且应该由这本不显眼的小书中获取不可多得的教益。

原载《书林》1988年1月号

辜鸿铭现象

《文坛怪杰辜鸿铭》，岳麓书社"凤凰丛书"的一种，1988年初版时印了2000册，坊间早已见不到了。此书收回忆文章24篇，多出自与辜氏有过直接交往的中外人士之手，读来生动有趣。编者希望读者从中所看到的，并不只是一个"古怪老头的古怪言行"。然而，如书名本身所指示的，辜鸿铭之为人所知，多半还在他的"怪"。

辜氏名汤生，字鸿铭，自号"汉滨读易者"，福建同安人氏。关于其生平事迹，《清史列传》有云："幼学于英国，为博士，遍游德法意奥诸邦，通其政艺。年三十始返，而求中国学术，穷四子五经之奥，兼涉群籍。爽然曰：道在是矣！乃译四子书，述春秋大义，及礼制诸书，西人见之，始叹中国学理之精，乃争起传译。……"这一段记录大体上真实可信，只是辜氏还有另一种面貌："四块瓦的小帽、四开气的马褂、双脸鞋、大辫子，宛如博物馆里拉出来的活标本。"（张起钧文）又其发"稀少而短，半黄半黑，结成发辫，其细如指，都在后脑勺上，弯弯曲曲，十分怪异"。

据说在遗老们遵命剪发之后，全世界便只有这样一条男辫子还保留在他的头上了（周君亮文）。在这一幅漫画像的后面，是辜氏的愤世嫉俗，好辩善骂。这些，都为这个近代人物添加了"古怪"的色彩。然而，遥想世纪之初，辜氏的大名在西方思想界传诵一时，怕不是因为他的"怪"吧。

辜氏由西洋学成归国以后的活动大致为两类，一为政务，一为著述。前一方面的活动，如入两湖总督张之洞幕府，任外务部员外郎等，占去他一生几乎一半的光阴，虽然谈不上有什么建树，却至少可以表明，在他睥睨傲世的姿态后面，正不乏匡世济民的宏大抱负。或者只是因为生不逢时，他才转而为狂狷，益发地恃才傲物了。辜氏的著述又可以分为两类，一是撰著，一是译著。只是，与近代另两位翻译家严复和林纾正好相反，辜氏所为不是介绍西方典籍于国人，而是将中国的经典，用西文输出到外国去。辜氏最重要的译著，为《论语》和《中庸》，前者于1898年刊行，译本引歌德及其他作家而为注释，俾使这一伟大文化传统能够完整地传达于外人，而不致成为逐字逐句的译文的集合，这正是辜氏于翻译的一贯主张。《中庸》之译始于1904年，两年后有单行本问世。近人王国维读后谓辜氏为中国能知《中庸》真意者。辜氏在其译本里面，灌注以自己的理解，可以说是必然之事。这样的译本，理应看作是另一种创作。

译述之外，辜氏还以西文直接抒写其感想，发表于西文报刊，或直接在域外印行。这里面最有代表性的，是刊行于1915年的一部英文书，名为《春秋大义》。是书分七章，并附录一篇，一方面阐扬中国人的精神，讲中国文化的高超，一方面对西人的"中国研究"和西方政制，颇多讥评指责之语，认为将来能够解除战争危机,拯救世界于不义的,必定是中国文化的精神。辜鸿铭的中文著述有《读易草堂文集》《张文襄幕府纪闻》等,后者述及辜氏为幕20年的闻见与所思,臧否人物,语极泼辣。当时权势炙手的人物若李鸿章、端方、袁世凯、盛宣怀等,皆不能逃脱他的讥诮乃至痛骂。辜氏为人狷介,却是敢想敢说有真性情者。他在1917年为阻止中国参加协约国对德宣战而写的《义利辨》一文中,大讲孔孟之道,以仁义为立国的根本。辜氏的这些著述传入西方思想界以后,颇有一些影响,以至西洋人以为能够代表东方文化的,唯印度诗人泰戈尔与中国学者辜鸿铭而已。

自然,这些都是50年前的旧事,不过,即便是在当时,辜氏的声名也主要是在西洋。他的形象,在外人心目中可能是学者、哲人乃至思想家,在其同胞眼里,他至多是一个"怪杰":聪明绝顶、学贯中西而行事怪诞。倘说到他文化上的保守与政治上的"顽固",则世人几乎要把他看成是一个小丑了。还在宣统元年(1910年),清廷以其"游学专门列入一等",赏给文科进士,同榜中严复居于首位,辜氏居中,名列第三的是严复的学生,同以译介西洋典籍名世的伍先建,这种排列委实意味深长。1934年,《人间世》半月刊曾出过一期"辜鸿铭专辑",时人多叹其博学聪慧,而对他的谐语妙喻、怪癖逸事更是津津乐道。说世人对辜氏无敬重之心固然不妥,但是能够认真看待他的实在为数不多。至于今日,严译、林译以及他们的撰述,早以各种形式和名目印行于世,唯辜氏默默无闻。最近几年,旧籍大量印行,而辜氏的旧著,以我所见,除这一种外,还有《辜鸿铭文集》,薄薄的一册,收《读易草堂文集》《张文襄幕府纪闻》等,也是由岳麓书社印行。世人心目中辜氏的轻重,于此可见一斑。毕竟,他是一个不能顺应历史的人,他的故事到底只是一个时代的悲剧。于是,知道辜氏其人,了解辜氏其事的,只能愈发地少了。辜氏的形象,因此而更加离奇怪异,也就愈加不可避免了。

辜鸿铭以其好辩善骂,行事古怪,掩盖了他性格中至真至诚严肃的一面,这是其不幸;世人因为时代的局限,囿于文化的和政治的"偏见",而不能认真看待辜氏,这却是现时代的大不幸了。

原载《瞭望》1991年4月1日

《丰子恺漫画》

《丰子恺漫画》（上海人民美术出版社1983年版）收作品212幅。与子恺漫画的总数相比较，这虽是其中极小的一部分，却也尽够读者了解作者其画其人了。

子恺先生的画与文，两相比较，画更简洁，文更悠深，心有所感，发诸笔端，无论是文字还是图画，总透着同一种情致。因此，欣赏图画的人，最好不要忽略了文字，反之亦然。

我最早只读先生的随笔。随笔集附有漫画，数量虽少，却也大体传达出了子恺漫画的特殊韵味。作者善取生活中平凡的场景，以艺术家的敏锐，捕捉其中耐人寻味的一点，然后以毛笔极简括地勾出，这种画法更像是街头即景的毛笔速写。这些特点统统保存在《丰子恺漫画》里面，读来颇觉亲切。

说来也怪，一种以毛笔草草勾出的图形，黑白两色，且尽是身边细事，更不要细密的构图，却有种特别的韵味，令人回味不尽，常看不厌。那一幅《人散后，一钩新月天如水》，特别地让我喜欢和感动。后来读到郑振铎的一小段议论，知道喜欢这一幅的大有人在，早有人在。那一段议论说："虽然是疏朗的几笔墨痕，画着一道卷上的芦帘，一个放在廊边的小桌，桌上是一把壶，几个杯，天上是一钩新月，我的情思却被他带到一个诗的仙境，我的心上感到一种说不出的美感……"这种颇具诗意的漫画，在这一本集子里面还有若干幅，不过在意境上面，比这一幅都显得差些。

　　因为先读了子恺先生的随笔，再来看这本画集，不独多有会心之处，更平添许多感慨。譬如那一幅《爸爸还不来》，画面上只巷口站立着3人：怀抱婴孩的母亲和拽着母亲一角衣裾的孩童。作者在《谈自己的画》一文里谈到了这个场景："两岁的瞻瞻坐在他母亲的臂上，口里唱着'爸爸还不来！爸爸还不来！'6岁的阿宝拉住了她娘的衣裾，在下面同他和唱。瞻瞻在马路上扰攘往来的人群中认到了带着一叠书和一包食物回家的我，突然欢呼舞蹈起来，几乎使他母亲的手臂撑不住。阿宝陪着他在下面跳舞，也几乎撕破了她母亲的衣裾。他们的母亲笑着喝骂他们。"这一段描述令画面活动起来，充满了喧闹欢跃的气氛。然而，作者紧接着又说："当这时候，我觉得自己化身为二人，其一人做了他们的父亲或丈夫，体验着小别重逢时的家庭团圆之乐；另一个人呢，远远地站了出来，从旁观察这一幕悲欢离合的活剧，看到一种可喜又可悲的世间相。"这段话把我们带到一种更加悠深的境界中去，含了一丝淡淡的伤感。这恰是作者文章中常见的东西，在漫画里面，因了手段的限制，反倒不易发现了。

　　《丰子恺漫画》里面，有大量写"儿童相"的作品，这种特点在他的随笔里面也很突出。只是，对于儿童们的热烈礼赞，实即包含了对于成人世界的批评，终不免生了愤世悲哀之情，使人读了心情郁郁。画就不同了，《棕祸》《埋伏》《花生米不满足》《创作与鉴赏》《爸爸不在的时候》和《瞻瞻的梦》诸篇，纯以白描的自然手法，传达最最单纯明快的东西。这种风格让我们想到日人小林一茶写儿童的一段文字："去年夏天，种竹日左右，诞生到这多忧患的浮世来的女儿，愚鲁而望其聪敏，因命名曰聪。今年周岁以来，玩着点窝螺、打哇哇、摇头的把戏，见了别的小孩，拿着风车，喧闹着也要，拿来给伊的时候，便即放在嘴里吹过舍去，丝毫没有顾惜，随即去看别的东西，把近旁的饭碗打破，但又立刻厌倦，嗤嗤地撕纸障上的薄纸，大人称赞说乖呀乖呀，伊就信以为真，哈哈地笑着更是竭力地去撕。心里没有一点尘翳，如满月之清光皎洁，见了正如看幼稚的俳优，很能令人心舒畅。人家走来，问汪汪哪里，便指着狗，问呀呀哪里，便指着乌鸦：这些模样，真是从口边到足尖，满是娇媚，非常可爱，可以说是比蝴蝶之戏春草更觉得柔美了。"（周作人译文）子恺先生画笔下面的儿童相，多是这般天真烂漫，幼稚可喜。我们看画，只是欣赏，带了平和的欢喜，还常常忍俊不禁，漫生遐思。因为这个缘故，有时我宁愿只看画册，不读文章。

子恺先生的走上漫画一途，差不多是偶然的。这一点，《丰子恺漫画》"后记"中有交代，还有作者本人的自述做参考，这里不复多说。但凡成就一项事业，偶然之外，尚须有坚实的基础。子恺先生自幼喜好美术，兼有良好的学养与诗人气质，这些东西在偶然因素的撮合之下，正好形成特殊的风格，那即是子恺漫画的风格："把日常所见的可惊可喜可悲可哂之相，就用写字的毛笔草草地图写出来。"（丰子恺语）作者对于世事人心的敏感细察，对儿童的挚爱，对自然的倾心和对于人生的执着，经由笔端源源地发泄出来，几乎不加雕饰，自然天成。子恺漫画的力量就在这里。

在中国，漫画实由丰子恺开其端，但不知由何时起，在汉语里面，漫画几乎变成了讽刺的同义语。今天我们看到的大量漫画，多有干巴巴、恶狠狠的，既缺乏幽默，又没有生活情趣，因此也失去了人们称为风格的那种东西。这或者是一味想寓教于画的一种结果。实际上，子恺漫画并非没有教育的意义，就说其中最自然描画出的"儿童相"吧。周作人曾经把《阿丽思漫游奇境记》不但推荐给孩子，而且推荐给大人，为的是"世上太多的大人虽然都亲自做过小孩子，却早失了'赤子之心'，好像'毛毛虫'的变了蝴蝶，前后完全是两种情状；这是很不幸的。他们忘却了自己的儿童时代的心情，对于正在儿童时代的儿童的心情于是不独不能理解，予以相当的保育调护，而且反要加以妨害；儿童倘若不幸有这样的人做他的父母师长，他的一部分的生活便被损坏，后来的影响更不必说了"。倘儿童的书对于这样的大人真有些教育意义的话，我相信，子恺的儿童漫画也具有同样的功效。

真正的艺术品，总是富于教化的。枯燥乏味的教训，无论文字还是图画，都不是艺术，因为它们不是艺术家创造出来的。

原载《读书》1990年第7期

《奥古斯都》

盖乌斯·屋大维，罗马独裁者恺撒的孙外甥和继承人，公元前27年为罗马元老院尊为奥古斯都的那个人，他在古罗马历史上，占据了一个承先启后的位置。关于这个人和他的时代，这部《奥古斯都》（特威兹穆尔著，王以铸译，商务印书馆出版）有谨严而清晰的叙述，书前中译序更可以为一般读者参考。我能够讲的，只是几点拉杂的感想。

奥古斯都之时，正是罗马国家由共和向帝制的转型期。这个转变在他手中完成，可以说，他便是帝国的缔造者。他的计划与构想，变成为世界历史的一部分；他用他的思想，唤醒了他的同时代人，把意义指示给他们，使他们如梦初醒。这正是卡莱尔笔下的英雄人物。一个投身政治的英雄人物，即是伟大的政治家。

从事政治活动者并不就是政治家。古往今来，从政者多政客。他们自私、狡诈，目光短浅，欺世盗名，无理想，无原则，更无责任感。政治家则不同。他们不但有政客所没有的所有政治品质，而且有高度的现实感、敏锐的判断力和清明的理性。因为具有所有这些品质，他们在历史上才举足轻重。又因为同时具有这些品质的难得，真正伟大的政治家才百世而一出。

英雄人物的伟大，在于其思想能够左右历史。这些思想原来只是些梦想，宏伟的梦想，英雄使它们变成为现实。这样的能力，在很大程度上来源于英雄的现实感。没有梦想的现实感是墨守成规，失去了现实感的梦想家却可能把民族引向灾难。奥古斯都的过人之处在于，他锲而不舍地追求自己的宏伟计划，但是从来没有脱离开现实的土地。他目标明确，意志坚强，但绝不把它们强加于人民身上。"对于罗马的敏感的国内政治生活，他不愿进行任何不必要的负荷试验并且用这种方法来危害四千四百万人的命运。他的改革都应当慢慢地成熟，完全是循序渐进地加以推行，使之自然而然地产生成果。戏剧性的突发事件和大规模的'打击'是从一开始就被排除了的。"中译者认为，保持安定，使人们都能休养生息，乃是奥古斯都取得显著成就的决定性因素之一。在此之外，我想补充说，意识到传统之作为文明再生之源的重要性，且善于利用传统中所蕴含的力量，使之服务于远大而现实的政治理想，更是他成功的秘诀。原书作者以为，罗马帝国的奠基者奥古斯都，乃是共和传统之下的最后一个罗马人。信然。

政治家的生涯总是充满艰险，因此，最优秀的政治家也有铁面无情的一面。奥古斯都在谋取权力的过程中也曾使用过暴力的手段，但是此后更长的历史，却证明他懂得怎样恰如其分地使用权力。"奥古斯都是在一个既无视权利又没有法律的时代开始了自己的统治的，这个时代不能仅仅用武力来结束。镇压和惩罚措施只是外部的辅助手段，它们绝不能使一个社会机体的内部结构保持完整，它们迟早必然仍以既无权利又无法律的状态而告终。文明始终意味着建设和慎重地使社会生活适应于一种经过周密考虑的正义状况。只有通过建立稳定的秩序才能避免混乱。"正义、公正，这些才是最最要紧的东西，是任何一种"稳定的秩序"赖以建立的前提。历史上，没有一种社会或文明是单靠暴力、威胁和欺骗维系下来的。奥古斯都创建了一种新体制，从而带来了"罗马和平"与帝国繁荣。所有这些的基础，是帝国版图以内多族人民的拥戴。

"奥古斯都的巨大功绩就在于，他保卫了世界使之免遭崩溃。如果没有这个人的话，罗马会逐步重新失去它已经征服的地区。这些地区可能回复到野蛮状态，也可能分裂为各自为政的领地。东方和北方的野蛮部族也许会提前几百年攻入意大利，罗马也许会成为无止无休的内战的可怜的战利品，希腊与巴勒斯坦的伟大遗产将会化为一片瓦砾，而我们今天的文化也将被剥夺它的思想基础。"

这一段评判十分中肯。

原载《读书》1990年第4期

《中国学术思想史随笔》

写一部中国学术思想史的随笔,实在不是件容易的事情。我国的学术思想,上下逾两千年,绵延不绝,蔚为大观。其中,以儒学的宏富、佛理的精深、道藏的庞大,治学者穷毕生的精力,亦未必能尽得要旨。至于说综理万端,融会贯通,鞭辟入里,深入浅出,那又是另一种境界了。

初见这部《中国学术思想史随笔》(三联书店版),我是抱了很高期望的。这本书的著者曹聚仁先生,是最后一位古文派大师章太炎先生的弟子,同时也是生活于现代学术氛围之中的学者。因此,他一方面是当今有资格谈论"国学"的少数人之一,另一方面又能被期待着不带门户之见地把新知传达于我们。我的这种期待似乎不曾落空,但是同时也感到了某种不满足。掩卷深思,竟难得即时理出个头绪来。

公道地说,这部书写得既不空泛,也不枯燥。曹先生学识渊博,阅历丰富,叙述学术源流,不但对历史上的人物、掌故如数家珍,而且经常能结合与读者生活切近之事,娓娓道来,颇得随笔的情致。有些篇目尤其写得生动，令人难忘。比如《鹅湖之会》一篇，记一段旧事，讲一番道理，很让读者长见识。《插说一段闲话》，写关于陈寅恪先生的逸事，说人论事，一样地引人入胜。曹先生当年的师友，不少是文化史上留名的人物，这样一种经历自然为文章增色不少。

不过，这毕竟是一部学术思想史的论著，文章得失不能只由这一个方面来衡量。曹先生自认为这部随笔是有所见的书，而不只是有所知的书，"窃愿藏之名山以待后世的知者"。这里使用的标准一定不是"随笔的情致"，或者文章的"新鲜生动"了。

《随笔》的编订者说，《随笔》内容丰富，论说新颖，充满时代的新意。它博采众家之说，综合各人之长，文笔清新洒脱，论说平实易懂，并在运用历史唯物论解释中国学术思想史方面做了可喜的尝试，是一部雅俗共赏的作品。读毕全书，一面觉得这个评判不错，一面又觉得它仍然不够。

是书论先秦诸子和介绍隋唐佛学多引冯友兰氏；讲魏晋思潮以鲁迅、汤用彤氏诸说为纲目；谈清代学术以梁启超氏为导引；评八股文章辄用知堂老人与锺书君之说。这样做虽非述而不作，却也未必是推陈出新。曹先生自称要"撕破了传统的纸糊的帽子，让大家看清楚中国学术的本来面目"，"一面批判那批腐儒的固陋，一面灌输青年以新知"，更要"在现代唯物辩证法的光辉之下，把前代的学术思想从新解说过"。恐怕这些才是所谓"有所见"的地方。不幸，运用唯物论的结果，带来了历史研究的简单化，比如仅以阶级斗争的线索来解释学术思想的递嬗（"两篇序文"），或把现代比较宗教学和比较心理学看作复杂现象的"谶纬"，视为单纯的骗术（"王充—郑玄"）。当然，这一种不成功的尝试，实际上也并非曹氏的创举。

曹氏长年居住香港，对现代"腐儒的固陋"有切身的体会，所以对那些尊孔读经的主张一向都是猛烈挞伐的，这自然与自由研究的现代学术风习相合，但这亦非曹氏的创举，而是"五四"以来的学术大潮。因此，曹氏的反对尊孔读经和抨击腐儒，基本上便只是一种态度。这种态度在同一部书的许多不同篇章里面不断地重复，再三地强调，便有了一点独断与教训的味道，反令读者在同情之余，生出一些不耐烦来。作者与读者生活背景的不同，益发地使这一点突出了。

《随笔》一书论清代学术思想的部分，其篇幅与前面由先秦至宋明理学的一段几乎相等，这多半是因为，作者与清代学术有着更直接的渊源关系。事实上，这一部分也确实较前面部分写得更好，更见作者的心得。只是在这里，读者也常常与闻教训。更有一种武断，如称老庄哲学为西方近代自然科学发展的渊源，诸如此类，同样地令人不快。

记得初读此书是在前年，以后时断时续，直到今年六七月间，才算通读一遍。前后费时两年有半，这实在可以算是一次漫长的读书经历了。我原来所期望的，是与一位仁慈智者的相晤，听他侃侃而谈，博大精深，含而不露。或者是因为我的这种期待没有能完全地实现，才有了上文提到的"某种不满足"来。还是开始那句话，"写一部中国学术思想史的随笔，实在不是一件容易的事情"。曹氏要将是书藏之名山以待后世的知者，或许是有道理的。

原载《瞭望》1990年2月12日

译事难

不久前逛旧书店，看到一册商务印书馆1984年版的《翻译论集》，书是全新的，精装，封面集字取自王羲之书圣教序，蓝底白字，设计得十分淡雅。我当即便买下了这本书，倒不是因为有一点折扣，只是为了这书本身的有趣。

是书按时间的顺序，分古代、近世、近代、现代和当代五辑，洋洋70余万言，收文近200篇，作者由汉末的高僧支谦，到当代翻译家傅雷等，也有大约100人。书前有编者罗新璋氏撰写的代序，介绍我国译事的源流与发展，尤其是翻译理论由古泊今的继替演变。据罗氏所言，我国的译论，经历了千余年的发展，已由古典文论与传统美学中的一种支流，逐渐游离独立，形成了独具特色的译论体系——中国之翻译学。其具体的发展阶段，是由古代以"信"为主的"案本而传"，过渡到近人严复标举的"信、达、雅"三项标准，进而又由纳翻译于文艺美学的"神似"说（傅雷），上升到艺术极致的"化境"说（钱锺书），蔚然成一译论体系，而卓然独立于世界译坛。

译事之由，在于语言不同，而语言不同，皆由于文化殊异。《圣经》巴别塔的故事，说天下人的口音、语言原本是一样的，皆因为人要合力建造通天之塔，触怒了上帝，上帝下界变乱了人的口音，使语言彼此不通，于是众人离散，塔也就建不成了。人们常把语言（和文字）看成是交流的工具，岂不知它们也是交际的障碍。哲学家说语言（和文辞）是思想（心灵）的牢笼，讲的是依靠语言和文辞而思维、描述和表达的局限。同种的语言尚且如此，遑论不同语言之间的沟通。然而，人是文化的动物，不能不使用语言与文辞；人是社会的动物，不能没有借助于语言和文辞的交际。倘说，起初众人离散是因为语言，现在众人集合，也只有借助于语言了。联系与阻绝系于同一种手段，翻译之事既不可能，却又是必要的，翻译家便只能抱着知其不可而为之的态度去行事了。

译事之难，公认最有代表性的是诗。西人有云，诗就是在翻译中丧失掉的东西。收入《论集》的王以铸氏一篇文章的题目干脆是《论诗之不可译》。推而广之，凡重语言韵味技巧，我们通常称为文学的，都在难译之列。然而，语言并不只是包含了声韵技巧，它们还是文化的结晶。文化的背景相去愈远，语言的翻译也就愈难。近人王国维论辜鸿铭的英译《中庸》，一面承认"我国之能知《中庸》真意者，殆未有过于辜氏者也"，一面又说，"中国语之不能译为外国语者何可胜道，如《中庸》之第一句，无论何人不能精密译之"。以中国语译外国语也有同样的问题，如哲学家金岳霖所举的例子——《圣经》云："太初有道，道与上帝同在，道就是上帝。"对于这三句话，从前中国读书人或经验到一种格格不入的情形，或会有与原句全不相干的情感寄托。这三句的翻译，因为不能传达固有的意蕴，便都是失败的。凡此，都是文化的差异使然。

以上所述，其实为共通的问题。因为有共通的问题，所以有相近和相似的理论，譬如直译还是意译，求信还是求达、求雅，乃是古今中外一直都有的争论，即如讲求"获致原作精神"的"神似"说，和使得译本读来不像译本，"而精神姿致依然故我"的"化境"说，也未尝不是西人关于善译的要求。只是，译论传统不同，阐述方法不同，中西译论遂各有其特点，况且，共通的问题里面也不乏特异者。中国的语言由单音节词构成，无词尾变化，全靠音调决定其意义，其与西方各种语言的差别均极深刻。历史经验不同，思想方法不同，语言结构也不相同。西语句法相近，因此有"等值翻译"的理论；中西句法迥异，所以特强调"神似"与"化境"。其于各自传统的承继与发扬，也都包含其中了。

空论翻译原则，直如纸上谈兵，而《论集》中的文字，篇篇都是实践家的现身说法。进入到此具体的经验的世界，我们才真正体味到语言、文化及其差异的精细微妙之处，而于译事之难，于为不可为之事的译者的甘苦，才有更加切实的认识。严复译书，常常是"一名之立，旬月踟蹰"。为翻译莎翁全集倾注毕生精力的朱生豪氏，也是"一字一句之未惬，往往苦思累日"。其实，所有严肃的译者，无不是如此。比照前贤，真可以使世上众多胆大妄为的"译者"愧死无地矣。

原载《瞭望》1990年12月31日

人类的故事

实有的历史只有一种,讲说的历史却无一相同。就好像一个真实的故事,有多少个讲述者,这故事就有多少种版本。

吉本说历史只是人类罪恶、愚蠢和不幸的记录。经他讲述的历史虽然并不只是罪恶与不幸,到底不足以使人欢欣鼓舞。吉本同时代的一个法国人——冤死在法国大革命中的孔多塞,至死还抱持着另一种看法:"大自然赐予我们无限的希望,人类挣脱了枷锁,正以坚实的步伐在真理、道德与幸福的大道上前进的画面,给哲学家提供了一幅前景,使他从至今仍污染和折磨着人世间的错误、犯罪和不公正中得到慰藉。"他写的历史会是什么样子,我们由《人类的故事》可以约略地窥见,因为,在房龙的故事里面,这段话被奉为至理名言。

房龙生长于充满旧式自由主义气氛的家庭,并在信仰达尔文和其他19世纪先驱者的氛围里面接受教育。早期影响其思想的人物,乃是蒙田、埃拉斯穆斯、法朗士、萨克雷和巴赫。由此造成的"偏见",正是贯穿其著述的基本观点,这一点是作者乐于承认的。房龙的书自 30 年代传入中国，颇得义人学士的好评，美名至今不衰，究其原因，除与他那娓娓道来的妙笔有关之外，怕也部分地得力于他书中的进步历史观。

房龙写《人类的故事》，正是第一次世界大战结束不久。劫后余生，悲观情绪弥漫于世。房龙的看法却是，大战并非末日，而是新世界到来的契机。他站在进步历史观的立场上，第一便要批判"现代"的观念。在他看来，古代、中世纪、文艺复兴和宗教改革以及现代一类人类历史分期法，极易给人以错误的印象，尤其是"现代"这一观念，它包含了一种暗示，即"我们这些 20 世纪的人已处于人类成就的顶峰"。然而，设想一万年后，我们的子孙看我们的历史，或许会把拿破仑当作亚述征服者提华拉·毗列色的同时代人；19 世纪巴尔干半岛的冲突，在他们仿佛是由于"大迁徙"引起的骚乱的继续。凡此，只是因为"我们这些现代的男女并不'现代'。相反，我们依然属于穴居人的最后几代。仅仅在昨天才奠定了新纪元的基础"。

比之一般流行的历史学，那种醉心于高扬人类伟大成就的"现代历史学"，房龙的批判历史学显然要高超许多。它鼓励人类的怀疑精神，主张每一代人都重新去奋斗。只是，倘若这种批判的历史学贯彻得彻底，未尝不会有"批判的批判"。与房龙同代的英国历史学家伯瑞（J. B. Bury）写了《进步的观念》一书，为的是了解"进步"这一种观念，如何在人类的头脑中萌发和壮大起来。他在书的"后记"里说，进步的观念要具有意义，不能不克服所谓"终极性幻觉"的心理障碍。这种"终极性幻觉"是把自己时代的偏见视为当然，就像房龙指出的"现代人"之于"现代"观念。换句话说，进步的观念，作为一种学说，只具有相对的价值，而与文明历程中某个未必很高级的阶段相对应。Bury之后约半个世纪，一位美国学者萨诺夫（R. A. Tsanoff）出版了《文明与进步》一书。此书的前半部探查了西方思想中进步观念的来龙去脉，也不以"进步"为必然。事实上，房龙这位同胞的历史观可以说是"相对主义"的。历史在善与恶两种力量的较量中曲折发展，鹿死谁手，正未可预卜先知呢。可惜，无论Bury还是Tsanoff，自己都不曾亲口去讲述完整的"人类的故事"（Bury编过吉本的名著《罗马帝国衰亡史》，写过历史人物传记和罗马帝国史等）。他们的历史观铺衍开来会是什么样子，我们只能借助于其他历史家的作品来推测，比如赫·乔·威尔斯的《世界史纲》。

威尔斯也可算是房龙的同时代人。他像房龙一样对于第一次世界大战有极深刻的印象，甚至，他所以要重述"人类的故事"，也如房龙一样是因为受了这一场人类浩劫刺激的缘故。只是，房龙相信世界大战带来了新的生机，"为尚未超越早期穴居人阶段的人类工作和卖命"依然是值得的。威尔斯却是想在那幻灭和迷惘的年代，对于刚刚发生的事情提供一个解答，因为一个人的政治活动，正是"他对于过去的看法在行动上的表现"。威尔斯这样来讲述人类的故事："它的背景是深不可测的奥秘，群星的谜团，无可量度的空间和时间。出现了生命，它为获得意识而奋斗，集结着力量，积聚着意志，经历了亿万年代，通过无数亿兆的个别生命，直到它抵达今天这个世界的可悲的纷扰和混乱，这个世界是如此地充满着恐惧，然而又如此地充满着希望和机会。我们看到人类从孤独的开端上升到现今世界友谊的黎明，我们看到一切人文制度的生长和变化，它们现在比过去任何时期都变化得更加急速。这场表演在一个极大的问号上结束。"

房龙要求每一代人都重新去奋斗，以免像史前期不适应潮流的懒虫那样被消灭。在他的要求里面，一定包含了对"现代"观念一类偏见的斗争。然而，这种奋斗不也应当包含祛除另一种时代偏见——"进步"观念的努力吗？

原载《读书》1991年第2期

茨威格人物传记两种

最近几年里翻译出版的人物传记中,茨威格的"玛丽·安托瓦内特"和"约瑟夫·富歇"颇引人注意。这两个人同是法国历史上的风云人物,都曾在法国大革命的舞台上出入,身后又都声名狼藉,原本容易引发公众的兴趣。中译本中,前者易名为《命丧断头台的法国王后》(世界知识出版社,1987年版),就更富于刺激性了。这两个中译本,初版印数分别是32000册和20000册,都属畅销书无疑。推想茨威格的原作也一定好卖。不过,促使作者写这两部传记的,怕不是要满足公众的好奇心吧。

中译"富歇传"正题为《一个政治家的肖像》(三联书店,1988年版),这个书名是原作所有,还是中译所本的俄译本里的,或者,竟是中译者自己加上的,书中没有说明。据我个人的看法,把富歇称作政治家,总是不大妥当的。茨威格在他的书里把富歇说成是没有坚定信仰的权术家,职业赌徒,手法巧妙、空话连篇的冷血老手。这是大家都可以同意的。而茨威格所以要为这种人作传,实是出于某种"研究"的兴趣。在他看来,英雄可以在几十年甚至几百年的时间里面影响人类的精神生活，但是在现实的生活里，在政治力量的范围内，起决定作用的往往不是杰出的心智，不是思想纯洁的人，而是低下得多，然而比较机灵的幕后活动家。现代人单是出于自卫的目的，也要设法去认清这种人，参透他们借以得势的秘密。茨威格笔下的富歇，让我们想起威尔斯对于政客的描述：在争论中极其阴险，在矫饰上非常漂亮，而在精神上彻底地缺乏智慧或优雅。"一个走路蹒跚的、多毛的、兽性的，但也许是很狡猾的家伙，背后极有头脑。"

死于富歇这类"革命者"之手的安托瓦内特，虽然是当日政治旋涡中的核心人物，却是最缺乏"头脑"和"机灵"的。她做法国王后23年，差不多有20年的时间，是生活在轻佻、虚荣、挥霍和放纵之中，只是到了陷于困厄的最后几年，她才真正变成为一个妻子、母亲和王后。关于这个人，她的品格与生平，她在大革命爆发前后的所作所为，以及最后她的死，从当时到现在，众人评说不一。茨威格为这位百余年前的同胞作传，心里是抱了同情的。他相信，无论安托瓦内特有着什么样的缺点和过失，要她承担当时人加于她的种种可怕罪行，总是不公正的。毕竟，她只是各种阴谋、野心和暴行的牺牲品罢了。

茨威格是小说家，也是传记作家，不知是不是还可以称他为历史家。历史家有专门的和业余的区分，而他们作品的不同并不只是一为谨严而枯燥，一为生动但随意。近一百年来史学观念的变迁，由重政治、战争、宫廷、英雄，转向经济、社会、普通人和日常生活。茨威格的这两部传记，注意人物性格的刻画、社会场景的记录、生活细节的描写和事变中各种机遇的作用，真正是得风气之先。由他的书，我们可以更真切地了解到18世纪末法国社会的状况：大革命何以发生；事态的演变何以如此；什么样的人物，怎样的性格，它们在历史上的作用，等等。这时，历史于我们，不再是事件日期的记录，而是充满了欲望的人群的活动；既不陌生，也不遥远，而是伸手可及的。这样的人物传记，虽不一定是狭义上的历史著作，但是肯定述说了历史，这种历史或者比专门家笔下的历史更要来得真实可靠。

好的传记一定不只是讲述一个人的历史，而且记录下一个时代。历史传记在文学上的价值若何，我不能够断言，它在史学上的贡献总是可以肯定的。

原载《瞭望》1991年6月17日

12世纪的文艺复兴

12世纪的文艺复兴，这种说法听上去令人生疑。不但中国人以为闻所未闻，一般欧美民众也会觉得新鲜。依照流俗的看法，16世纪意大利文艺复兴，开启欧洲历史的新纪元，在这之前，是中世纪，是封建社会，是愚昧和黑暗；在这之后，是近现代，是资本主义，是光明与进步。然而，也有人做翻案文章。已故哈佛大学教授哈斯金斯（C. H. Haskins）的一本欧洲中世纪史专著，书名就叫作《12世纪的文艺复兴》。作者在书的前言里面说，12世纪不但有十字军东征，有城镇和西方最早的官僚国家的兴起，而且是罗马风格艺术的极致和哥特式艺术的开端；在这个世纪里面，出现了本土文学；拉丁古典文化、拉丁诗歌和罗马法获得复兴；希腊的科学与哲学开始重见天日；欧洲最早的大学显露端倪。这一个世纪，在欧洲的高等教育、经院哲学、法律制度以及建筑与雕塑、拉丁诗歌和本土文学上面都留下了印记。书分12章，逐项讨论这些文化史上意义重大、影响深远的大事件。

Haskins氏的书出版于1927年，当时即获得学界好评。《耶鲁评论》誉之为最优秀的历史著作之一,《美国历史评论》则视作者为大手笔。事隔50年,加州大学洛杉矶分校"中世纪与文艺复兴研究中心"联合哈佛大学"中世纪研究委员会",专为纪念Haskins氏在这一领域的贡献而举行学术研讨会,这次活动的结果之一,是出版了一部洋洋近百万言的论文集,书名《12世纪文艺的复兴与重建》。Haskins氏的事业,可以说后继有人。

1983年,也是上述论文集面世的第二年,哈佛大学法律学教授伯尔曼(H. J. Berman)出版了一本大书:《法律与革命》。这本书讲的虽然是西方法律传统诸问题,其历史观却与Haskins氏"12世纪的文艺复兴"论有极切近的地方。Berman氏认为,西方的法律传统乃是经历了11世纪以后的六次"革命"而形成。其中,第一次"革命"由1075年教会改革为开端,12世纪的罗马法复兴则是其高潮。是书与Haskins《12世纪的文艺复兴》主题虽不尽相同,却有异曲同工之妙。事实上,后起的法学教授不但说人论史,而且努力要把"史"提到"论"的位置上去,这就比Haskins氏更进了一步。《法律与革命》书前有长篇导论,旨在厘定概念,廓清理论。其中,Berman氏专门拈出"中世纪"(medieval或Middle Ages)和"封建主义"(feudalism)两个概念,认为这两个词的应用于历史研究,实有割裂历史、切断传统之虞。借助于这两个词建构起来的各种理论和意识形态,于事实多有忽略,于历史多有误解,适足引人入于歧途。依Berman氏的看法,倘没有12至15世纪之间(正是所谓黑暗愚昧的"中世纪")发展起来的宪法、公司法、契约法、财产法和其他各种部门法,今人所谓资本主义,17至19世纪间的种种经济发展和政治变化,便不能够发生。Berman氏的这些看法有几分道理暂可以不论,其所涉问题的重要性总是不容忽视的。

自然无待人为，万物自有道理，然而人类要了解自然、探究万物，又不能舍概念、范畴而他求，这既是知识之为主观的一个证明，也是主观之知识的一种局限。运用概念、范畴而不自觉其主观性与有限性者，是为愚妄。唯于这一点有充分自觉者可以摆脱这一种愚妄。Haskins 及 Berman 诸人的努力，至少具有帮助我们免于愚妄的价值。

原载《瞭望》1991 年 8 月 12 日

发现盖尤士

盖尤士，公元2世纪时的罗马人，生卒年月不详，姓氏亦不传。这种情形，与他死后的殊荣很不相称。

盖尤士生前，一直是一名默默无闻的法律教师。他写了许多书，其中一部叫作《法学阶梯》，是为初学者撰写的教本。这部书在它的作者死后大为流行，不但在当时成为通行罗马的标准教本，而且在后来的数百年内，也能够独领风骚，魅力不减。公元6世纪，东罗马皇帝查士丁尼主持编纂法典，有一部同名的著作，它的宗旨和体例，也恰与盖尤士的《法学阶梯》同。查士丁尼以盖尤士为蓝本，当时人并不忌讳。因为在罗马人看来，这原本是光彩的事情。毕竟，盖尤士的《法学阶梯》是一部伟大的著作，盖尤士本人更是不容置疑的天才。盖尤士生前虽不得志，死后却厕身于罗马"五大法学家"之列，到底不曾被淹没。可惜，盖尤士的著作没有能够流传下来，以致后代无数仰慕者想要一睹其风采而不能，这真是十分遗憾的事情。

据说早在1740年，一个意大利学者叫作西皮奥·玛菲的，在维罗纳图书馆一部圣哲罗姆著作的抄本里面,发现了一页写满古代拉丁文的手稿。他认为这是一件古代法律文献,并且判定是后人注释查士丁尼《法学阶梯》的作品。西皮奥·玛菲把这页拉丁文翻译成意大利文发表了。当时,他虽然知道那卷抄有圣哲罗姆著作的羊皮纸早先抄录的是另一种什么作品,现在的文字是后人把羊皮纸涂刮、清理后重新抄上去的,却不曾想到这部中世纪哲学家著作的抄本,跟他发现的这页古代法律文献可能会有什么关联。

后来在1816年,普鲁士驻罗马教廷的使节尼布尔在出使罗马途中于维罗纳图书馆盘桓了几日。这位尼布尔原是著名的罗马史家,还是鉴定古代手稿的专家。他仔细看过抄录圣哲罗姆著作的羊皮纸卷,猜想覆盖于其下的是很有价值的古代文献。后来他征得有关方面的同意,用没食子配制的药水清洗了一页手稿,结果那些被覆盖了数百年的文字就显露了出来。尼布尔认定这页文献是一部罗马法评注作品的一节。他把这个结论告诉了当时德意志最伟大的法学家冯·萨维尼,并请萨维尼做进一步的鉴定。萨维尼一眼就看出这项新发现的不同寻常,他认为那不是普通的罗马法文献,而是伟大的盖尤士的不朽作品。在整卷的羊皮纸被小心地复原后,他的结论得到了证实。又过了一百多年,人们在埃及发现了盖尤士《法学阶梯》一个四五世纪抄本的残片(1933年),把这些残片拿来同尼布尔发现的本子校核,更证实那就是盖尤士的《法学阶梯》无疑。这段古文献发现史上的佳话,想来也是轰动一时的大事件。

还记得几年前,某报刊载消息说,最高法院某部吏员于清理文献时发现久已亡佚的战国末期文献《法经》,现正会同社会科学院法学研究所某公在紧张整理之中。消息一出,学界哗然,海外研究者亦为之兴奋不已。可惜后来不见下文,因为这桩发现一开始就是错的。

历来伟大的发现,即使是出于偶然,也要有种种因缘的凑合方才可能。西人之发现盖尤士,吾人之发现殷墟甲骨,莫不如此。倘若以为发现了《法经》的诸公,自身的学术修为更深厚一些,或者,肯将一己的"发现"先拿与历史学界的文献专家们鉴定一下,那条"振奋人心"的消息大约是可以避免的。

(1992年)

罗马法教材两种

1918年，北京大学出版部推出黄右昌著《罗马法》，蔡元培为之序曰："西洋文明，发源于希腊、罗马。希腊之哲学及美术，迄今不朽，而法学则不得不让诸罗马。何哉？希腊法家若德拉康、梭伦等，类皆偏重刑法，而民法则未遑多及。唯罗马法家，略于刑法，而详于民法。故欧洲各国民法，无不以罗马法为根据，蔚然成一法系焉。文化进步，则民事随之以日趋于复杂；而刑事转以减杀，渐近于措而不用之治，民法之不朽，远愈于刑法者，岂无故哉！我国古代有礼、法之别。法者，今之所谓刑法也；而今之所谓民法，则颇具于礼。礼之起也，本不下庶人，为贵族所专有。其后，贵族之礼，积渐崩溃，而所遗者，不过揖让进退之小节。故当战国以后，贵族、平民之阶级既除，而民法遂无出以建设，不能与罗马颉颃矣。近顷欧化输入，国人始知民法重要，乃始有参考西洋各国民法之举，而探源于罗马法。"现在来看写在70年前的这段话，找寻几处似是而非的说法大概不是难事，不过，倘要说今人写的罗马法教本较当时人所写的有多么大的长进，却也不是容易的事情。

从20世纪初到30年代，近40年的时间里，罗马法教本出过数种，如陈朝璧氏的《罗马法原理》，陈允、应时二人合著的《罗马法》等。此后，战乱频仍，祸患联结，罗马法研究遂成绝响。直到最近10年，世人重修法制，法律教育方才渐趋恢复，至于重开罗马法课程，出新版罗马法教本，那都是最近5年的事情。先是安徽大学周枏老先生出而主编《罗马法》，以为高等学校法学试用教材。后来又有中国政法大学江平、米健二人合著一书，称《罗马法基础》。前者出版于1983年年末，后多次重刊，印行甚广；后者见于1987年6月，专为本校师生参考之用。与前辈罗马法学者相比，这两种教本的著者，大约除周枏老先生之外，都不具备西方古典语文的修养，也不曾留洋深造，精研罗马法，因此所为之教本，旨在补阙，谈不上什么创见。不过，在我国的罗马法乃至法律学的教育沉寂了数十年之后，有这样两种教本问世，且不论其得失，总是可喜的事情。

古代罗马法律的繁盛与发达，前后逾千年，至公元6世纪，东罗马皇帝查士丁尼出，遂有集大成的法律文献整理问世，后人名之为《国法大全》。其中，以摘录古时法学家意见的《学说汇纂》最为著名，作当时法学教本的《法学阶梯》次之。中古罗马法学者精研《国法大全》的代不乏人，其理论影响于实践，颇得潜移默化之功。至近代法典编纂之时，法人参照《法学阶梯》分类体系，分法典为人法、物法、债法三编。德人则继受《学说汇纂》体系，分为总则、债、物权、亲属和继承五编。我们这两部罗马法教本，似乎采用同样的分法。在介绍性的绪论之后，《罗马法》分人法、婚姻家庭法、物法、债法、继承法和诉讼法六章排列；《罗马法基础》则有人法、物法、诉讼法三篇。这两种分法各有道理，不必强分优劣。不过，在具体制度和原则的叙述方面，《罗马法》显得有机性更强，也较为详尽。《罗马法基础》则较简捷，视之为一部内容翔实的大纲亦无不可。这样的篇幅，作为法科学生的参考书似有不足，用作教师的讲授提纲又嫌太详，比较起来，还是前者篇幅较为适中（两书版权页上标明的字数相差仅一万言，想必二者的计字标准不尽相同）。

教科书以取材适中，立论持平为上。由这一方面看，《罗马法基础》取客观主义立场，述而不作，较《罗马法》的喜发议论，强为人师，自然高出一层。再者，《罗马法基础》时常穿插援引《国法大全》以为有关概念、术语、原则、制度的解说与佐证，这即便是得之于二手译文，总还是值得鼓励的。最后，《罗马法基础》于书后列举中、西文参考书，此虽不能炫示作者学识的渊博，却可以表明其诚实。一本好的教科书，也应当是好的引导。就所有相关题目提供进一步的阅读材料，从来都是必要的。在这方面，《罗马法基础》一书的不足或可以表明今人于罗马法研究的不够深入以及相关学术背景的欠缺，而《罗马法》一书中的空白差不多是不可原谅的。

两书均无索引，书内所引术语、法令有时亦不注原文，这些都为读者增添了不便。至于排印中的错、漏、别字更属多见，尤以《罗马法》一书为甚，这都是令作者难堪、读者愤怒的事。因此，很想找 50 年前的第一批罗马法教本来做比照，看在这些技术性问题上面，今人又有多大长进。可惜，这些书多年不曾再版，有数的几册也都收为"库本"，藏于馆内，从不外借。最近几年，旧籍新刊者不在少数，而旧时的几种罗马法教本竟无一重印，实在是令人惋惜的事情。

目今大学中虽开设了罗马法课程，但我们对于罗马法的了解，仍处于入门的阶段。在这种情形之下，与其勉力去写新的罗马法教本，莫若一面在旧著里面选取比较合于时宜的教本来重印，一面老老实实地坐下来，找一两种取材精当、立论公允而又篇幅适中的西文教科书，翻译为中文，供大家参考之用。这也是为学的必经之路。

（1992年）

《名公书判清明集》

"《名公书判清明集》是一部诉讼判决书和官府公文的分类汇编,是研究宋代,特别是南宋中后期社会史、经济史、法制史的珍贵史料。"点校说明中的这一段文字,将此书的内容、意义都说得很清楚了。以下缕述其版本源流,更表明此书作为史料的珍贵:"过去国内能看到的是上海中华学艺社和涵芬楼本(收入"续古逸丛书"中),这两个本子同出一源,都是影印日本静嘉堂所藏宋残本。60年代日本古典研究会出了新的影印本,也是以宋残为底本,只是再加上从中华书局版永乐大典中辑出的三条佚文。"而现在由中华书局印行的这个本子,根据北京图书馆和上海图书馆所藏明刻本清明集,[①]与宋本对校勘定的。这个经过点校的新本较宋残本在篇幅上增加了四倍,可说是目前最完整的一个本子。仅此一点就值得学术界重视。

宋本《名公书判清明集》我早曾见人引用,当时找来一阅而不

---

① 北图本为残本,只有前10卷;上图本为足本,共14卷。

得,后来见到这个新本,真是大喜过望。其时,我正着手研究中国古代的"民法"问题,这是个有着相当难度的课题。蔡元培先生尝云:"我国古代有礼、法之别。法者,今之所谓刑法也;而今之所谓民法,则颇具于礼。"[①]这是比较有代表性的一种看法。说古代的法即是今之所谓刑法,虽然未尽其实,却也与实情相去不远,只是礼绝不可以看作是民法。当然,这种说法也是需要加以论证的。因为事实上,仅就古代社会中"礼"所调整的部分社会关系的性质来说,今之所谓民法是"颇具于礼"的。只是这一点并不能够证明"礼"是中国古时的民法,它只能增加问题的复杂性。考察中国古代的民法问题,恐怕主要还应从调整"民事法律关系"的法律本身入手,而这正是困难之所在。

传统的法典如唐《永徽律》《宋刑统》《大明律》等,虽然完整地保存至今,却都是单一的刑律,其中找不到严格意义上的民事条款。这些法典固然颇能够表明中国古代法的特质,但是就我们这里讨论的问题来说,它们的价值却不是第一位的。在古人眼中,户婚田土钱债(此正是今人所谓"民事法律关系"的主要内容)一类事务均属民间细故,正典中规定甚少(与人伦有密切关系的例外),而且在诉讼程序上,是把它们与轻微刑事案件放在一起,划归州县自理的。这就不但使得当时人对这类案件的处理有相当大的随意性,而且令后来的研究者在材料的搜集方面遇到许多不便。

旧时读瞿同祖先生所著《中国法律与中国社会》一书,曾见其中有这样一则材料:"况逵为光泽县尹,有兄弟争田,逵授以《伐木》之章,亲为讽咏解说。于是兄弟感泣求解,知争田为深耻。"这

---

① 《蔡元培全集》卷三,第193页。

种处理纠纷的方式看似特别，却很能够说明问题。只是，第一，这种有关所谓"民事裁判"的记录乃是间接的和传来的；第二，大抵在宋以前，这类材料只散见于各种史籍里面，不易收集。北宋时候，渐渐出现了两种倾向，一是将前代明敏断狱的记载由史籍中摘出汇编成书，二是把自己的判词收集和保存起来，把它们编入文集。编成于南宋中后期的《名公书判清明集》便是这两种倾向进一步发展的结果。收入此书中的材料，尽是当时名士大夫制作的判决与文告，其中，判决又占了绝大部分。今天看来，这部分史料尤其显得珍贵。

一般法律史的研究者，往往偏重于对法律条文的分析，这种做法有很多不尽如人意的地方，尤其是在研究中国古代法的时候。作为历史社会学的材料，我们的古代法典除受其本身单一性质的限制之外，还有另一重局限，即法条总是建立在一系列预设的前提上面的，这使它很容易与实际的社会生活拉开距离。在这方面，判决便是必不可少的补充了。所谓诉讼判决，不管它所依据的原则实际上是什么，它本身已经具有了足够的法律特征，因此不容任何法律研究者忽视。又由于判决所针对的总是实际事务，因而能够表明实际上是怎样的情形。就这一点说，诉讼记录甚至较法律条文有着更高的研究价值。倘若我们见到的判决材料不但有着很高的真实性和原始性，而且其社会生活的覆盖面具有相当的深广度，那就更可以说是珍贵的了。

据编者的分类编排，《名公书判清明集》凡十四卷，分官吏、赋役、文事、户婚、人伦、人品、惩恶七门，按序排列，涉及的社会领域可说相当宽广。尤其应当注意的是，十四卷中，仅"户婚"一门即占了六卷，若再加上"人伦"门中相同的内容，这部分几乎就是全书的一半。这里需要稍加说明的是，古时所谓"户婚"指的乃是一个大类，其外延超出今人所说户籍与婚姻远甚。比如《清明集》中"户婚"门除包括立继、归宗、孤幼、孤寡、遗腹、收养、遗嘱、分析、婚嫁、离异等关乎婚姻、家庭和继承的内容之外,还有大量只与财产法有关的内容,如对于动产、不动产和界至归属的确认,取赎、抵当、租赁以及违法交易等等。这类材料对于一般法律史和文化史的研究者来说都是弥足珍贵的。因为它们能够被收集在一起,且完好地保存下来,实在是极不容易的。当然,这一类的材料在清代文献里可以见到不少,如清人判牍一类。只是后者毕竟晚出数百年,它们不但不能被用来替代宋人的判决书,也无法取代《名公书判清明集》开风气之先的历史地位。甚至说到眼前的研究,它们作为有益的历史材料也很难如《清明集》一般得到充分的利用。因为普通图书馆不能有这类藏书,而具有相当规模的图书馆通常也只有孤本库藏,查找极为不便。与此相比,中华书局新近印行的《名公书判清明集》虽只印 3200 册(套),却已是大大地方便了宋史乃至中国文化史的研究者了。这固然表明了出版者的远见卓识,但是另一方面,也使我们得以窥见文化研究中一些值得注意的问题。比如,上面讲法律史研究方法上的弊端,在一般文化史研究中也是存在的。其结果,正好比所谓古代法研究几乎就是古代法典(至多再加上条、令、格、式、敕、例等项)解析,传统文化研究往往变成了经典文献释义,包括书牍、碑铭在内的大量史料经常被置于研究者的视野之外。与之相应,不但这类史料的收集、整理校勘和出版不能够满足深入研究的要求,就是已有的史料也经常得不到充分的研究和利用。这里固然有许多技术性的原因,但是究其根本,恐怕还有一个如何认识文化和以怎样的方法研究文化的问题在内。我想,我们正不妨由这一方面来评估《名公书判清明集》出版的意义——不但对于宋史,也是对于一般文史研究的重要意义。

一份用法律记录的社会档案

案头有《今日说法》系列丛书共12册，均由中央电视台"今日说法"栏目组编辑、中国人民公安大学出版社出版。前面的1—4册于2001年1月出版，是"今日说法"开播两周年的特别版，选案二百余件；后面的1—8册则特别标明"2001年"，每月1册，每案必录。编辑的意图很明显，自此以后，《今日说法》将每年12册，一年365期尽在其中。编辑及出版者对这套书如此有信心，不只是因为"今日说法"自3年前首次播出以来，早已经家喻户晓，成了所谓"品牌"，也是因为这一将"今日说法"从电视图像变成文字和图片的尝试也已经大获成功。据其版权页所载，这套丛书初版印数均为3万册，大多一月后第二次印刷，印数至五六万册不等。不知道现在实际的印数是多少，不过我确知，该书甫经出版，盗版便蜂拥而至，以致后来这8册《今日说法》不得不在封底加上了激光防伪标识。总之，走下电视屏幕、跻身书林的《今日说法》表现非凡，空前成功。

图文化的《今日说法》基本是同名电视栏目的文字版，其"故事改写尽量保持节目的叙事风格、语言特色和现场感；专家点评完全遵从原节目内容，力求法理准确、清晰"（"编后"）。因此，即使是没有直接观看过这套节目的人，仍然可以通过这套书了解其内容、感受其精神、发现其特点。因为同样的缘故，我们也可以说，这两套版本的"今日说法"共其命运，它们分享着同样的成功，也暴露着同样的问题。

"今日说法"有"中国人的法律午餐"之说。午餐是个很形象的说法，而把这个节目喻为午餐，自然不只是因为它是在午间播出，也是因为它很重要，重要到不可或缺的程度。基本上说，"今日说法"是一个以面向全民普及法律知识为其宗旨的栏目。这一点正有其时代的根据在。百多年来，中国人为建立统一的现代国家业已耗费了几代人的努力，而此一事业仍未成功。现代国家要求理性的科层化管理和统一于法律的行动，这一要求在愈来愈多的法律规章之外，更要有全国范围内公民法律意识的建立才能够满足。而在另一方面，80年代以来的法制重建，确实带来社会生活若干重要方面的变化，而使普通人的生活与法律发生较以前更加密切的联系，进而自下而上地产生更多对于法律的社会需求。在此大背景之下，一种运用现代传媒技术的大众化的法律宣传和教育手段自然是不可或缺了。

当然，"今日说法"的成功并不只是因为它应和了某种需求。成功的作品从来都有它自己不同凡响之处。"你所关注的就是我们关注的"，印在《今日说法》封面上的这句话可以被看成是这套节目的"广告"，也可以被理解为制作者们的"誓词"。这句话所以有力动人，是因为我们都知道，这个"你"是我也是他（她），是每一个普通的中国人。"今日说法"以案说法，它所讲述的故事大多发生在普通人身上，混杂了普通人的喜怒哀乐，令观者感同身受。这种平民化倾向缩小了节目制作者与民众之间的距离，也缩小了节目中所宣讲的法律（也包括法律专家）与你我之间的距离。

在普法之外，"今日说法"的宗旨还包括"监督执法"和"促进立法"两项。围绕真实案件的采访和报道，有助于法律过程的公开化，因此有舆论监督之效；透过法律在现实社会生活中的表现，立法者可能发现某些亟待解决的问题，而以适当方式加以解决。这些可以算是"今日说法"成功普法的副产品，不过在我看来，其中舆论监督一项也是令这一节目大受欢迎的重要原因。

中央电视台虽非法律或者行政管理部门，却一向是民众申冤告状所求助的一个重要对象。"今日说法"栏目每日信件盈尺，其中大半是投诉。参与节目制作的记者和编辑，工作中常常遇到孤苦无告的人群，发现自己成为他（她）们的希望。这种情形表明，在我们的社会里，仍有许多民众无法得到充分、及时和公正的司法救济，而要解决这些问题，在我看来，靠法制宣传和普法教育是远远不够的。

说来惭愧，在决定写这篇小文之前，我竟没有品尝过这道国人早已熟知其味的"法律午餐"。不过，请不要把我的坦白看成是对这一事业漠不关心的表现，也不必因此对我发表评论的资格感到怀疑。实际上，我讨论的范围虽然及于电视节目，我所依据的却是案头这12册书——其中前4册早在几个月之前就已立在我身后的书架上了。对于像我这样平日既不读报又不看电视，但对日常生活中的法律问题又有浓厚兴趣的人来说，《今日说法》一类书的出版特别值得欢迎。它们为我们保存了一份经由法律记录的社会档案，而这种记录的方式本身，包括节目播出和图书出版的过程，也都是我感兴趣的内容。

一现即逝的图像转换成铅字和图片，口说的故事就获得一种长久而稳定的呈现方式。这种变化为人们接近和了解相关事物提供了更多的可能性。不必在固定时刻坐在电视屏幕前逐日地收看节目，却能够随心所欲地浏览一月数月甚至一年数年的节目内容，这种便利对许多有兴趣的观众和读者无疑也是有吸引力的。有趣的是，据说法官当中也有人亟盼出版《今日说法》，这些法官认为业经报道的一些案件富有启发性。在我看来，"今日说法"的这种"成功"其实不值得高兴。因为它表明现有司法制度未能提供足够胜任称职的法官，也没有为法官们提供及时和必要的知识资源以帮助他（她）们履行其职责，以致他（她）们要从针对大众的普法节目中寻求启示，而这顿"法律午餐"原本不是为职业家们准备的。

无论如何，15分钟的节目或者4—5页的篇幅不是大餐，而只是便餐、快餐甚至午饭的佐料。它适合普通人的脾胃，却不能满足职业者对营养的需求。实际上，即使是根据它为自己提出的目标，这个节目也仍有改进的余地。随意浏览一下，不难发现许多案件被做了过于简单化的处理，或者，案件中最有趣的环节并未受到注意；有时，专家评论显得可有可无；又有时，主持人的倾向性太强太硬，而结尾时的总结往往教训味道十足，既僵硬，又不那么"平民化"。这些问题部分是因为节目时间太短所致，部分则另有原因。

与电视节目不同，文字版的《今日说法》增加了"观众来信，专家答疑"和"电视人语、记者手记"两个部分。我推荐大家读一读后面这一部分，至少我自己把这部分文字读过一遍。我从那里知道，一个短短15分钟的节目，可能耗费了记者们一周甚至数周的时间，我也从那里了解到节目策划和制作过程中编、导们的殚精竭虑，以及记者外出采访的艰辛曲折。更重要的是，我因为这些简短朴素的文字认识了节目后面的制作者们。他（她）们中间许多人都很年轻，他（她）们投身这一事业，因此有机会进入另一些同胞平凡但是严酷的生活，分享他（她）们的哀乐，而他（她）们自己也在这一过程中成长和成熟。这些年轻人的故事和思考令我感动，也让我看到更多的希望。

2002 年 1 月 29 日写于万寿寺寓所

我们生活的三个世界

我们生活中有三个世界，一个是令人敬畏、广袤无垠的宇宙世界，一个是充满神秘、细小而微的无形世界，在这两个世界之间的，便是我们所熟悉的充塞着情欲与苦乐的纷纷扰扰的人间世。

实际上，这是同一个世界，一个万物生长于其中的世界，一个令生活成为可能的世界。然而，我们关于这个世界的知识却是分裂的。这种情形自近世以来尤为显明。神灵居住的世界渐渐成为哥白尼、牛顿和爱因斯坦的世界，巫师和炼金术士们的世界则成了孟德尔和一大批不那么知名的科学家的世界。甚至，我们自以为熟悉的生活世界也在冠以科学之名的各种学科的包围和划分之下变得日益陌生。

知识对于普通人的疏离令世界变得不可捉摸，知识的分裂则破坏了生活世界的整体性。面对这样的场景，我们迫切需要在不同门类的知识之间加以沟通，需要将科学世界重新带回到生活世界。这不只是为了回复到原本是完整的世界，为了普通人能够更好地了解和把握自己生活于其中的这个世界，也是为了克服我们此刻面对的前所未有的困难，迎接那些即将到来的危机。实际上，危机的征兆已经出现。

在普通人眼里，分子生物学不过是许许多多科学名词中的一个，最多，人们会由这个词联想到实验室、显微镜和一些身着白大褂的所谓科学家。不过，许多人开始听说一种被叫作"克隆"的技术，还可能听到围绕这项技术的应用（尤其是在人类中间的应用）而发生的激烈论辩。如果说这些话题对我们每一个个人还不是十分切近的话，那么另一些话题就不同了。比如转基因食品。我们中间有谁敢肯定地说自己不曾接触过这种食品？我们知道转基因食品的出现对于人类生活有重大影响，但我们确知这种影响究竟是什么吗？最近几年，涉及生物技术和基因工程种种问题的报道和讨论充斥着新闻媒体和各种出版物，人们关注的问题从生物制品、艾滋病传播到基因流失乃至基因战争。我们生活中不同世界之间固有而紧密的联系因此而显露无遗。

科学世界与生活世界之间的联系多种多样，我在这里想要强调的是这样一种：科学及其应用对于人类福祉产生广泛而且深刻的影响，科学活动本质上是一种社会活动，不但关乎人群的利益，而且涉及包括道德、政策和法律在内的一系列社会制度。着眼于这一点，则科学问题可以转变为伦理问题、政治问题、法律问题。科学发现和技术应用对于社会的影响可以很容易地变成对某种制度的挑战。

传统上，科学是少数人的事，政治更是如此。但在现代社会，人们越来越多地接受这样的原则，即如果事情涉及每一个人，则每一个人都应当有机会表达自己的意见。即使那些暂时还做不到这一点的社会，也不敢直截了当地否认这是一个正当的原则，一个善治的社会应当遵循的原则。基于这一原则，政治不应当只是少数人的事，在同样的意义上，科学也是如此。

普通民众应当有机会以这样或者那样的方式参与政治决策，尤其是参与那些可能影响其利益的决策。然而，选择以何种方式参与决策和促成什么样的结果，首先取决于个人对自己利益的判断，而这种判断的有效性又在很大程度上取决于判断者对于相关问题的了解。为此，他们需要掌握必要的知识：做出正确判断和选择所需的必要的知识。在我们讨论的范围内，这类知识主要来自像马特·里德利这样的所谓科普作家。

里德利所著的这部《基因组：人种自传23章》（湖南科学技术出版社出版）以引人入胜的方式为普通读者展现了一个奇妙的世界，一个在我们之内同时又在我们之外的令人既熟悉又陌生的世界。我们透过这个世界来了解自己和周遭的环境，了解我们的历史和现在，想象未来。里德利的成功，不仅在于他以一种易于理解的方式为普通读者提供了关于这个世界的新鲜而完整的知识，而且在于他生动地为我们展示了这个科学的世界与我们生活的世界之间的紧密联系，并以这种方式创造了一种新的知识，一种能够为普通民众了解和接受的知识，一种最终可能融入思考和行动之中的知识。

（2003年）

暑假读书计划

暑假是个读书的好时机。上大学时，我会把那些平日想读而没有时间读的书（通常是所谓课外书）留到暑假时读。学期里我期待那一天，就像期盼着一顿盛宴。不过，那时不像现在，没有人给你提供"菜单"，而且，"店"里也没有丰富的"菜肴"。现时的麻烦是，"店"多，"菜"更多，目盲五色，口爽五味。这时，"菜单"便多少有些帮助了。

我推荐的第一批书与动物有关，不过在这里，动物却不是为了满足我们的口腹之欲而生的。然则，动物何用？如果有人提出这样的问题，是因为他们先就认为，动物生来就应当为人所用，那这问题本身就是问题。因为无论怎么回答这个问题，动物要受人役使和利用这一点无可改变。如此，则无所谓开放的讨论，也不会有公正的结论。

刚刚出版的这套"护生文丛"让我们了解到人与动物关系上的许多重要问题，也了解到现代人对这些问题所做的一些深入思考。英人考林·斯伯丁的《动物福利》是一本讨论这一主题的简明扼要的著作，而且富于实践色彩。在当代动物保护的理论和实践中，动物福利思想影响最大。但在有些人看来，若要认真对待动物，只讲动物福利是远远不够的。用汤姆·睿根的话说，问题不在于扩大囚禁动物的牢笼，而在于打开牢笼，还动物以其应得。汤姆·睿根是哲学家，也是动物权思想的首创者，不过，他的这本《打开牢笼》并不是一部艰涩的哲学著作；相反，他要用自己的生命经验告诉读者，动物权意味着什么，为什么要讲动物权，动物权论者是些什么样的人，他/她们如何成为动物权论者。他还认为，你、我这样的普通人都可能成为动物权论者。他的书就是写给我们这些人的。

讲动物权利可能让很多人感到困惑。有人拿这样的问题去问动物权论者：失火的房子里有你的孩子和爱犬，你是先救孩子还是先救狗？《动物权利导论》的作者弗兰西恩干脆把这个问题变成书的副标题，大有把自己置于死地而后生的勇气。他如何对付这个难题？我不能告诉你，因为这正是我认为你应该读一读这本书的理由。如果你对解答难题有兴趣，不妨从本书"附录"中作者对20个他常遇到的问题的回答开始。弗兰西恩是法学家，也是哲学家，他的书，推理细致、论证缜密，而且不离日常生活。实际上，除了教书和写书，他也代理有关动物的诉讼。

人与动物的关系是道德问题，也是宗教问题。从宗教角度能够对这问题说什么？《天、地与我》是一本关于亚洲自然保护伦理的集子。这本书讲述了宗教伦理在亚洲历史上和当代自然和动物保护运动中的作用。它的作者从学者、官员，到王子、王后和宗教领袖，其代表性颇为广泛。比较起来，由一位神学家撰写的《动物福音》风格全然不同。作者试图写一本可以鼓舞人的书，一本"能够触动读者的心和灵魂的书"。我认为他做到了。这是一本美丽的书，调和了虔敬的沉思与激情的告白。读者只需花几分钟读一读第九章"使我们有梦的梦想",就会相信我所言不虚。

《绿色生活手记》是"文丛"中唯一一本中文著述。历史学家张广达先生说它"是一本好看的小书,文笔清新,陈义平实"。这本书的作者不是熟悉数字的环境问题专家,也不是笔下生花的所谓环保作家,但她推己及物的情怀和观察生活的细腻,却让她的议论既亲切又有说服力。自然,她也带我们回到当下的中国,让我们环顾左右,决定如何对待动物,如何对待自己。

如何对待"他人",这涉及正义问题。前几年三联书店出版的《正义的两面》是一部值得再三推荐的著作。这里不能复述作者的观点,也无法演示作者的论证,我只能说,除了对正义主题感兴趣的人,那些想学习如何对日常现象进行哲学思考的人,还有那些苦于不能用简洁、明白的汉语准确表达自己思想的人,都应该读一读这本只有17万字的小书。

如何对待自己与教育有关。这几年,大学教育改革动静颇大,其中,北京大学的改革方案最受瞩目。中国高等教育的毛病究竟出在哪里?时下的改革有没有希望?有两本书可以对照着一读。《大学的逻辑》代表了北大改革者的思路;《谁的大学》则表明了一个自由知识分子的批判立场。前一本书的作者现在执教北大,后一本书的作者曾经就学于北大。两个人都关心北大,关心中国的大学教育,但他们位置不同,风格不同,视野和视角不同,结论更大相径庭。同时读这两本书可以帮助读者了解相关的争论,但是更重要的,是可以帮助读者深入思考这一问题。当然,对教育问题有兴趣的读者也不妨多找几本相关的书来读,比如金耀基的《大学之理念》。这本书在20世纪80和90年代曾经对台湾的大学教育改革有些影响。2000年的牛津版又增加了作者90年代写成的若干篇什。它与前两本书讨论的具体问题可能有一点距离,但可以帮助读者开阔眼界。如果我们学会在阅读中思考,学会正确地提出问题,知道如何作出健全的判断,教育的目的也就实现了。

(2005年)

"漫画"法治

前年秋天某日,在香港中文大学校园,不期然遇见老友方承(亦名英方)。老友以漫画一册相赠,漫画书名《Rule of Law 的故事》,计 36 页,画 44 幅。漫画文字配英文翻译,而且有电子版。几天之后,我把这组漫画直接搬上多媒体教室的大屏幕,当作那天法治课主题的"序曲"。学生们看得津津有味,我也跟着温习了一遍法治(Rule of Law)在中国的历史。

故事大概如下:龟、兔在太阳下晒书,有鸟从异邦来,赠种子一粒。时将雨,龟、兔遂藏种子于书中。孰料种子于书中生根发芽。问其身世,则对以洋文。龟、兔恶补英语,方知其祖居西方,大名 Rule of Law。龟、兔对小 ROL 疼爱有加,建塔为其遮蔽风雨。ROL 日渐成长,终十不堪束缚,龟、兔于是移之于农家院,让 ROL 离开书本,扎根土地。渐渐地,ROL 根深叶茂,开枝散叶,还与村里一直被奉若祖宗神灵的老树根须相连,长成一片。最终,小树林变作大树林,江河之远,山峦之高,尽被其绿。龟、兔再来,只见绿色山川,哪里还去寻当年那粒小小种子?

这个故事寓意丰富,画中飞鸟、种子、书本、石塔、土地、老树、农家院、图书馆皆有所指,把这些视为符号,大体可以做这样的解读:我们所谓法治,也就是 Rule of Law,本是舶来品。而且她刚来到这里时,也只是在书本里,所谓书本上的法律,象牙塔里的制度,最多也只是"一道新的风景线"。要在中国真正实现"法治",必须让她走出象牙塔,进入社会,走出城市,进入农村,这也意味着,她必须适应中国的国情,与中国固有的思想和制度资源相结合。

故事讲完了,问题才刚开始:那颗叫作法治的种子到底生在哪里?村里那世代受人膜拜的老树又究竟是棵什么样的树?外来的树和自家的树到底有何不同?她们是毫不相干,还是异中有同?若说是全不相干,则如何结合?若说是异中有同,则同在何处?她们最终枝连干结,生出的果实是甜是酸还是苦?说到底,法治究竟只有一种还是多种?还有,龟、兔者何人?她们为什么善待小小 ROL?那些城里人和乡下人,又为何接纳这 ROL?那滋润法治的水土,是酸性的还是碱性的?那把法治种子带去四方的,是东风还是西风?

我的问题让学生们陷入沉思,那一刻,我好像看见画者在暗中窃笑。他打开我们的视界,勾起我们的好奇,却兀自离去,不给我们留下答案,害我们在那里冥思苦想。这正是《Rule of Law 的故事》的魅力所在。当然,作为一种特殊艺术形式,这组漫画的魅力也另有渊源。生动的形象、流畅的线条、平白的语言、巧妙的比喻、质朴的幽默,把画者关于法治的严肃思考化作一个可爱的童话。这样的本领让我羡慕不已。

素知方承兄善画,也曾听他略述平生所愿:一个乡间小院,几只大狗，鸡鸭若干，闲时濡墨挥毫，施以丹青。可惜的是，这样的理想，对于他这样责任心重且常为他人着想的人，却是近在咫尺，远在天涯。尽管如此，他那渴望自由与艺术的心总是不甘。这些画作，便是他在忙碌的日常琐务之中，抓住其中的每一点空隙做成的。最近见方承兄时知道，在那册《Rule of Law 的故事》之后，他又完成了若干新的系列，前后有七八册之多。如此高产令我叹服，也让我对方承兄这项"业余爱好"有了深一层的了解。这可不是什么闲情逸致，更不是茶余饭后的消遣，这是生来自由的心灵要挣脱层层俗务包裹的呼吸。咫尺之方，乃是画者保持心灵自由与精神平衡之所在。画之于画者，已不再是外在的技巧和工具，而化作其精神与血肉的一部分了。

（2008 年）

书评

"现代化"的代价

"现代化"是什么？这是《世界范围内的反现代化思潮》(贵州人民出版社1991年版)一书的作者艾恺第一要回答的问题，而谈论的既然是世界范围内的同一种思潮，这个"现代化"的定义就不能只建立在西方经验的特殊性上面，于是，我们看到一个客观、普遍和可以用经验尺度验证的"现代化"概念，即它是"一个范围及于社会、经济、政治的过程，其组织与制度的全体朝向以役使自然为目标的系统化的理智运用过程。"这个定义与人类的道德目标没有关联，亦不涉特殊的文化价值，所以是客观和普遍的。只是，社会生活的普遍理性化和人类役使自然能力的明显提高，势必极大地改变人类的生存状况，从而对人类的价值世界发生深刻影响。18世纪以还各种针对"现代化"的文化和社会批评，皆是由此而来。

"现代化"运动始于18世纪，发源于西欧之英格兰和法兰西，这些，学者之间并无争论。但是说到这一运动文化上的渊源与思想上的缘起，则众说纷纭，迄无定论。艾著设专章讨论"启蒙运动"，表明了作者在此一问题上的看法。作者认定，倘无思想领域的相对变化，只经济因素不足以造成社会变迁。易言之，人须要有某种特别的心理动机，愿意接受利于现代化改变的各种价值和主义。这样，作者便把"现代化"的思想渊源推到了"启蒙运动"。

"启蒙运动"的核心概念乃是"理性"，由此引出一种含混而普遍的对于"进步"的设定（作者为什么不更进一步追溯到笛卡尔？！）。当时人以为"进步之为物，无非日益有效地运用理性，以控制自然与文化的环境"。此种"理性—进步"观念的确立和传播与中产阶级的日益强盛相得益彰，最终在逻辑上和历史上导出了功利主义的道德体系。功利主义之道德观，就其消极方面而言，蕴含了某种反道德的因子。它把道德评判的最终标准建立在人类好逸恶劳的本性上面，遂使道德变成为个人的事情；又因为对于效用的强调，它同时又抹去每一个体的特殊性，而将个人"非个人化"（depersonalized）了。其结果，功利主义道德体系必定走向"道德破产"。了解到"现代化"运动这一层思想文化背景，我们对以后诸章描述的反现代化思潮的性质，自然就容易把握了。

自18世纪至20世纪，300年间，现代化浪潮由西向东，汹涌而来。先是，相对于英、法，德意志为东；继而相对于西欧，俄罗斯为东；最后，相对于欧美乃至俄国，印度、中国和广大的非西方世界又为东。在这一种西方与东方的相对变化之中，"反现代化思潮"渐次展现出极复杂多变的性格特征。决定此一种复杂性格的因素是多种多样的：民族、宗教、时代变迁、传统思想方法乃至于个人的禀性与经历等等。作者显然不满意于特殊人、事的特殊解释，他的目标是要透过种种偶发事件去建构一个解释的模式，使隐蔽其后的深刻矛盾明晰可辨。这里，仅就其中最要紧的两个问题综述如下。

首先，就其理论形态而言，各种对于现代化的批评恒建立于一种概念的二分结构之上。这种二分结构表现在认识论上是：直觉，本能/理性，科学，计算；在心理学上是：情绪/理智，自发的/机械的；在伦理学上是：道德论/功利主义，利他主义/自私；在人类学上是：亲属关系，道德关系/金钱关系；在社会学上是：群体/个人，社会/国家；在政治学上是：地方自治/中央集权，官僚制度；在历史上是：农业主义/工业主义；在文化上是：人/机器，与自然认同/向自然斗争，和谐/冲突；在艺术上是：诗情的/科学的，精神的/物质的；在宗教上是：虔诚/邪恶；等等。在这个可以无限开列下去的二分序列里面，前项总是好的、可欲的，后项则相反，是对价值的否定。"现代化"的批评者通常在历史上设定一个实体，用它做所有美好价值的载体。自然，这样一个实体并不总是相同的。这样，我们就进到了反现代化思潮的历史形态之中。

最先对现代化提出批评的英、法人士，惯常把刚刚逝去的中世纪认作诗情画意的王国。然而，随着现代化运动的向东扩展，这个在价值意义上与"现代化"对峙的中古，依次变成德国浪漫主义的"民族精神"，斯拉夫主义的"俄罗斯公社"和印度、中国及日本的本土文化（虽然这些本土文化总要冒称"东方"或者"亚洲精神"）。在这种变化的模式里面，"现代化"及种种随之而来的邪恶，本质上都具有"西方的""外来的"特征，它们至多代表一种物质发达的文明，而所有较高的价值，所有关于存在的意义，全系于本民族历史文化之上。所谓"文化民族主义"指的就是这样一种立场。

作为对"现代化"（同时也是外来文化）的一种回应，"文化民族主义"一开始就是自相矛盾的。一方面,"文化民族主义"者倾向于把自己所属文化的精神提升至普遍性的高度,视之为拯救"西方"于沉沦的普世真理,但同时又把这种普遍真理与本民族的独特性联系在一起,因此产生"共相"与"殊相"的矛盾。另一方面,"文化民族主义"常常演变为"国家主义",进而成为创立现代民族国家的精神资源。据作者分析,"国家主义"乃是建立民族国家的必要条件,而所谓民族国家,又正好是"现代化"的一项重要内容。因为实际上,导致经济领域种种变化的原则,同促成中央集权官僚体制的动因原本为一物:"两者同样排除了社会的质的差异,减除了文化上的分歧,而导向于机械性的单一。也就是说,在两个领域中,技术的效率性成了终极的价值。"结果我们发现,"文化民族主义"者意欲保有的诸般价值,与民族国家建立其上的一般原则正相反对,但是建立这样一个民族国家恰好可能是抵御外侮、保全民族文化唯一有效的手段。"现代化"造成许多人类基本价值的失落,但要保有这些价值却要先实行"现代化"。这是一个逻辑的悖论! 300年来,所有"现代化"的批评者都在其中苦苦挣扎。我们且举出两种典型的表现。

第一种表现在逻辑上是圆满的。既然"现代化"是罪魁祸首,而文化实际上是不可分割的整体,则保守人类精神价值的唯一办法,即是不妥协地拒斥工业化、商业化、都市化、理性主义、国家主义、个人主义和所有可以名为"现代化"的东西。代表这一种立场的,在印度为甘地、泰戈尔,在中国为辜鸿铭,在俄国有托尔斯泰等。这一派思想家甘愿为道德价值去牺牲"民族富强",其道之不可行甚明。所以他们不但是数量上的"一小撮",而且其历史命运注定是悲剧性的。

第二种表现是妥协的，其基本立场可以借中国的"体—用说"阐明：本己的"精神文化"与外来之"物质文明"，一为体，一为用，主次分明。物质文明被视为普遍有效的手段，原则上可以被纳入到任何一种具有独特性的精神或价值体系之中。此种体、用结合的"现代化"，即将促成综合东、西方文明之长的崭新文化。且不论"体—用说"在理论上是否圆满，实际上又是否可行，此种乐观主义的见解迄今仍为人们普遍地接受。此时，真正的悲剧在于，甘地一派的见解可能是对的。在历史与逻辑之间只能有一种选择：生存的代价要求牺牲逻辑，而要守逻辑上的一贯，就等于放弃生存的机会。对历史上的任何一个民族来说，难道这里还有什么选择吗？

300年来，"发展"乃是压倒一切的要求。而在世界的范围之内，现代化的意义到处都是一样的：理性主义、国家主义、个人主义、普遍的商业化、都市的崛起、大机器生产、官僚化、契约原则、无所不在的法律统治，等等。与此同时，传统社会群体如家庭、学校、行会、村社、宗教社团日益萎缩乃至于分崩瓦解，所有植根于传统社会土壤中的价值亦被打得粉碎。我们看到，这种历史趋势不受任何地理界域、意识形态和文化相对性的限制，具有真正的普遍性。这一点，正是作者在书中所特别强调者。他说："现代化在任何地方基本上是同一个过程，也产生同样的问题，苦痛与不安等等——或者，我们可说任何地方皆付出类似的代价。是故，对现代化的批评也就代表了深植普遍人性的 种同样有普遍性的反应。"

把300年来持续不断的"现代化"与"反现代化"的冲突，一直追溯到"普遍人性"、人性中"深邃的两面性与暧昧性"，无疑是深刻的和富有洞见的，只是作者并未更进一步去论证普遍之"人性"及其与现代社会的关系究竟是怎样的。另一个隐而未发的问题关涉到"进步"的观念。对于"社会进步"的坚强信念,构成启蒙时代一项显著特征。而最近300年里人类知识和社会财富的迅猛增长,又一向被视为"社会进步"最有力的证据。然而实际上,18世纪启蒙思想家憧憬的理性王国,今天不但没有实现,反而显得愈加遥远和靠不住了。最大的困惑表现在"理性"原则在社会各个领域的贯彻,结果竟是整体的非理性!"自由"的个人日益沦为机器——不拘是工厂的生产线还是官僚机器——的附属品;经济的持续稳定增长同时意味着更大规模的能源危机和环境污染;物质生活水平提高带来的人口压力为人类前途投下阴影;高效率的现代战争和大规模毁灭性武器则直接威胁着全人类的生存。甚至,作者断言,"现代化"与人类幸福与满足之间的关系恰成反比(第213页。可惜关于这一问题书中论证并不充分)。那么,作者面对300年来人类历史上亘古未有之大变局将采取怎样的立场?他说:"现代化是一个古典意义的悲剧,它带来的每一个利益都要求人类付出对他们仍有价值的其他东西作为代价。"然而为了"现代化"的种种,人类值得付出这一切吗?或者,人类终能承受如此沉重的代价而不致堕入深渊?作者只是说:"民族国家官僚体制扩张以促行现代化及其他原则的世界范围模式,是明显的,不可逆转的,它摧毁了种种对人类有重要性的价值、制度及其他实体。……现代化及与其同时存在的反现代化批判,将以这个二重性的模式永远地持续到将来。"既然本书不是把"进步"问题当作直接的论题,我们也就不必苛求作者了。

据说,《世界范围内的反现代化思潮》系直接以中文写成,这令我在钦佩之余更有几分惊奇。艾恺先生的中文,亦如其思想一般,简捷、明晰而有力。猜不出作者何以选用中文来写这本书,毕竟这不是一部专注于中国问题的论著。或者,作者意欲以此表明他对于中国近代历史、人物的特殊关注?由此想到另一个问题。在中国,"现代化"与"西化"经常是一对可以互换的概念,且在历史上,中国的现代化也确实是以"西化"开始。然而,作者着意避开"西化"概念,偏重于技术方面描述"现代化"之特征。这种做法或可以表明某种西方学术传统的影响(比如马克斯·韦伯对"现代化"的界定,又比如作者提到的法国人艾露关于"技术"的定义)。这样做的好处,不单使得概念易于检验,而且——就本书而言——因为扩大了"现代化"定义的适用范围,而使"现代化"与"反现代化思潮"中共有之最本质特征显现无遗,它的欠缺是在一定程度上牺牲了历史的丰富性。启蒙时代提出的民主、自由、平等、人权一类原则,无疑含有西方文化的特殊经验在内。同样确定的是,这类价值至少在中国这样的地方,早已成为"现代化"不可移易的部分。"五四"时期,国人以"民主""科学"为现代化之精髓。此后数十年间,作为对"现代化"要求的一种回应,已经有一套完整的意识形态和制度被创造出来。相信这样的问题,在广大的非西方世界具有普遍意义。尽管作者并不肯定自由、民主一类原则与经济现代化是否有关(可注意的是,作者在论及作为古典意义之悲剧的"现代化"时,特别谈到这类原则在现代社会中的消极意义),但他一定不能够否认,一个吸收融合了价值要素的"现代化"概念,至少在中国是真实的。关于这一问题,还可以借作者自己提供的事例来说明。作者认为毛泽东也是一个反现代化思想家。假定他愿意更进一步去阐发这个论断,也许我可以说,除非他重新考虑关于"现代化"的定义,否则有关毛泽东反现代化思想的描述和论证将是不完整和不充分的。

　　以世界范围内的反现代化思潮作讨论的题旨，由这一点可以见出作者立意的高超，而将这样的讨论浓缩在一本不足 20 万字的小书里面，思想的凝练亦不难想见。我欣赏是书明快的写法，但是偶尔也感觉不满足。作者自谓对反现代化思潮的检讨"极为粗糙且缺乏系统"，这当然是谦辞。但如果说它失于简略却可能近于事实。因为简略，在一些地方，论证可能不尽充分，在另一些地方，令读者感兴趣的论题亦难完全展开。也许，此书只是一份详尽的论纲，有朝一日，作者会把它铺衍成一部洋洋洒洒的大书，再次给予我们阅读和思想的快乐。至少，这是我所企盼的。

原载《二十一世纪》1992 年 12 月

读《不含规范的伦理学》

在由个人组成的社会里面，人们的行为须要合乎一定的规范，否则，社会秩序就将不存。然而，在涉及道德价值和伦理规范的地方，人们被要求服从某一行为规范，除上面谈到的理由外，更主要是因为这样做是"好的""善的"，因此也是"应当的"。问题是，我们如何知道这样做而不是那样做是"好的"和"善的"？是因为我们被要求服从的规范在相应情境中体现了"善"，还是这些规范本身就足以表明"善"之所在？对于这些以及相关问题的探究和回答，构成了伦理学上一些长期不决的论辩主题。

赵汀阳《不含规范的伦理学》一文（以下简称《伦理学》）以一种尖锐的方式向传统的建立在规范基础上的伦理学提出了挑战。在《伦理学》看来，传统伦理学认为规范决定了道德生活，而且解释着道德价值，这种立场完全是错误的。因为事实上，规范与价值原本为二事，"规范本身不含价值，……价值落在规范之外"（节1）。那么，规范的意义何在？价值又如何确定？对于这些问题，《伦理学》——给出了自己的回答。应该说，不管人们是否同意他们所读到的那些看法，也不管一种要彻底取消"规范"的主张是不是可行，这样的讨论显然有助于人们对流行的规范以及它所谓"规范主义的思想方式"进行理性的省视，而避免愚昧和盲从的流弊。不仅如此，《伦理学》并没有在传统伦理学"失败"的地方止步；相反，对传统伦理学的批判只是其建构"不含规范的伦理学"的开始。这样，我们便看到一种有益的尝试，而不论其成功与否，这种理性的省思和批判肯定为一种健全社会生活的探寻所必需。

《伦理学》所涉问题甚多，其本身存在的问题也甚突出。不过，由于某些技术性的原因，本文无法就所有重要的和有趣的问题展开充分的讨论，而且，基于一种纯粹学术上的考虑，我将把有限的篇幅主要用在对《伦理学》一文中可能存在的问题的讨论上面。我希望，这样做不致削弱《伦理学》一文本身所具有的建设性意义。

《伦理学》本身的问题主要可以被归结为两种自相矛盾的主张，其一涉及作者的基本立场，其二与作者运用的基本概念有关。

《伦理学》认为，价值乃是人们感兴趣的东西，伦理学只能建立在事实的基础之上。那么，什么是作为"事实"的"人们感兴趣的东西"呢？回答有两个系列：优越的和利益的。前者包括行为的自治或自主权、人格尊严、真理、亲情、爱情、友谊、智慧、勇气、诚实、慷慨等，后者包括生命、财富、权力、荣誉、地位、婚姻及各种权利（节3、4）。从传统伦理学的角度，可能对后一系列价值以及这里的价值排序提出许多问题，不过，我所注意到的主要是前一价值系列，即所谓"优越的价值"。与作者对诸如"同情""和谐""博爱""仁慈"一类传统上公认的价值的摒弃和严厉抨击相对照，"优越的价值"显然更具有个人主义色彩，尽管那些受到指责的价值并非不能被视为"事实"。更可注意的是，在作者向人们展示的两个价值系列中，都没有包含人们所熟知的那些社会性价值，如和谐、合作、秩序、集体安全、公众福利等等。这种"忽略"恐非偶然。建立在"事实"基础上的伦理学坚决反对多数人对少数人的压迫（也因为同样的理由而反对"规范"），"它不为'某些人或多数人'（some or majority）着想，而是为'所有人或每个人'（all or every）着想。这条原则把思想与意识形态区分开来"。这样，作为思想而非意识形态的伦理学，其根本的任务就是"以所有人或每个人所追求的价值作为无疑的前提，去说出如何获得这些价值的真理"（节3）。为保证伦理学不沦为意识形态，为确保所有人或每个人"所感兴趣的东西"（即价值）得到尊重，伦理学被相对化到这样一种程度，以致它完全不再具有批判性。然而，这显然不是作者张扬"没有规范的伦理学"的本意。因为紧接着，作者明言其伦理学是所谓"做人主义"而非通常的"人本主义"。前者区别于后者的地方就在于它并不认为人的存在本身有何价值，"做人主义要求一个人必须去做成道德人，然后才是一个有价值的人"。所以，"人类的败类是不能被同情和宽容的"。当然，作者也承认，"败类"的标准会有不同，不过，"残害虐待儿童、制造假药以牟利、出卖朋友和亲人的人无疑是败类"（节5）。这里，作者不但采取了他所批判的普适主义立场，而且毫无障碍地回到了他所拒斥的"规范"上来。这里，撇开"做人主义伦理学"可能涉及的种种问题不谈，我只想指出，着眼于所有人或每个人所感兴趣的东西的伦理学（它以极端的相对主义为特点），如何与做人主义的伦理学相协调（它采取了简单的普适主义立场），这可能是作者须要首先予以考虑和解决的问题。

《伦理学》中隐含的第二组矛盾不像前一组那样触目，但是同样要紧。关于这组矛盾，我们仍可由"规范"入手。先引一段原文：

> 规范不仅不代表价值，而且不是必需的。它只不过是一种约束行为的措施，仅仅是诸种措施中的一种，而且不是最好的，事实上它是比较落后的一种，它意味着不够健康不够完善的社会生活。随着社会生活的健全，伦理规范将被法律取代，而且我们有理由要求这一取代。当规范被法律取代，"规范生活"就将消失，但这并不意味着只剩下"法律生活"；相反，一种不同于"规范生活"的单纯的"道德生活"将被加强，并且成为"法律生活"的基础。（节1）

这段话给出了《伦理学》的三个关键词：规范、道德和法律，而且简明扼要地阐明了三者之间的关系。坦率地说，这个对于《伦理学》来说甚为关键的分类是令人费解的，基于这一分类所做的阐述也未免专断。

很明显，《伦理学》是在某种不同寻常的意义上使用上述基本概念。所谓"规范"，专指伦理规范，扩大则为伦理秩序，却不包括寻常所谓道德，因为"道德"仅指道德价值，确切地说指有别于"规范"的行为评价标准。表面上看，"法律"概念最为单纯，最少争议。事实上，这个概念问题最大。这不但是因为法律这一概念本身含义丰富，而《伦理学》对这一概念恰好着墨最少，更是因为在论及其与规范和道德的关系时，它已或多或少被潜在地定义了。比如在分类上，"法律"被排除于"规范"之外，而这并不只是偶然的个人用语上的选择问题。"道德"所以被如此定义，是因为在作者看来,"道德生活"不同于"规范生活"。问题是,根据作者对"规范"的一般定义("一种约束行为的措施"),法律尚不足以被排除在外。然而,作者确实这样做了,因为他看到"规范"与"法律"之间有许多重要的不同,我们可以由下面列举的《伦理学》对"规范"的界定和批评来了解这种不同。

相对于"法律","规范"具有如下特征:

1."规范"乃是出于多数人的约定,即使最好的"规范"也只为多数人着想(节1);

2."规范"的程序落后混乱,是比较落后的约束行为的措施,与不够健康不够完善的社会生活相连(节1);

3."规范"的意义不在于维护社会秩序,而在于维护某种特定的生活方式,同时抑制其他的生活方式(节2);

4."规范"以利诱和妨害两种方式"温和地"迫使人们就范,它干涉、破坏或剥夺了生活中几乎每一方面的合法自由(节2);

5."规范"是不明确的规则,它留出了太多的解释余地,它的实际意义晦暗不明(节2);

6."规范"压制某些人不喜欢的行为,它所剥夺的是人类创造性行为的自由(节2)。

法律与道德(在这个词的通常用法上,它肯定包括"规范")的关系,它们的分野和关联,一直是法理学上引人注意的话题之一。今天,即使不把道德视为法律的一种要素,人们也乐于承认法律与道德在各个不同层面和意义上的联系。比较来看,《伦理学》有关"法律"与"规范"的区分和论断,虽然不是全无根据,却颇多简单、绝对和似是而非之处。

首先,法律也是一种约束人行为的规范,它也具有这类规范所具有的一般特点,比如,它也处处需要解释,甚至那些初看上去明白无误的规范也可能如此,以致"法律解释"成为法学的一个重要分支。又比如,法律也是一种"约定",而且往往也是多数人的约定,在今天,民主政治原则保证了它的合法性。这些或者可以表明,"规范"与"法律"的分类是不恰当的,它们之间的分别其实只具有相对的意义。

进一步说,法律与道德伦理规范同在一个连续体上,它们之间的关系也相当复杂。历史上,法律与道德、伦理、宗教乃至习俗之间的界线并不清楚,在不同的社会,它们可以有不同的配合并且在相当大的范围内相合。自然,在现代社会,法律的一项重要特征就在于,它具有某种区别于其他社会规范的"独立性"或"自主性"(韦伯所谓"形式合理性")。不过,这种变化与其说是一种"进步",不如说是一种伴随着社会形态演变的改变,在这种社会形态中,法律与包括道德伦理在内的其他行为规范的"分离"可以被视为某种合理的"分工"。因此,即使是一个社会进步论的信奉者也无法由此得出结论,说法律(且不说是什么法律)与更健全更完善的社会生活相连,以致人们有理由期待法律去取代"规范"。

现代社会里,各种形式的规范并存,这种情形反映了社会生活的复杂性。一方面,不同制度具有不同的功能,简单地用一种制度去取代另一种制度,其结果可能是灾难性的;另一方面,绝对自主、单一的"法律"实际上只存在于神话当中。现实中的法律具有复杂的情态。它的"内核"(比如一些极重要的法律原则)并不比典型的道德伦理规范更"明确",它的外缘更是模糊不清(这一点早已为法律社会学的研究所揭示)。它们表明,一个社会的法律,不管我们如何界定它,与包括道德伦理规范在内的其他社会规范之间，具有某种深刻的支持性关系。没有了这些社会规范，法律的生命就将枯竭。那么，主张法律取代"规范"究竟是什么意思？通过一道法令，宣布所有"规范"无效？这不可能，因为它完全违反事物的性质。把内容明确的和具有强制力的"法律"扩大到社会生活的所有领域，或至少是把原来由"规范"调整的全部社会关系都纳入到"法律"当中？如果这是可以想象的话，那么我们所看到的将是一个空前可怖的"法律帝国"。在那里，人们的自由将丧失殆尽。

《伦理学》抨击"规范"、高扬"法律"的最重要的理由，就是前者"妨害和破坏自由"，后者则保护自由。断言"规范"总是破坏自由，需要拿出更多的证据。这里只指出一点，即如果这种论断终能成立，作者所定义的"自由"恐怕会引出不少争议。说法律提供了对自由的保护，似稍嫌笼统。现代社会中的法律以维护个人自由为理想，且在相当程度上实现了这一职能。但这些并非没有条件和代价。从历史上看，法律主要通过使自己区分于道德、宗教、政治和习俗等领域的办法来获得自主性，从而为个人自由提供保障。结果，道德成为"私人领域"的一个部分，不仅法律从"道德"的领域中"退出"，而且在许多与一般所谓道德发生这样或那样联系的案件里，法官只问法律（合法与否），不问道德（有德与否）。法律通过这种划分公、私领域的办法为个人的自主活动留出尽可能大的空间，其代价是自主的个人可以"自由地"（即不但不受法律干涉，反而是在法律的"保障"之下）选择道德（的生活）或不道德（的生活）。具有讽刺意味的是，这一点恰好是真正意义上道德生活的基础。

《伦理学》批评"规范"容易造成虚伪是完全正确的，但是它提出的解决办法令人怀疑。取消"规范"在实际上没有可能，而在原来存在"规范"的地方代之以法律,那就不但消除不了"规范"所固有的弊害,而且会极大地加强这种弊害。因为法律不仅是规范,更是一种具有强制力的规范,对于违法者,它不会满足于任何一种"温和的"制裁,以之行道德之职,结果必如孔子所言:"导之以政,齐之以刑,民免而无耻。"毕竟,"规范"不具有与法律同等的强制力,正是这一点使人们享有更多的自由。相反,"伦理学"所构想的那种法律与道德的同盟,"由法律来保证秩序,而由道德来解释法律",让法律去关注"行为的意义",让道德"通过法律获得力量"(节6),恰好对自由构成了最大的威胁。因为,一旦把"规范"以外的价值、意义等引为解释法律的依据,法律所具有的明晰和确定等特征就将消失,法律规则的含义也将变得晦暗不明;每一个案件都会适用一条特别的法律,程序正义的概念将失去意义。稳定的期待不复存在,自由如何获得?且不说,构想这样一种道德与法律的同盟,其中,称职的法官必须首先是一个能够不受"规范"迷惑且能在"规范"之外发现价值之所在的道德家,这是否对人类的能力和品性寄予了过高的期望?

原载《学术思想评论》第一辑(1997)

重新解说西方法律史

1989年冬日将尽的一天，在靠近哈佛广场的一家书店里，我一下就注意到架上那本《12世纪的文艺复兴》（著者为已故哈佛大学历史学教授哈斯金斯），并且当即把它买了下来。凑巧的是，一个多月之后，就在同一地点，我又买了厚厚一本讨论同一主题的论文集。此刻，这两本书就摆在案头。

我并不是欧洲中世纪史的专家，而我之所以对这段历史、这个主题感兴趣，乃是出于以下两个原因。其一，正如著名法律史家梅特兰（F. W. Maitland）所言，12世纪原是"一个法律的世纪"。对于一个曾以"外国法制史"为学习专业的人，这段历史不可以不知。其二，长久以来，人们只知16世纪"文艺复兴"，而不知有"12世纪文艺复兴"；只关注义艺复兴中的哲学、文学和艺术等，却不知亦不谈其中的法律。纠偏补缺，这已成为我的一个夙愿。

问题是，发掘若干史料，补写一段历史，意义何在？12世纪之西欧，"复兴"见于法学、科学、哲学和文学，那时节，有大量的古代典籍重现和缘翻译而流传，图书馆和知识中心建立于斯，欧洲最古老的大学也开其端绪。这些,《12 世纪的文艺复兴》一书皆有专章叙述。然而,勤于思考的读者必不以此为满足,他们定要探问前因后果、事情始末,一句话,他们要追问贯穿其中的意义。如果,历史果非如流俗见解所认定的只是不可更改的"客观实在",而是某种靠史家发掘、激活和"忆起"(卡西尔语)的存在,那么,历史编纂应当不乏"意义"。

年前翻译出版的《法律与革命——西方法律传统的形成》(H. J. 伯尔曼著)是一部以 11 至 13 世纪欧洲法律发展为主要线索的论著。在重点讲述 12 世纪的历史并且强调其重要性这一点上,此书与《12 世纪的文艺复兴》颇为相近,甚至,它们所用史料亦有相当部分的重合(碰巧的是,两位作者同是哈佛教授,这两种著作也同是由哈佛大学出版社印行)。不过,两位作者专攻不同,关注之点相去更远。哈斯金斯写 12 世纪的文艺复兴,重在补缺;伯尔曼讨论西方法律传统,意在纠偏。补缺自然特重史料,纠偏则不能不突出理论上的思考,只是,既然为史学研究,势必要让材料说话,在历史编纂中见出意义来。这一点,正是伯尔曼此书最吸引人的地方。

《法律与革命》虽然是一部巨著(中译本 821 页,约 70 万字),结构却异常简单。全书共三个部分:导论、本论(原无此题,姑且名之)和尾论。首、尾两论专注于理论问题,但是篇幅甚小,本论系全书主干,其中又分两个部分。第一部分"教皇革命与教会法",主要讲"西方法律传统"的各种渊源——民俗法背景、教皇革命、欧洲大学、神学和教会法体系、结构等;第二部分"世俗法律体系的形成",由世俗法概念始,依次论述封建法、庄园法、商法、城市法及王室法各分支。作者的主要结论是:

西方历史上的第一次重大革命是反对皇帝、国王和领主控制神职人员的革命，是旨在使罗马教会成为一个在教皇领导下的独立的、共同的、政治和法律实体的革命。教会（这时首先被看作神职人员）通过法律朝着正义与和平的方向为拯救俗人和改造世界而努力。不过，这只是教皇革命的一个方面。它的另外一些方面是，皇帝、国王和领主的世俗政治法律权威的增强，以及数以千计自主的和自治的城市的创设；经济活动范围的巨大扩展，尤其是在农业、商业和手工业领域；大学的建立和新的神学和法律科学的发展；以及其他。一言以蔽之，教皇革命具有全面变革的特性。它不仅构想了一个新天堂，而且也展示了一个新的尘世。……

正是这次全面的剧变产生了西方的法律传统。（《法律与革命》，第 627 页）

这样的叙述和判断显然隐含了若干理论前提，因此不可避免地要引出许多问题：所谓"西方法律"究竟何指？在英国法、法国法乃至罗马法之外，难道还有"西方法律"？若有，则法律者何？源自 12 世纪的"西方法律传统"究竟包括哪些内容，具有何种特征？彼与通常所谓近现代法律是何关联，与近代各民族法体系有何关系？所谓"教皇革命"果真如此重要？法律与宗教到底是什么关系，它们与社会又是什么关系？自然，这里列举的并非全部可能引发争议的问题，本文实际上也不打算讨论所有相关问题，我所关注的毋宁说只是浓缩在《法律与革命》一书正、副标题中的几个核心概念，它们具有很强的统摄性和挑战意味，正是因为这个缘故，这部法律史巨著才显得那样与众不同和意味深长。

伯尔曼自己承认,他所讲述的历史的各个部分是历史和法律诸领域的专家们熟知的,但是作为整体,这段历史却令他们大感陌生。这首先是因为,他把西方文明的历史作为一个整体而非各个民族国家的历史来看待。这里,"西方"主要不是一个地理概念,而首先是一个"具有强烈时间性的文化方面的词"(同上,第2页)。确切地说,它指的是"吸收古希腊、古罗马和希伯来典籍并以会使原作者感到惊异的方式对它们予以改造的西欧诸民族"(同上,第3页)。与之相应,法律不再简单地是某种"规则体系",而被定义为包括诉讼程序以及相关价值、概念、规范和思想方式的具有实效的活生生的过程。借助于这样一种大历史观和大法律观,伯尔曼系统综合地展现了欧洲法律史乃至欧洲文明史上一段极其丰富的重要的经验。"西方法律传统"就从这里产生,它包括法律的相对独立和自治、法律的职业化(人与机构两方面)、法律的超越性或曰科学性、法律的"实体"性、法律的发展观以及法律发展的内在逻辑性、法律的至高无上和法律的多元性等。

在伯尔曼述及的这段历史里面,法律有着多种渊源,教会法之外有世俗法,世俗法之中又有封建法、庄园法、商法、城市法和王室法等。依照通行的历史理论和社会理论,这些出自不同时期、不同阶层和不同社会需求的法律有着截然不同的历史意义。它们或者是旧的、反动的和注定要衰亡的,或者是新的、进步的和前途远大的。然而在伯尔曼那里,所有这些法律最终都融会在"西方法律传统"这个大背景里面,它们之间的关系,与其说是彼此对立、争胜的,不如说是互为补充、影响的。它们分享着同一种传统,同时又以各自的方式充实和丰富着这同一种传统。这种认识的结果是将"近代"的诸多特征归因于通常被认为是近代以前的时代。这些都无异于向迄今依然占据统治地位的历史理论、社会理论和法律理论挑战。

分历史为古代、中世纪和近代乃是史学和社会理论研究中长久以来极其流行的做法。但在伯尔曼看来，正是这种分期妨碍人们恰当地认识西方法律史。这不只是因为它割裂了历史并且掩盖了11和12世纪之间教皇革命的意义，而且因为它在与某些有影响的社会理论结合之后几乎取消了法律史的独立地位。比如在黑格尔那里，法律史主要是哲学史，在马克思那里，它主要是经济史，在韦伯那里则主要是政治史。伯尔曼探寻的是一种适合法律史的历史编纂法。在他看来，法律，至少在西方历史上，既不简单是社会物质条件的派生物，也不纯是观念或者价值体系的展现，它在很大程度上是一个独立因素，是社会、政治、知识、道德和宗教发展的一个原因，而不只是其结果之一（同上，第51页）。这种看法至少包含以下几种意蕴：

首先，作为一种独立因素的法律，不能简单地根据某几种经济的、社会的、政治的或意识形态的标准来归类。因此，无论是说16世纪以前的西方法律为封建主义的，还是把那以后的法律归结为资本主义的，都是过分简单化的做法（同上，第664页）。法律至少部分地是从其内部生发和成长起来的，因此，在所谓封建制度之下的法律不仅维护当时通行的领主与农民的权力结构，而且还对这种权力结构构成挑战。法律不仅是权力的工具，也是权力的限制（同上，第647页）。

其次，法律能够独立地（虽然总是在特定时空条件下）参与和影响社会进程。比如，没有法律就不会有在西方文明史上具有重大意义的城市的出现。同样，没有在所谓封建主义之下发展起来的财产法、契约法和宪法性法律等,后来的所谓资本主义就是难以想象的。由此,"近代"的开端就被追溯到了1050—1150年这一时期(同上,第4页)。

再次,法律固然体现了精神的内容,但它同时也是一种物质力量。因为它一面是从整个社会的结构和习惯自下而上地发展,一面又是统治者政策和价值自上而下地移动。习惯由惯例而来,法律则不过是被改造了的习惯(同上,第663—665页)。

伯尔曼的法律观——他所谓的"法的社会理论"——明显具有某种折中性质。一方面,他承认以往三种主要法学理论——主张意志论和主权说的实证法学、注重理性和道德的自然法学、强调习惯和民族精神的历史法学——均保有部分的真理,因而力图在吸收和批判这些理论的基础上超越它们。另一方面,他竭力想摆脱唯物与唯心之争,抛弃简单化的决定论模式。在他看来,历史上并不存在这种或此或彼的单一模式,有的只是各种因素的共存、互动和因时因地的彼消此长(同上,第651页)。当伯尔曼把这些思考引入历史,在梳理和重新安排史料的基础上尝试以另一种方式解说西方法律史时,应该说,他取得了相当大的成功。不过,在伯尔曼的另一个核心概念——"革命"为我们所注意并被适当讨论之前,要对这部著作提出一般性批评实际上不大可能。

伯尔曼认为,西方法律传统在其历史过程中经由6次革命而改变。这6次革命依次是1075—1122年的"教皇革命"、1517年的宗教改革、1688年的英国"光荣革命"、1776年的美国革命、1789的年法国革命和1917年的俄国革命。根据伯尔曼的说法,这些革命具有这样一些共同性:首先,它们都标志着整个社会体制中一次基本的、迅速的、剧烈的和持久的变化;其次,它们都在一种基本的法律、一个遥远的过去和一种预示世界最终命运的未来里面寻求合法性；最后，每次革命都产生了一种新的法律体系，它体现了革命的某些主要目的，改变了西方法律传统，但最终仍然是在此传统之中（同上，第22—23页）。不过，《法律与革命》实际上只讨论了11和12世纪的"教皇革命"而未及其他，这样就留给我们一个问题，即相对于西方法律传统而言，这些历史事件果真具有相同的意义吗？伯尔曼认为这些革命皆改变了传统，同时又是在传统之中，但是我们如何测定变革的强度和传统的限度呢？如果西方法律传统确如伯尔曼所言产生于欧洲历史上的一次"根本性断裂"（a radical discontinuity），我们就很难把体现了这次"根本性断裂"的"教皇革命"与其他历次革命等同视之。反过来，我们也可能对上述历史事件的"革命性"提出质疑，进而对西方法律传统的基本概念做重新思考。换句话说，西方法律传统真的只是发端于11和12世纪之间吗？

有批评者认为，因为强调"革命"的重要意义，伯尔曼多少忽略了许多更早时期的教会材料，而后者却是12世纪法律发展的基础。我们可以把这种批评再推进一步。首先，采用"革命范式"使得《法律与革命》一书所具有的"范式革命"的意义明显削弱了。伯尔曼固然超越了民族主义的历史学，并且相当成功地批评了比如法律实证主义，但是强调革命，强调"根本性断裂"，使他在"范式"上面更接近而不是远离了他所批评的那些流行的史学和社会理论。其次，专注于"革命"的断裂意义，使伯尔曼不仅忽略了某些早期史料，而且不恰当地低估了罗马法律学的意义。值得注意的是，在伯尔曼归纳出来的西方法律传统的十大特征里面，前四项被明确视为古罗马法律学的贡献，不仅如此，在整个西方法律传统陷入危机的今天，伯尔曼认为保持完好的仍然是这前四项特征（同上，第9、10、43页。顺便说一句，作为西方法律传统的基本特征，它们也是最少争议的）。尽管如此，由于突出了11和12世纪之间的"根本性断裂"，罗马法律学几乎无所不在的影响（散见全书各处）被降至极次要的位置。变异取代了延续，创新掩盖了传统。这时被确定为"西方法律传统"的诸项特征具有足够的说服力吗？

正如另一位评论者所指出的，承认西欧的法律在此一时期发生重大变化是一回事，承认这种变化标志着西方法律传统的形成又是一回事。12世纪的"教皇革命"无疑为欧洲法律的发展注入了许多新鲜内容，但是这种变化足以标示出一个崭新的传统吗？也许像伯尔曼提到的宗教革命、"光荣革命"和其他几次革命一样，它也只是改变了传统而仍然在传统之中。如果从这一角度来看问题，则我们可能为西方法律传统添加若干其他特征，比如法律对社会的普适性、法律的公理性（恰如Northrop所言，西方法所取之形式只能是它在产生了西方科学的文化里面采取的那种）、法律的私人性以及贯通于世界观、社会观的权利—义务意识。伯尔曼认为，今天的法的社会理论不但要研究西方的法律传统，而且要研究非西方的法律传统。但是总的说来，《法律与革命》一书缺少系统的跨（西方）文化比较和观照。这对于该书所确立的论题来说或许是一种不足。

据伯尔曼自己说，他对于西方法律史的重新解说在很大程度上是要回答法律是什么、它以何为基础、有何功用和具有什么特征一类重大问题，而在此关注之后的是一种强烈的危机感。正如他自己所比喻的，他的写作动机只是溺水者在绝望中的下意识努力，即要在其全部经验范围内寻找摆脱险境的办法。然而他并不曾努力去描述这种险境或证明危机的到来,因为在他看来,这种危机无法在科学上被证明,只能靠直觉来感知(同上,第38页)。这时,他的立场与其说是"社会科学工作者"的,毋宁说更像是先知的。这是一种革命的立场、意识和经验。有理由相信,被用来解释历史的"革命范式"至少部分地源出于这种意识和经验。

关于伯尔曼的"危机宣告"和"革命论",人们大可有不同看法,但是无论如何,有一点可以肯定,那就是,因为有一种深刻的生存意识贯注其中,伯尔曼重新解说西方法律史的努力就不但超越了现实,也超越了历史。这使他能够摆脱流行的教条,扫除拘谨琐碎的工匠气,重新去把握作为活生生的人类经验之一部分的法律的脉动。

原载《中国书评》1995年第5期

法不等于法律

为给学生开课,又翻出两种冷落了许久的比较法教科书,一种是法国比较法学家勒内·达维德的《当代主要法律体系》,另一种是美国法学家 J.H. 梅里曼的《民法传统》。这两种书以前都认真读过,不想此番重读又有新得。

依比较法上流行的分类,当代西方法律体系大别为二:一是以欧陆诸国为主体的"大陆法系",一是围绕英、美建立之"普通法系"。《民法传统》即是一部介绍"大陆法系"的专书,其主题与《当代主要法律体系》的第一部分"罗马日耳曼法系"相当,篇幅也大致相同。不过,两位作者分别代表着不同的法律传统,他们对于相同题材的处理因此而不尽同,也是十分自然的。下面要讨论的问题,即法与法律的关系这一古老而长新的主题,两位作者在各自书中论及,虽然方式不同,但是可以互相发明,启人深思。

自 12 世纪罗马法复兴之后,西方社会流行的观念是把法与正义视同一物,以法为关于世俗社会之公正、合理的安排。彼时,这种堪为典范的正义之法也就是学者们探究和讲授的东西,是通行于欧洲的"普通法"。在长达600年的时间里面,一代又一代的法学家为此种普遍正义的法律理念所感召,孜孜矻矻,锲而不舍,终于在19世纪营造出像《法国民法典》那样划时代的作品。不过在这时候,一切都已经发生了变化。

与19世纪法典编纂运动相伴随的,是法律民族主义和法律实证主义的兴起。前者旨在通过法典编纂实现法的"民族化",后者则把实证主义的思想、方法引入法学,从而使法脱离正义,而与君主的命令等混为一谈。这些,在达维德看来,都是对于西方法律传统的"背离"(达维德,第50页)。为什么会有这种"背离",其意义何在?如何评判这种"背离",以及上述法律传统今天是否仍具价值?这些问题不独为达维德所关注,也理应引起我们的注意。因为首先,法律之民族主义与实证主义乃是近代法律史上的基本问题,不容漠视;其次,此种近代思潮对于法律与社会的影响今天仍然极为广泛,且在空间上早已越出西方世界,深入于我们的生活之中。

19世纪以前,欧洲人实际生活在多重法律管辖之下。除统一适用的教会法和以中世纪罗马法学家论著为基础的共同法之外,还有各地方习惯法、城市法、封建法以及商人们专门适用的法律。这种情形出自特定之社会构造,因此当这种结构发生变易乃至解体,法律体制的多元状况遂发生根本之改变。18世纪末的法国大革命建立起一个单一的政权、统一的法制。它表明一个国家与法律的全新时代已经到来。依梅里曼之说,这是一个绝对的主权国家的时代,它有两项基本特征:第一,主权概念为新兴民族国家改造和吸收,国家因此成为一拥有绝对权力的主体,这样的国家乃是法律的唯一来源,所有的惯习、规章、协议,无论出自地方组织还是某个外国机构，非经国家认可均不能拥有法律的权威。第二，国家在获得法律垄断地位的同时，还经历了世俗化和实证化的改造。上帝造法的观念已然过时，就是对19世纪法典编纂有过重大推动作用的自然法思想也不再时兴。正像孔德断言的那样，先是形而上学取代了神学，然后是实证主义取代了形而上学。于是，法律便仅仅是国家的意志、立法机关制定的成文规则。就此而言，法律的民族化实际也就是法律的国家化和实证化。近代的各种法典即是经此改造过了的法律。

《法国民法典》最初被认为是"由理性批准而由自由担保的自然法典"。事实上，它也曾在莱茵河沿岸被人们当作合乎理性的法典普遍地接受下来。但这一切都很短暂。1804年的《法国民法典》只是19世纪欧洲诸国一系列法典编纂的先导。此后百余年间，立法者致力于制定本国的法典和法律，法学家则汲汲于厘定概念、阐释原则和创建体系。梅里曼以专章讨论的德意志"法学"——"学说汇纂派"（Pandictist）最能够表明这种趋势。这一派法学家一面坚守民族主义立场，一面运用科学方法，努力发掘和整理历史材料。他们把法律研究比作物理研究，试图由现象中提取原则、发现规律。借助于定义和分类，通过概念的演绎和逻辑推论，他们最终营造出一种高度系统化的体系，一个形式化和抽象化的概念体系，不但剔除了具体情境，而且远离社会生活。"法学"维护法律的纯粹性，甚至公平、正义一类问题也不在它考虑之列（梅里曼，第10章）。表面上看，这类主张和做法趋于极端而不近情理，但是在历史上，法律学发展到这一步又是十分自然的事情。

实证主义乃是19世纪的思想主潮，它的渗入乃至支配法律研究终究不可避免。又因为实证主义直接由近代科学思想演绎而来，势必将价值中立的科学精神带入法学研究。其时，民族国家方兴未艾，它一面需要实证主义支持，一面又为实证方法的运用开辟了广阔前景。于是有国家实证主义（state positivism）、立法实证主义（legislative positivism）和法律实证主义（legal positivism）。它们是同一种思潮、同一种历史进程的不同方面，而共同造就一个时代的风尚与观念：国家是唯一的立法者；法律是主权者意志的表现；法学研究与价值无涉；只有实在法才是法律；遵守国家订立之规则者为合法，合法即是合乎正义。这些确实可以视为对西方法律传统（不仅仅是12世纪以后的传统）的某种背离，而从技术上看，这种"背离"又是近代法典编纂的一个间接的后果。达维德说，以往，学者们以合乎正义的典范法为探究对象，而不屑于讲述或评论某一国家和地区现行的法律。但是在有了本国法典之后，法与法律的界限便开始模糊，似乎二者已经一致，法学家的任务便只是为法律条文提供注释。这时，对法学家们来说，法变成了他们的本国法，而不再是超国家的社会行为准则了。这种情形在达维德看来是有害的（达维德，第49页）。法学家放弃对于正义的追求，不再追问法律的价值依据，结果可能是一场窒息一切自由精神的灾难。丧失批判能力的注释者不但不能够给予法律发展以持久的推动，反倒有变成犯罪者帮凶的危险。在耳闻目睹了纳粹德国和斯大林主义的暴行之后，我们对此不会有什么疑问。相反，主权国家拥有绝对权力的观念动摇了。最近半个世纪以来，西方国家在公法方面的一项重大发展，就是限制立法权，加强法律的合宪性监督。这实际是对持续近百年的法律实证主义的反动。越来越多的国家开始采用刚性宪法，进而建立和发展各具特色的宪法监督程序。在欧洲大陆国家，德国和意大利的发展颇具代表性。前德意志联邦共和国最高法院和宪法法院在一系列判决中宣布，宪法不限于《基本法》的条文，它同时是由立法者不曾明定于成文规范中的某些普遍原则构成。另一方面，甚至存在某种能够约束制宪者的超成文法。我们在这类主张里看到了在实证主义时代已被弃绝的自然法思想。历经坎坷之后，当代大陆诸国的法律发展又在向"传统"复归：法乃是正义的表达，它同国家意志并不是一回事；求得正义的形式多种多样，立法者制定的成文法律只是其中的一种。归根到底，法不等于法律（达维德，第51、77、78、113、114页；梅里曼，第4、18章）。

《当代主要法律体系》初版是在1962年，其时，欧陆诸国法律发展中的上述变化已经确定不移。但以苏联为代表的东欧社会主义国家却是重大的例外。直到该书中译本所据的第8版问世（1982），苏东诸国仍然是法律实证主义的坚强堡垒。关于"社会主义各国法"的论述，在《当代主要法律体系》中单独成篇，这是因为作者把它视为与大陆法和普通法鼎足而立的别一种法系的缘故。当然，这并不意味着作者无视所谓社会主义法系与西方法律传统之间历史上和文化上的渊源关系。实际上，在达维德看来，社会主义法系是在历史上"脱离"西方法律制度而来，同时在文化上，它也"背离"了西方法律传统。达维德指出，马克思和列宁都在属于罗马日耳曼法系的国家里受过法律教育，他们的学说同法律实证主义这一流派有直接的联系。他更进一步说："我们觉得当前社会主义阵营各国的法律并不一定是真正的新秩序的信号，而更多是忠于今天在西欧已经没落的实证主义观念。50年或100年之后，重新恢复今天破坏了的统一不是不可能的。"（达维德，第55页）事实上还不到50年，这个预言就神奇地应验了。苏联和东欧各国发生的变化给了我们一个明证：古老的传统今天仍具有生命力。曾在19世纪显赫一时，并在

20世纪拥有广泛影响的法律实证主义的衰微终究不可避免。

达维德没有提到中国,在他的书里,中国是在三大法系之外,与日本并列,而与印度和伊斯兰诸国同属另一大类。这种分类法有多少道理暂可以不论,包括中国、日本在内的大多数非西方国家,其近代法律制度的建立、发展深受西方文化影响,因此在某种意义上也有所谓"背离"和"复归"问题,这一点是显而易见的。达维德在讨论罗马日耳曼法系时数次提到现代日本,这件事就很说明问题。记得第一天上课就有学生提出这样的问题:中国近代法制由法、德两国引进,主要接受大陆法传统,这种情形是否与中国固有的法律传统有关?进一步说,中国在引进西方思想、制度时,是否是做一种有意识的选择?我的回答是肯定的,虽然实际上,一国在接受或者选择引进另一国思想和制度时,内中因素肯定相当复杂。

与英、美相比较,欧陆诸国秉有更强的国家主义传统,在这些国家,法律实证主义也来得更加彻底。了解到这一点,我们就不妨说,中国建立近代法制率以欧陆法尤其是德国法律为模范,正是情理中事。中国的法律传统是以法律为"王者之政"。虽然人命关大,王者亦不可滥杀无辜,行苛政,施虐法,但是历代君王口衔天宪,出为法令,辄借法律政令广泛干预社会生活,这与西方中古之君主只能"发现"法律且极少制定法令的情形毕竟有很大差别。事实证明,这种传统很容易被纳入近代国家实证主义的潮流中去。

近代中国之国家发展,是在内外交迫的压力之下,循着求独立、求富强的道路而来。在这种意义上说,帝制与共和之争甚至满、汉之争都还不是根本性的。中华民国三十二年,中国政府与英、美订立平等条约,外国在华之领事裁判权及特别法庭尽告废除,至此,半个世纪以来争取独立之运动终于完成。只是,彼时中国正遭外侮，国家不统一，所谓主权国家有名无实。就此而言，1949年中华人民共和国成立实表明国家实证主义一个新的发展阶段的到来。依达维德之说，马克思和列宁的学说皆与法律实证主义有直接渊源，此种看法不但可用以部分地说明马克思和列宁的学说为何被中国人接受且最终获得成功，同时亦可以说明中国所谓社会主义法学的性质及法律发展的现状。从技术特征上看，社会主义法学大可归入实证主义的法学，然而其实际意义却有别于西方的法律实证主义。后者把法混同于法律，坚持法律研究中的价值无涉，最初是起因于对"作为正义的法与作为立法者意志的法律之间〔某种〕一时的巧合"而产生的"错觉"（达维德，第77页）。国家固然垄断了法律，但它并不禁绝对于立法和司法的批评，更不能取消法律实证主义之外的其他法学理论和学说，正因为如此，历史上的法律实证主义还有可能对法律的发展做出某种积极的贡献。前者则不然。严格说来，它已经不是一种"法学"立场，而是完全意义上的国家意识形态。法律是统治者意志的表现，这种说法实际只意味着任性与专断。法律完全附着于政治，最高权力机关形同虚设，"法律学"则摇摆于政策和"首长讲话"之间。结果，法律秩序荡然无存，法律学更无由发达。这时，我们面临一种复杂的情态：一方面，作为正义表达的法，应当建于人类基本价值的基础之上，以实现公正合理之社会为自己的目标，因此超乎民族、国家之上，而不同于主权者意志之法律，这样一种传统对于今天仍然流行的"法律实证主义"乃是最好的解毒剂。但是另一方面，要建立健全的法律体系，正要让立法和司法机构享有它应有的独立和权威，让学者享有其应有之学术自由，其中也包括法律的实证主义研究，比较比如"学说汇纂派"的成就，实证主义法学在中国正是大大地有待于发展。也许，疗治这两种病症的方法并不"相克"，却能够"相生"。当下的主要问题，与其说是法律实证主义的学理，倒不如说是它据以发挥作用的那一整套机制。而在一个基本上健全合理的社会里，实证主义法学应当能有健康的发展。

达维德说，比较法帮助我们认清了把法混同于法律的错误。实际上，比较法给予我们的帮助比这个更多。

原载《读书》1993年第8期

"公法"与"公法文化"

乌尔比安（公元3世纪之罗马大法学家）是这样论说公法和私法的关系的："公法是有关罗马国家稳定的法，私法是涉及个人利益的法。事实上，它们有的造福于公共利益，有的则造福于私人。"（黄风译《民法大全选译·正义和法》，中国政法大学出版社1995年版）后人区分公法与私法，有主体说、利益说、关系说等等，标准虽不尽同，但是以之为法的固有分类和基本范畴却是共同的。事实上，直到20世纪以前，这种局面从不曾遇到过挑战。因此，说公法和私法的分类是西方法律学上一大传统，并不为过。

私法早在古罗马时代就已经高度发达、蔚为大观，这是不争的事实。至于公法，一般的看法是，至19世纪以前，法的这一固有领域完全不能与私法相提并论。关于这一点，人们只须回顾一下宪法和行政法（它们被认为是公法中最具典型意义的部分）的近代起源就十分清楚了。解释这一现象的一个现成理由是，在广泛的政治自由和民主得以实现以前，无论是在学说层面还是在制度层面，公法想要获得如私法一样的发展都是不可想象的。所以，在比如古罗马,公法和私法这种分类的提出,与其说有助于法律的这两个领域的平衡发展,倒不如说更多是单方面确立了私法的合法性。换言之,在当时的帝国政制之下,私法的繁荣至少在一定程度上是以公法的受到抑制为前提的。

上述解释固然有一定的说服力,但尚不能令我们完全满意。公法的发达确实只是"近代"的事情,但是公法毕竟早已存在。如果写一部"公法史",我们将怎样处理其中的连接与断裂?按照上述解释,人们很容易得出这样的结论,即公法纯是近代的产物。比如,一部比较法名著就把公法视为18世纪自然法学派独有的贡献。正是由于这个学派的努力,人们才开始承认"法的领域应该扩展到统治者与被统治者、政府机关与个人之间的关系上"(勒内·达维德:《当代主要法律体系》,上海文艺出版社1984年版,第46页)。然而这是一种令人怀疑的说法。难道在西方历史上,统治者与被统治者之间的关系完全不受法的约束?难道在18世纪以前的千百年里,不曾有人从法律上对这种关系给出这样或那样的说明?如果真是这样,我们将怎样理解公法在"近代"的不可思议的和突然的崛起,又如何解释贯穿于各个民族国家公法原则中显见的统一性?相反,如果不是这样,那我们就要问:那段漫长得多的历史究竟是怎样的,其间是否有某种对于后来发展具有建构意义的因素,倘若有,表现在哪里,以及重述这段历史意义何在,等等。毫无疑问,这是一个大题目,甚至是一个迄今很少有人全面而系统地探究过的大题目。不过,也有一些可以注意的尝试。比如 E.S.Corwin 讨论美国宪法的思想背景,就不只限于我们比较熟悉的若干英美名人,而是经由12、13世纪的神学家、法律家,上溯到古希腊罗马的悲剧作家、哲学家和法学家。另一些人讨论所谓宪政的宗教渊源(如

C. J. Friedrich）或者宪政的中古前驱（如 R. W. Carstens）也都有意打通古今。在这方面，比较晚出而又颇为系统的一部书是 H. J. 伯尔曼的《法律与革命》。

这部主要讨论 11 至 13 世纪之间欧洲法律发展的巨著以"西方法律传统的形成"为副标题。这一点很能够表明作者所持法律理论的独特性。且不论这种理论的意义何在，作者既然坚持使用"西方"的统一概念，且由 11 世纪入手去探寻近代法律的起源，他实际上就我们上面提出的问题提供了某种答案。下面就按照《法律与革命》一书有关章节的结构安排简述这段历史。

11 世纪以后西方法律发展的显著特征之一是法律的二元化和多元化。一方面，教会法的异军突起直接带动了世俗法的发展，因而促成了教会法与世俗法之间的二元并立格局；另一方面，在法律形式化和系统化潮流的推动之下，世俗法内部各种法律制度如封建法、庄园法、商法、城市法和王室法等也都获得了不同程度的发展。这些法律互不相属，各有其特殊渊源和独立地位，它们调整着当时社会生活的各个方面，共同构成一幅完整的法律图景。这样一种格局的确立对于西方历史上公法的发展有着极其深刻的影响。我们先看教会法方面的情形。

11 世纪下半叶，西方教会开始经历一次内容广泛、意义深远的"革命"，其结果是产生了一套颇具"近代"色彩的观念和制度。教会法诞生了。在新的教会国家组织里，身为教会首脑的教皇，不但是最高的立法者，而且还是最高行政官和最高法官。他在法律上拥有对整个基督教世界的最高统治权以及完整的权威和权力。不过，应当指出，"给予教皇这些权力并非因为他是罗马主教，相反，授予罗马主教这些权力是因为他是教皇；也就是说，他获得这些权力并非由于他的被授圣职的性质（potestate ordinis），而是由于他的管辖权的性质（potestate jurisdictionis）"（《法律与革命》中译本，第251页）。伯尔曼进一步指出，这种圣职权与管辖权之间的划分同时也是罗马教会一项基本的宪法性原则。因为，教皇的统治权和权威虽然是最高的和完整的，但是被认同于其管辖权，"这就意味着它们在性质上都是法律的。同时又意味着对于它们的行使存在着法律上的限制"（同上，第252页）。具体说来，这些限制表现在以下几个方面。

首先，教皇的专制统治受到教会内上层官僚职能划分以及教会政府等级制特征的限制，而官僚结构的复杂性和专门性则是宪法原则的一个渊源。

其次，部分由于宗教权威与世俗权威的二元主义理论，部分由于世俗权威抵制教会滥用权力和越权的实践，教会权威的范围本身受到限制。实际上，教会与世俗两种权威的分离乃是具有"头等重要意义的宪法原则"，它对全部教会法和世俗法均有深刻影响。

最后，教皇、全基督教宗教会议以及主教和地方宗教会议的权威更受到神法和自然法两方面的限制。根据12和13世纪教会法学家发展出来的理论，教皇将因为背弃信仰、挥霍教会财产、通奸、抢劫、渎圣以及其他严重损害教会声誉的犯罪而受审判和遭废黜。此外，教皇不得从事与整个教会"地位"相悖的行为，不得制定损害教会"一般地位"的法律。当然，由于不存在一种可以向教皇权威挑战的有效的法庭，以致直到15世纪以前，事实上并没有一个教皇受到审判或被废黜。但是，上述限制权力的理论毕竟已深深扎根于当时的社会、经济和政治土壤之中，它的存在有力地推动了地方自治。

与教会法制度的宪政基础同样值得注意的是作为教会宪法性法律的社团法。据教会法学家的观点，恰是作为一个社团性法律实体的教会将管辖权授予了教会官员如教皇、主教和修道院院长，也正是有关社团的法律确定了这种管辖权的性质和限度。

有关教会法上社团法理论的分析比较复杂，这里不便详述。简单地说，12世纪的教会法学家承继了此前罗马的、日耳曼的和基督教的社团概念，而予以综合、协调，创造出一种能够用来解决当时各种现实法律冲突的新的社团概念，在这个新的概念里面，一个罗马法上的格言被利用、改造和提升到宪法性原则的高度："有关每个人的事务应得到每个人的考虑和同意。"（同上，第267页）

总而言之，教会是一个以法律为基础的国家。不仅如此，教会权威在理论和实践两方面受到来自其内部与外部的制约，这种经验包含了某种比单纯凭借法律统治更为广大和深邃的东西，它们接近于后人所谓的"法治"。

差不多与教会法同时，世俗法律制度也经历了很大的发展。虽然总的来说，世俗法的发展一方面不如教会法那样自觉和系统，另一方面其内部发展明显地参差不齐。但是发展上的某些共同特征仍然清晰可辨，在涉及统治者与被统治者之间关系的法的原则方面亦是如此。比如，在封建法、庄园法和商法等领域，都出现了法的普遍化、客观化、权利互惠和参与裁判的过程。这种发展不但突现了法律（而非习惯乃至个人意志）在调整社会关系（尤其是不同等级和阶级之间）方面的重要作用，而且有助于产生共同和平等的法律意识。以封建法为例。法的客观性和普遍性逐渐去除了以前各种封建安排上的专断和模糊性质，减少了地方之间的差异性；权利互惠原则使得封臣和领主彼此都可以在另一方违背契约义务时"撤回忠诚";参与裁判的实践则使得整个封建等级制被看成是一个完整的法律结构,其中,从骑士一直到国王,都被认为要服从若干共同的法律准则。毫无疑问,所有这些实践以及相应的观念和学说都具有"公法"上的重要性。不过,在对11和12世纪突显出来的城市法和王室法稍加考察之前,我们还不能就这个主题做出某种一般性结论。

城市法乃是城市共同体的法律制度,它具有明显的宪法特征。首先,在大多数情况下,城市法律是根据成文的特许状建立起来的。这些特许状既包含有政府组织的原则,又有关于市民权利和特权的规定,以致伯尔曼认为它们实际是"最早的近代成文宪法"(同上,第479页)。据此而建立的政府组织在某些方面与当代宪政制度有相似之处。比如,城市政府的权力受到限制;通常都有某种相互制约的行政、立法和司法部门;存在官员定期选举和法律的公布、编纂等制度。其次,特许状对市民应负的义务有明确而详尽的规定,其中包含有对于王室特权的法律限制。最后,根据城市法,市民享有一系列消极的和积极的自由,其范围从未经法律程序不得受逮捕和监禁直到参与城市管理的各种权利和特权。后者与这样一种宪法理论相关联,即政治权力最终属于市民全体。

相对而言,世俗法内最引人注目的发展是在王室法方面。这是因为,先是与王权的兴起相伴、继而与民族国家的产生相关的王室法一方面比当时一些法律如封建法和庄园法更有前途,另一方面又比同时另一些法律如商法和城市法更有优势。而这不但意味着王室法的发展比较其他世俗法更加自觉、更为有效和更有系统,而且意味着这方面的法律实践对于我们讨论的主题具有更直接的意义。

有关王室法的讨论在《法律与革命》一书中占有相当篇幅,这部分是因为王室法本身的丰富性,部分是因为11至13世纪之间各地王权和王室法发展的不平衡。如果我们可以忽略地方上的差异,并且把注意力集中在基本的宪法性原则上,则可以得出一个概括性的结论,那就是,当时普遍流行着这样一种信念,即国王本身受法律约束,倘若国王的命令是非法的,在某种情形之下,其臣民甚至有权利不服从这种命令。当时最有影响的著作家和法学家如12世纪索尔兹伯里的约翰、13世纪的爱克·冯·瑞普高(德意志)、布拉克顿(英格兰)和博马努瓦尔(法兰西)都曾明白地表达过这一信念。那时,这一信念不仅植根于神学信条(世界本身即服从于法)之中,而且植根于社会结构(宗教权威和世俗权威的二元性以及世俗权威彼此共存的多元性)和社会关系(比如封臣"反抗"其领主的权利和农民根据庄园习惯而保有权利)之中,甚至,它还反映在某些重要的法律文件里面。比如1215年的《大宪章》里,英国国王在英国贵族和教会的共同压力之下承诺遵守一系列义务,其中包括未经王国地方全体会议同意不得征收任何兵役免除税或贡金(三种已经认可的贡金除外);在固定地点受理民事诉讼;不得因无确凿证据的指控使任何人受审;除非依与其地位相同之人的合法判决或依国法,任何自由民均不受逮捕、监禁、没收财产、放逐法外、流放或任何方式的伤害;事关权利或审判,不得偏袒任何人,亦不得拒绝或拖延任何人,等等。在与《大宪章》同时且属于同一类型的法律文件、匈牙利国王安德鲁二世1222年签署的《金玺诏书》里我们还可以读到这样的字句:"我们还规定,倘我们或我们的任一继承者在任何时候违反本法条款,则我们王国之主教并高级和低级贵族,不拘个人或全体,现在与未来,皆因此拥有不会被指为叛国的以言词与行动反抗之自由而且永久的权利。"(同上,第

358页。此处引文由我重新译过）

总结上文，我们似乎可以说，在11至13世纪西方法律发展的重要时期，已经出现了某种可以称之为法治的观念、理论乃至实践。这不仅仅是因为教会权威和世俗权威皆大力发展其法律制度，普遍地倚法而治（rule by law）；也不只是因为统治者的权威来源于依法设定的管辖权，因此在理论上须服从它们自己制定的法律，即依法而治（rule under law）；更是因为并行的多种管辖权彼此互为合法限制，这时，只有承认法律高于所有权威，不同团体才能够和平共存，而这在一定程度上导致对于法治（rule of law）的共同承认。自然，这种所谓法治与当代法治理论相比尚有相当的不同，但在伯尔曼看来，它们至少在两个重要方面具有共同特征。第一，尽管缺少同一政治体内各部门之间的权力"制衡"，但是因为同一地域内并存着不同的政治体，权力得到了划分；第二，法来源于且植根于超越现存政治权力结构的实在。在那个时代，我们可以从神的和自然的正义（而不是人权和民主价值诸信仰）中发现这一超验的实在（同上，第356—359页）。这样，我们就看到了近代宪政更为遥远的起源，并且获得了一个有关西方范围内公法统一性的颇有说服力的解释。当然，透过这段历史我们能够看到的东西还要多些。

因为直接由11至13世纪的历史经验中去寻找近代法律的起源，我们便不但破除了史学研究方法上的民族国家范式，而且超越了只从政治角度观察问题的狭隘立场。这时，一个更广阔更深邃的"西方"历史景观就在我们面前展开了。而当我们以这样一个"西方"历史为背景来思考近代法律的性质和特征时，那些早已为人们熟悉的概念、原则和制度安排就会以一种新鲜的形式重新呈现出来，尤其是，在法律下面支撑起整个大厦的各种价值和信仰也将突显出来，由此，我们将获得对于近代宪法乃至一般所谓法的性质和功用的更深一层认识。

以往，人们较多强调"私法"在西方历史上的主导作用（如梅因），而忽略"公法"的历史重要性（如勒内·达维德）。通过了解这一段历史，我们发现，西方文化不但曾经受到"私法"的培育，而且也经过了"公法"的洗礼。这个文化不独是"私法的"，它同时也是"公法的"。实际上，在公法和私法这种分类当中包含着某种深刻的统一性，以至于我们不能够把西方文化单叫作"私法文化"，而应当称之为"公法—私法文化"。认识到这一点不仅有助于我们了解西方文化及其法律的精神，同时也能够帮助我们辨别出一些非西方文化中法律的特质。比如，有近现代学者谓中国古代无一私法典，唯公法至为发达。似乎中国与西方在法律上的一大差异在于，前者只重公法而后者偏于私法。其实，中国古代之法，无论先秦法家屡屡申言的"公法"，还是历朝历代编订之刑律，最多只与西人所谓公法有表面的相似，它们内里的差异是巨大的，这些差异使中国古代文明具有与包括西方文明在内的所有其他文明大不相同的面貌、性格和命运。

在整个人类都面对面生活在一起的今天，了解自己、了解别人以及通过对彼此的认识来加深对人对己的了解，都是同样重要的事情，这其中，无疑，也包括对于人类共同的和不同的历史的认识。

原载《读书》1994年第9期

故纸中的法律与社会

拙著《清代习惯法：社会与国家》（中国政法大学出版社1996年版）出版之前，为了让读者对书中讨论的清代社会风貌有一点感性的认识，我特地向藏书家田涛先生借了几张清代契纸作制版之用。田涛先生收集民间契约文书有年，曾经千里跋涉，深入乡间，寻访民间故纸，其中的艰辛与甘苦，不是外人可以轻易了解。如此得来的珍贵文书，我想，即使不是珍爱有加，总会妥善收藏吧。因此，看到他从阳台堆放的纸箱里翻出一堆堆纸卷摊在地上挑选，我着实吃了一惊。

自然，让这些年深月久的故纸尘封于纸箱和麻袋之中非其本意。所以，他不仅慷慨地把这些材料提供给需要它们的学者和学生使用，而且同另两位中国法制史学者一道，着手将所收藏的契约文书装裱整理、影印出版，以便更多的学者可以利用这批材料。当时，这项工程刚刚开始，而当它最后以《田藏契约文书粹编》（以下简称《粹编》）之名与读者见面时，已经是5年以后了。

《粹编》共三册，八开本，布面精装，收各类契约文书950件，其起讫年代为明永乐六年（1408）到1969年。三册均分图版、录文、英文提要三个部分，并附主题及地域索引。其中，图版部分最为珍贵。因为以往的契约文书汇编，最多只是在书前选印几帧或十几帧图版作样本，正文的部分则只有录文，以致一般读者很难窥见传统契约文书的原样，如契文的字体、写法，契纸的开本、比例，官契的版式、形制，印章和签押的式样、位置，以及其他对于相关研究并非可有可无的细节，而比这些更重要的是，读者们可能因此而失去了解传统契约文书全貌的机会。明清时代的契约文书，在形式和内容两个方面都已经非常成熟。凡是涉及田土交易的契约，按照规定要填写统一印制的官版契式，然后到官府投税，并将官府颁发的契税凭证粘贴于正契尾部，这样的契约文件便有正契和契尾两个部分。在很多情况下，填写官版契式之前，交易人先订立草契，这份文件也被要求与正契一同呈递，这样，当时的一件契约就可能包含三个部分。民国初年，政府订立验契章程，要求民间更换新契，结果是在旧文书中又增加了一道新的官契。这些文件在《粹编》中分别被命名为连二契、连三契和连四契。它们原本是一个整体，其中包含了丰富的政治、经济、法律和社会的消息。以往的契约文书汇编，基于种种原因，通常只录原契契文，因此难免有割裂之虞。

《粹编》又题为"田涛藏契"，这些名称多少易致误解，让人以为这是一部单纯的民间契约汇编。其实，《粹编》的内容远不止此。大体言之，《粹编》所收材料主要有两类。第一类是各种民间私约，包括卖契、典（当）契、租约、借约、合伙文书、婚书、礼单、休书、继嗣文约、分书（阄书）、遗命书、会单、和解约，以及商号的章程、行规、行票、当票等，其数量最巨。第二类是所谓公文书，其类别从地方官的文告，到官府为管理社会经济活动和维护社会秩序而颁发的各种文据，如盐商的盐引、米商的米票、牙人的牙帖、捐输的收据、土地的执照、纳粮的凭证，还有烟户门牌、推收税票，以及上面提到的契税凭证等。可以注意的是，这两类材料关系非常密切，它们之间长时期的相互作用和渗透，构成古代社会制度发展的一个重要侧面，并且在很大程度上塑造着传统社会生活的面貌。因此，从二者结合的角度去阅读和利用《粹编》所收的契约文书应当是一件非常有意思的事情。这方面一个很好的例子就是前面提到的合私约与公文于一的连二契和连三契。

明清时代，官契的行用已经十分普遍。《粹编》所收官契，最早的是明嘉靖三十一年（1552）的一件买地契（第4号）。与后来的官契纸相比，当时的官契公文气十足，私约内容甚少（又见第5、6号）。崇祯八年（1635），税契改用契纸，由官府刊印，编定号簿，钤以巡按号印，再由坊、里长领取转给受业人户。这种官颁契纸分作两联，右联由立契人填写，与一般草契内容同，左联亦分两段，前段主要是关于契纸（产生原因和使用办法等）和相关法律原则的说明，后段则是相关规则，其内容包括契纸的效力、官吏的责任、税率及契纸价格等（参见第11号）。后来许多官版契纸只是格式化的契式，以供立契人填写。不过，将写契投税章程逐条论列的官契亦非鲜见。这类章程无一例外都规定了使用官版契纸的强制性。如崇祯十年官版契纸第一条就规定："颁式后有用白头文约不用部颁契纸者，不论被人告发及摊收编审时验出，即以隐漏课罪，照律追半价入官，坊长、中见等役一并连坐。"（第11号，又参见第232、251号）这种通过推广官版契式规范和控制民间不动产交易的努力一直延续到民国乃至1949年以后。

据考，官府订立契约样文的记载最早见于北宋，其目的是为了规范民间交易和确保国税。税契之制则建立更早。东晋时的"文券",即是税契后钤有官印的契约。唐时,"文券"称"市券",见于正式的法律。契尾之制行用稍晚,但也不晚于明代。契尾之设,主要是为了对付税契过程中官吏蒙混欺瞒、中饱私囊的行为。契尾一般分作两联,一联用作收据,由业户收持,另一联用作存根,备有司查核。《粹编》所收契尾,最早的一件出于崇祯六年(1633,第10号),最晚的一件出于宣统二年(1910,第304号)。与早期的"契尾"如元代的"税给"和明代早期的契税文凭不同,这一时期的契尾字数增加至数百字乃至千余字,其内容包括对契尾制度尤其是其利弊的历史叙述、相关规则的内容、税率、罚则、税契程序等,其中所包含的信息十分丰富。如果把不同时期的契尾加以对照,更能看出这种制度的发展轨迹。

  19世纪的外国观察家曾对中国契约制度跨越地域差异的统一性感到惊异。但是我们了解到宋以后官版契式的推行和民间标准文约的流行,就不会对此感到奇怪。我们更感兴趣的问题是,在这种具有相对统一面貌的制度形成过程中,地方性知识与国家厉行的统一规范是如何融合的?它们怎样互动和相互渗透?传统社会中国家与社会的关系究竟怎样?在这方面,《粹编》为我们提供了一个很特别的视角和许多具体的例证。比如,那些把私约和公文联结在一起的连二契、连三契就是测度国家渗入社会的一个重要指标。它们不只是形象地表明了一种国家与社会的结合方式,而且指示出这种结合的具体途径。官契和契尾所包含的大量信息,对当事人来说主要甚至完全不是一种有价值的历史记录,而首先是重要的规范性知识。尤其重要的是,这种知识并不是通过官府告示或者律例宣讲这类形式来加以传播,而是在日常生活实践中进入到寻常百姓家,并且作为重要的家庭财产文件代代相传或在不同家庭间流转。具有类似功能的文件还有官府下发的烟户门牌。烟户门牌本是一种地方户籍管理文件,由官发给,有一定格式,须填入户籍地、户主名、丁口、雇工、生理等项资料,悬于门首以备查核。《粹编》所收门牌当中,有两件清嘉庆二十二年苏州府昭文县的烟户门牌,长逾千言,其中开列有十数条"民间易犯严例",俨然是一部微型法例(参见第86、87号)。门牌虽然不是值得珍藏的财产文件,但也构成日常生活场景不可缺少的一部分,况且张于门首,出入恒看,其内容如果不是深入人心,至少也是"眼熟能详"了。我们不妨由这类历史遗存重新构想当时的社会控制方式和程度。

  一个有趣的问题是,我们在多大程度上可以由见于公文书中的规范内容来构想当时的社会秩序?比如说,写契投税章程列明的各种强制性要求在多大程度上反映了当时的交易实践?更进一步说,民间通行的交易秩序究竟是如何形成的?如果说官版契约的推行和税契程序有助于型塑较具一致性的交易习惯,那么这些契式和程序又是如何构成的?这是一个单向的改造过程,还是一个双向的互动过程?光绪时期的写契投税章程规定:牙记行用于中人、代笔等费,准按契价给百分之五分,买者出三分,卖者出二分。系牙记说成者,准牙记分用二分五,中人分用二分五。如系中人说成者,仅交量立契,只准牙记分用一分(参见第215号)。如此具体细致的分配,其标准何来?民间田土交易有所谓中三笔二、买三卖二一类说法。这类习惯得之于官府的安排,还是相反,官府的安排乃是基于民间的习惯?这些问题并不容易回答。因为,收集于《粹编》的那些故纸残简终究只是一些历史的碎片,本身不足以构成一幅完整的图景,更不必说,它们的虚实需要考辨,它们的意义有待发掘。

尽管如此，我们还是不妨说，这些无言的历史碎片乃是最坚实最有价值的史料之一。

从某种意义上说，《粹编》中的材料更近于出土遗存，它们是前人不经意留下的生活痕迹，虽然断断续续，零星不成系统，但是比之自觉的历史叙述另有一种真实性。这首先是因为，它们是生活日用的一部分，更近于生活的实相。那些褪色残破的文契每一件都称得上是历史的记录，今人不仅可以从中了解当时的地价、税率、租税、银钱比率、结婚的费用、捐输的种类和价格等，而且可以真切地瞥见当时生活的诸多环节、侧面与细节。对于那些构建历史大厦的人来说，这些细节便是坚实的砖瓦。只是，在绝大部分有文字记载的历史当中，社会生活的这一部分鲜有表达自己的机会。作为一种生活材料，这类故纸曾经数量巨大，但是作为史料，它们的价值却长期被人们忽略，只能尘封于乡间阁楼土壁之中，任由虫咬鼠啮、烟熏水渍，而日渐销蚀。部分地因为此，我们今天看到的古代社会契约文书，不过是沧海一粟。也因为此，这些陈年残简才变得格外珍贵。

记得第一次看到《粹编》，印象最深的还不是它的内容、编排和装帧，而是封底标示年代的两个数字：1408 和 1969。这两个年份引发的第一个反应是，是什么东西能够跨越时空，把不同的时代和社会联结在一起？这种编史的尝试在理论上意味着什么？接下来则是好奇，20 世纪 60 年代末期正是"文化大革命"的全盛时期，当时的"契约文书"会是何种样态？这一件卖房连三契，称得上是"珍稀"史料，值得引录于此。

> 立卖房契人秦学增，兹□祖遗产，计正房一间半，东厢房三间，棚子一间，□圈两间，大门二门各一半。经中人说允，

情愿卖与秦怀增名下永远为业。卖价一千六百元正,笔下交足。并无短欠。恐空口无凭,特立此据为证。

宅基地围房后两丈以外,计地四分八厘

四至开清:(略)

中证人(略)

代笔人(略)

这是一张手笔手书的契纸,单看这张文契,无论内容还是形式,都与一件清代契约无大差别。不过,相连的"官契"大书"河北省卢龙县革命委员会印契",令人顿生时代倒错之感。细看这张契纸,还可以发现其形制与明清官契并无二致,其表格化的格式固然不同于清代的式样,但却传自民国时期。能够表明其时代的,除了契纸顶端的大字之外,便是表格中的"人民币""大队"等字样。那种时空倒错的感觉究竟何来?真的是时代倒错,还是我们的历史观与时代脱节?诚然,单凭这样一件历史残片不足以建立任何法律或者社会理论,但是作为一种坚实的史料,它却可能动摇一些我们久已接受并且习以为常的观念、预设和理论。它把我们的注意力由政治革命的表面引向社会变迁的深层,让我们重新思考和理解变化中的法律与社会。

一般的传统契约汇编,如果是通史性的,其下限也只到民国时期,而且实际上,已经出版的民国契约数量甚少,50年代以后的契约更是难得一见。《粹编》第二册专收民国时期和1949年以后的契约文书及相关文件,虽然不能够完全弥补这一缺憾,但却是一个好的开端。无论如何,它为我们了解这一时期相关制度的变迁,进而深入思考法律与社会的传统和变迁提供了一个重要基础。

《粹编》的不足主要有二：一是因为篇幅的关系，录文中省略了大量的契尾，当然，许多契尾内容大同小异，甚至完全相同，因此也没有必要一一照录。编者采取的办法是，录文只收最具典型性的契尾，并在书中另附一纸，注明所有同类契尾（号数）以供读者参考。然而，仔细对照之后或可发现，这个特殊索引的编排与实际的录文不尽相符。换言之，现在我们所看到的契尾录文，未必是对收录在《粹编》中材料的最佳选择，而被遗漏的部分也可能包含一些有价值的法律与社会消息。另一个问题是标点。录文标点是《粹编》工程的一个重要环节，费时费力，但于《粹编》的使用却极为便利，美中不足的是，有些地方标点或者有误或者前后不一。当然，这类问题为数不多，不致影响对《粹编》的使用，更不会减损其价值。

对社会史和日常生活的重视，在历史研究中已经蔚为传统，因为这一传统的崛起，历来为史家轻忽的材料如碑铭、档案、民间故纸等便登堂入室，一变成为撰写历史的重要史料。在中国，学术研究中对于民间私约和各种公私文书的重视和利用始于史学，而且直到今天也主要因为史学的发展而得到推动。与之形成对照的是，占有最多资源的法学的中国法制史研究并未充分利用这一成果，更不曾积极参与创造这一新的传统。《粹编》的出版应当有助于改变这种状况。毕竟，参与《粹编》的学者们基本都出于法学而不是史学。不过，他们并不代表中国法制史研究的主流，这一点也是事实。就此而言，居于主流的中国法制史研究要消化《粹编》和《粹编》所代表的那种学术传统和成就，恐怕需要一定的时间，而一旦做到这一点，我们便有理由相信，它会以一种新的和更有生气的面貌呈现于世界。

原载《北大法律评论》2003（1）

用自己的语言发言

1998年的秋冬之交,在纽约碰到刘东兄。他一如往常滔滔不绝,谈话中特别说到回北京后要创办一份具有国际性的中文学术刊物,并邀我参加未来的学术委员会。我觉得国内始终缺少真正的学术刊物,自然乐见其成。不过,我也深知在国内办刊物之难,更不用说是一份严肃的和国际性的学术刊物了。因此,对于刘东兄的计划,我心里是存了疑虑的。

4年过去了。此刻,十几卷沉甸甸的《中国学术》摆在面前,足以消除我当初的疑虑。不过,这并不能阻止我问,刘东兄当年要办一份"国际性中文刊物"的目标达成了吗?或者,用一种更合理的方式问,这一目标在多大程度上实现了?这个问题的提出其实并不是针对刘东兄本人,我之所以要提出这样的问题,恰是因为这不是那种私人性的愿望,而是一种文化发展的可能性。在今天的中国,这种文化发展的可能性常常被以一种扭曲和肤浅的方式加以对待,因而变得庸俗可笑。

何谓国际性?在我看来,国际性应当不以学科或者题材来界定,也不必冠以"国际"二字。名为"国际政治"或者专门讨论"世界经济"的刊物未必就具有国际性,而一个讨论中国问题的刊物却可能是国际性的。换言之,国际性不是一个标签,而是国际上学者和知识分子通过平等对话和交流共同参与某种学术事业的实践。

然则,为什么要讲求"国际性"?国际性的含义既如上述,其价值自明。虽然国际性并非(也不应当是)所有学术刊物必备的品格,也不是人们评价所有学术刊物应取的标准,但在中文学术世界,一份真正具有国际性的出版物自具特殊意义,又不应当一般而论。这里,所谓"国际性的中文刊物",重点在"中文",在那种我们自牙牙学语就与之为伴、赖以为生的语言。

这世界上也许再没有比语言更敏感、更微妙、更至关紧要的东西了。不过,语言又是如此平凡,如此深入生活,以至我们往往以为它是与生俱来,自然天成。直到有一天,某个机缘将我们彻底暴露于语言的支配之下,我们才开始深刻感受语言的力量与微妙处。自然,在许多情况下,我们乐于学习和掌握另一种语言,参与用另一种语言进行的游戏,但在有些场合,我们有正当的理由选择母语,在另一些情况下,我们把使用母语视为当然。然而,中文虽然拥有也许世界上数量最巨的使用者,却不是通常所说的国际性语言。这种情形在学术界尤甚。在海外中国研究的各种研讨会上,无论所讨论的问题是古代的还是现代的,也无论讨论者中有多少人能够讲中文,交流的语言极少是中文。这种情形表明了中文在国际学术交往中常常是令人难堪的弱势地位,也标识出中国学术的贫弱。因此,发愿办一份国际性的中文学术刊物,无疑是一个颇具挑战性的尝试。

既然国际性不是标签、论题或者译文集，而是国际间学者和知识分子共同参与的学术实践，一个学术刊物的国际性便不可能靠强求、乞求或者自我标榜获得。这里，关键在于不同国度和不同学术传统的学者的自愿参与，在于参与者对所参与事业的认同和承认，而后者又取决于他们之间是否存在共同的学术兴趣、共同的学术语言（此非自然的语言如汉语、英语等），以及最低限度的共同的游戏规则和评价标准。中文世界冠以学术之名的刊物（更不用说以学术相标榜的出版物）成百上千，真正具有国际性的却很少，说到底是因为缺乏获得广泛承认的基础。

作为一份严肃的学术刊物，《中国学术》的特点之一就是它吸引了一批国内外的优秀学者参与其中。他们或者作为刊物的学术委员，或者作为匿名审稿人，或者作为撰稿人为刊物贡献其力。海外学者的投稿，虽然有些需要从其他文字翻译成中文，但是无一例外要经过刊物的匿名评审，服从刊物对于首发权的排他性要求。这些程序和要求虽然严格并且常常费时，但是有助于提高刊物的学术品质，因而使刊物得到许多严肃学者的承认和参与，这种承认和参与反过来又提高和维护了刊物的学术品质和声誉。在此一意义上，我们可以把国际性的程度与一个刊物的学术品质联系起来考虑。

要了解《中国学术》之尝试和努力的意义，不应忽略与之并行的另一种潮流。表面上看，这也是一种致力于国际性的努力，但是其含义大不相同。

前数年听到一种说法，谓现代人必须具备三项技能：讲英语、用电脑和驾驶汽车。我闻之引为笑谈。但是渐渐地我发现，这关于现代人素质的要求，大约除了最后一项，竟然就是中国高等教育选拔人才和中国学术走向世界的重要标准和举措。时下要晋升教授,需要"外语"和计算机两项考试达到标准,这其中,外语一项尤为要紧。国内一所顶尖大学引进人才先要测试外语,这也许并不奇怪,因为一位国家领导人视察该校,就问到那里有多少人可以用英语授课。在这样的氛围里,"外语"自然成为一项考量教育和学术水平的重要指标。个人成绩考核,以在"外文"期刊发表得分最高;学校排名,也以其"外文"发表之数量为重要指标。至于大量国内出版的学术著作,为表明其与国际接轨的意向和努力,许多也附以英文书名、目录和提要。甚至,有关部门还要求所有中文学术刊物都应附英文目录,谓之规范化。

这种努力和要求意味着什么?中央电视台不久前曾播出一条消息,谓某医科大学科研进步,能用英语查房。看到画面中用英语交谈的医生,我对他们流畅、准确地表达和交换意见的能力深感怀疑,更重要的是,我看不出英语查房有何必要,况且这种牺牲医患沟通和患者知情权的"接轨"法与国际间应当借鉴的做法根本背道而驰。然而,时下流行的"国际化"大多如此。

其实,我并不是一般地反对学习和运用外语;相反,我相信在相当一段时间里更多地阅读和引用西文文献在中国社会科学和人文研究的许多领域都有助于学术的提高。但问题是,造成我们在教育和学术方面落后的并不是语言,而是体制以及设计和指导这种体制的思想。因此,以为不改现行的教育和学术体制,通过考核教师和研究者的外语水平,或者在中文出版物里增加英文目录,就可以"与国际接轨","建世界一流",那就不只是天真,而且可以说是在作伪了。

《中国学术》的意义就在于,它在这种自上而下和体制化的"与国际接轨"的大潮之外,探索另一种国际性,一种中文世界的国际性。这里，关键的问题不在于它是一份中文刊物（难道它不应当是一份中文刊物？），而在于它试图用自己的语言发言，发出自己的声音。它努力发掘中文学术世界的潜力，在其中发现国际性参与的基础，在这样做的过程中，它不只是把世界带入中国，同时也把中国带入世界。因为用自己的语言发言，既不是自说自话，也不是一味地追随模仿，而是为一种共同事业做出自己不可取代、同时也是不可磨灭的贡献。

这样说并不意味着《中国学术》已经达成了上述目标。实际上，要接近这些目标还有很长的路要走。着眼于大的背景，可以说这些目标的实现有赖于中国社会整体环境的改善。如果没有整个社会的相应发展，中文在国际学术交往中的弱势地位终究难以改变，类似《中国学术》这样的努力也不可能发生更大的影响。但在另一方面，如果没有这样的努力，中国学术的品质不会因为社会经济的发展自然而然地得到改善，学术交往中基于平等对话的自主自尊的国际性也不会随着中国经济的日益全球化而自动实现。正因为如此，《中国学术》的意向与尝试尤其值得我们珍惜和关注。

原载《中华读书报》2003 年 11 月 12 日

从市场经济到法治的市场经济：
吴敬琏的改革词典

20世纪80年代，吴敬琏先生大力鼓吹市场经济。20年后，吴先生转而呼吁法治，力倡法治的市场经济。这一改变缘何而来？它意味着什么？何为法治的市场经济？法治与市场经济究竟是何关系？所有这些在中国语境里都具有何种含义？对这些问题的梳理不但可以帮助我们了解吴先生的思想，也有助于我们了解改革开放以来中国社会所经历、所面临的种种问题。

吴先生在多个场合谈到自己的思想转变，大意是说，改革开放之初，他和其他一些有志于改革的经济学人，都以为只要以市场经济取代计划经济，中国的经济问题乃至社会问题便可以迎刃而解。但是后来的情况却表明，这种想法是过于简单了。事实是，经过二十多年的改革，中国的市场经济固已略具规模，但是腐败、不公和社会失范等现象也日益严重。放眼世界，中国其实不算是特例。世界上实行市场经济的国家不少，真正成功的事例却不多。这些让吴先生认识到，有"好的市场经济"，也有"坏的市场经济"，"法治的市场经济"才是好的市场经济，我们努力的方向，便是要建立法治的市场经济。

对于吴先生指出的种种问题，还有他关于这些问题所做的分析，相信许多人会有同感。不过总的来说，这些议论和主张更多是为我们提示了思考的方向，要切实地把握这些问题，进而找出解决问题的办法，还有大量的工作要做。在这里，我谨就吴先生文章中的几个关键词做一点粗浅的分析，以就教于吴先生和读者诸君。

先说"好的市场经济"。特别提出所谓好的市场经济，以区别于"坏的市场经济"，意在提示人们注意到市场经济的多样性或者复杂性。而以"好的"或者"坏的"这样的形容词对一个事物加以区分，也会有一种修辞学上的效果。这些无疑是有价值的。但在另一方面，这种说法在认识上可能有简单化之嫌，且容易造成误导。比如，"好的市场经济"这种说法，可能会让人以为有一种市场经济是没有毛病的，有问题的是"坏的市场经济"，这就好比当初人们以为有问题的是计划经济，只要实行市场经济中国的问题就解决了一样。只不过这一次是"好的市场经济"代替"市场经济"，成了解决问题的不二良方。这又可能妨碍人们认识市场经济的复杂性和有限性。其实，我们今天所面临的种种问题，如垄断、不合理的行政干预、腐败、压迫、不公等等，正如吴先生经常强调指出的那样，并非由市场经济本身所产生；相反，它们恰是因为市场化改革中途为既得利益者所"劫持"，市场经济原则无法真正落实所致。正因为如此，中国的出路便不是走回头路，而是继续改革，完成市场化改革大业。事实上，吴先生自己也意识到市场经济的这种两分法不甚确切，"因为这容易使人误以为重商主义、官僚资本主义等也是市场经济的一个子类"（《呼唤法治的市场经济》，生活·读书·新知三联书店2007年版，第192页。以下援引该书只注页码）。

通常，说一个事物是好的或者坏的，可能包含两种不同含义。它可以指事物本身，也可以指事物的结果。一个符合其规定性的事物是"好的"，一个其结果对我们有利的事物也会被认为是"好的"。这两种"好的"含义并不相同。从某种意义上说，前者本身无所谓好坏，但有真假之分。比如，我们可以设想一种有名无实的"市场经济"，也可以设想一种残缺不全的"市场经济"，还可以设想一种扭曲的"市场经济"。这些经济秩序不符合一般理解的市场经济的规定性，不能发挥期待中的市场经济应有的效用，因此也不宜被叫作市场经济。把它们叫作"坏的"市场经济，意思是说，它们不是"真正的"市场经济。当然，"坏的市场经济"在第二种意义上也是"坏的"。因为在那种情况下，大众在承受种种不利之外，也没有得到市场经济的好处。但是问题在于，真实意义上"好的"市场经济所产生的结果，对社会来说也不都是好的。换言之，"好的市场经济"也会产生种种我们所不欲的结果。人们熟知的所谓市场失灵，还有哈贝马斯所说的"生活世界的殖民化"，都是这方面的例子。

进一步思考这个问题，我们还可以考虑，符合市场经济规定性的经济秩序只有一种，还是有多种表现形式？反过来，"坏的市场经济"所指的那些经济秩序，是不是就不是市场经济？从非市场经济过渡到市场经济是一个过程，这中间有没有一个确定的点或者界线，供人们做出非此即彼的判断？如果现实中的市场经济不是一个"点"，而是一个"带"，在这个"带"上分布着不同的市场经济形态，它们与不同的历史、文化、社会、政治、经济条件以及资源禀赋相结合，对生活于其中的人们具有不尽相同的含义，那我们应当如何认识和分析市场经济，又如何为之命名？要做到这些，我们需要更准确的概念、更精致的理论和方法。那么,"法治的市场经济"是不是一个更恰当的表述?"法治的"比"好的"有什么不同,它改变了什么,增减了什么?

从单讲市场经济,到强调法治的市场经济,隐含了一个认识上的发展,即市场经济的存在与发展是有条件的;市场经济不能自足,而须配合以其他制度。从历史上看,市场的存在以承认和保护私有财产及其支配权为前提,市场经济必须在特定政治和法律制度的基础上方能够顺利运行,在这种意义上甚至可以说,最低限度的法治是市场经济规定性的一部分。不过,法治的问题,法律与经济发展的问题,其实都比这里所讲的更为复杂。

吴先生多处讲到法治,下面这段话比较集中地表明了他的法治观:

> 现代的法治是用一套符合公认基本正义的法律来规范人们的行动。第一是规范政府的行为,第二是规范市场参与者的行为。在这套法律规范之下,各就其位,既发扬每个人的个性,又不至于相互侵权,弄得天下大乱。
>
> 现代法治的核心部分是要有一套法律体系,要建立一个法律框架。一切人的行为不服从任何其他权威,只服从法律。但是有法律不等于有法治,法治要求法律符合公认的基本正义。比如不能侵犯他人的产权,规则要透明,要使人能够预见自己行为的后果,规则不能追溯既往,等等。……这些最重要的准则应该体现在一个国家的宪法之中,使宪法符合这些公认的基本正义。这些公认的基本正义首先规范政府的行为和保护人们的基本权利。有了这么一套建立在公认正义基础之上的法律

（所谓"善法"）之后，接下来的问题就是执法。执法问题的核心是司法独立。……［执法］还牵涉到社会的其他一些力量，比如，民间社会的非政府组织……此外，大众传媒业负担着监督规则执行的责任（第264—265页）。

吴先生的法治观，比许多法学家的法治概念更加丰富，尤其是他提到的民间社会和大众传媒对于现代法治的重要性，是很重要的思想。不过，这段表述也有一些需要进一步澄清的内容。首先是"善法"的概念。

"善法"的构词方式与"好的市场经济"相同，其简单化特征及其结果亦近之。但这二者又有很大区别，此源于"市场"和"法"性质上的不同。法是人类行为的规范，因此其本身可以有善恶良窳之分。问题是，历来关于善法的讨论，多源于哲学、宗教、道德，言人人殊，不易取得一致，以至有人认为这类讨论混淆了法治的真意。法治就是法律之治，而非善法之治。这样的法治并不意味着对法律无所要求。相反，法治若成为可能，必须满足若干基本条件，这些条件就包括吴先生列举的那些，如法律须公开、透明、稳定、前后一致、不溯及既往以及司法独立、所有人包括政府都必须服从法律等等。当然，我们也可以把满足了这些条件的法律视为善法，但是这里的"善"，是形式的或曰程序性的，不涉实体规范。如此理解的法治，可以满足吴先生对于法治的期待，即"法律规范之下，各就其位，既发扬每个人的个性，又不至于相互侵权，弄得天下大乱"。

不过，吴先生的"善法"还包括"不能侵犯他人的产权"，这就不是程序性的，而涉及实体规范。这表明，程序性的法治有其边界。如果一个社会建立在市场经济之上，保护产权自然要被奉为法律上的原则。同样，一个社会若以民主、人权为基本价值，法律也必须奉行同样的原则。但无论是市场经济原则，还是民主与人权的价值，它们都不是法治的内容本身，也不是有无法治的判准。它们是特定法治的目标，是特定法律想要保护和实现的价值。在现代社会中，这些价值和目标通常被写入宪法。从这个意义上说，宪法也不是普通的法律。宪法既有法律的一面，又有非法律的一面。前者可以被形式化而纳入法治框架，后者则开启了通向哲学、宗教、道德、政治之路。从概念上说，不但宪政与法治并非一事，民主政治和人权同法治也不是一回事。因此，讨论市场经济、法治、民主、宪政、人权这些中国社会亟待解决的问题，我们需要仔细厘清不同的价值、制度及其相互关系，考虑各种制度的性质和成就它们的条件，在复杂的现实情境中寻找最适合中国的发展路径。

涉及法治的另一个问题，与前面关于市场形态的问题类似，但可能更具相关性。与市场经济相比，法治与历史、文化、社会、政治、经济的关系更加密切，其具体形态在不同时空中的变异也更大。20世纪西方社会、经济与政治的变化，改变了19世纪的法治形态。这种改变也许令一个19世纪的人认为法治已经荡然无存，但是生活在今天的人多半不会得出这种结论，不过，他们可能用同样怀疑的眼光去看一些发展中国家的法治过程。这里显然存在一个制度发展的空间，其中，政策、原则、规则、行政权、裁判权、自由裁量、监管、政治、效能、合法性、法律意识等要素可以有不同的组合，这些不同组合都可以被称作法治。遗憾的是，迄今为止，这些问题并没有引起学界的重视，更缺少有价值的研究。

最后讨论一下"法治的市场经济"的另一重含义。

市场经济的基本特征,是产品和服务的自愿交换,这里,进入交换的是所谓私人物品,它们区别于由国家提供的公共物品,后者就包括法律与秩序。这就是前面所说的,市场经济的存续和运行,必须以一定的政治和法律制度为前提。也是在这个意义上,我们说法治是市场经济规定性的一部分。这是狭义的法治与市场经济的关系。不过,法治的市场经济论题还常常包含一层更强的含义,那就是认为法治能够促进经济发展。

强调法律与经济发展之间的这种互动和关联,是一个深厚的传统。古典时期的思想家里面,把这个论题发挥到极致的是马克斯·韦伯。他认为,近代资本主义的兴起实基于多种原因的聚合,其中,形式理性化的法律不可或缺。这种法律为社会提供了一种秩序模式,正好满足了资本主义所涉及的高度复杂的经济活动对于可预测性的要求,使得市场的参与者能够放手规划其未来。在晚近的新制度经济学里面,韦伯的理论得到进一步的发展。道格拉斯·诺斯通过其比较经济史研究发现,产权保护与合约执行的完备程度,是解释历史上不同国家经济增长的核心变量。这里,诺斯的重点是法律执行的可预见性,而不是法律的形式理性特征,但他也像韦伯一样认为,一套具有高度可预测性的制度安排,差不多也就是我们所谓的法治,是资本主义或者市场经济得以繁盛发达的前提条件。20世纪90年代以来国际流行的法治与市场经济话语正滥觞于此。

对法律与发展理论的反思主要涉及两个方面,这两个方面都出自东亚的发展经验。一个是非正式制度在经济发展中的作用,另一个是国家在经济发展中所扮演的积极角色。前述法律与发展理论似乎不能很好地解释东亚国家与地区成功的经验。在这方面,中国案例就很典型。虽然自20世纪90年代以来,中国法律发展最主要的动力来自经济改革，但实际上影响经济发展的首要因素却不是法律，而毋宁是政策和各种非正式制度。就是在法律产生作用的地方，其发挥作用的方式，也往往不是一般法治论者所想象的那种。尤为吊诡的是，在特定历史背景和政治条件之下，中国的改革屡屡以突破现行法律规则和正式制度为契机而展开，这更增加了中国问题的复杂性。

上面两个问题没有逃脱吴先生的注意，相反，它们都是吴先生"法治的市场经济"论题的检讨对象。关于非正式制度，吴先生指出，社区关系、商会组织、同乡会组织等不适应现代商业交易，尤其是现代市场经济中的合约履行。因为发达的市场交易形态具有非人格化特征，要求第三方执法，由法院来保障合同的执行。而中国的市场交易形态尚处于从人格化交易到非人格化交易的过渡中。至于政府在经济生活中扮演的角色，或曰市场经济中的政府职能，更是吴先生反复检讨的问题。在他看来，中国经济乱象丛生多因政府职能不合理所致。政策随意性大，政府掌握大量经济资源，任意干预经济活动，政府官员的行为缺乏规范和约束，这一切极易导致权力滥用和腐败，最终可能导致中国走上"权贵资本主义"（crony capitalism）一途。吴先生着墨甚多且视之为中国社会大患的另一种现象，即经济上的既得利益者与政治上的权势者联手，压制竞争，阻挠改革，其实也是"权贵资本主义"的一大特色。

在上面两种情况下，引入法治概念都是必要的。法治可以被用来支持非人格化的现代市场交易，更可以被用来规范和约束政府行为，为经济发展创造更加稳定、透明和预见性高的制度环境。不过，如果不是以教条方式理解社会现实，我们仍然可以也应当结合自己的经验去思考现有的理论，并且创造性地去构想我们的未来。

基于社会关系的人格化交易无疑有其局限性，其有效性与一定的社会与经济条件相关联。只要这些条件仍然存在，其有效性也将继续。在中国经济改革的较早阶段，非正式制度和人格化交易对经济发展的贡献很大。而在今天，这种情况正在改变，经济发展对正式制度、法治、第三方执法的要求也变得更加迫切。即便如此，由于经济发展的不平衡，也由于涉及领域、部门不同，还由于文化传统、社会心理等因素，非正式制度、社会关系等在经济发展中的作用将长期存在，并可能成为未来中国社会与经济运行中的某种特点。国家在经济发展中的作用问题也有类似的一面。吴先生对现实的剖析无疑是切中时弊的，他备感忧虑的危险也是真实存在的。但我仍然以为，对改革以来不同时期、不同地方、不同领域、不同个案中政府与经济发展相互间关系细致的经验研究还是必要的和有益的。在合理构想的法治的市场经济的框架中，政府究竟应该在经济发展上扮演什么角色，对这个问题的回答既不能由历史和现状中自然得出，也不能从现有理论中简单地推导出来。但一个可以被接受为正当的和有效的经济发展模式，一定离不开特定人群历史上形成的社会意识和经验。毕竟，一切制度，包括所有制度的建立、运用、变革，都是因为人并且依靠人而发生和维续的。而人，归根到底是文化的、社会的、历史的产物。着眼于此，我甚至要说，好的市场经济不但要靠法治来支撑，也离不开道德。不仅如此，法治的建立与存续最终也要靠道德来维持。因此，要真正建立法治的市场经济，我们既要超越法治，也要超越市场经济。

原载《读书》2008年第1期

底线与共识

钱理群老师的发言给我很深的印象，原因有两个：第一，他的基本想法同秦晖书（《共同的底线》）里所谓"共同的底线"讲的是一样的；第二，他们两位讲的，恰好是今天法律人讲得最多的。从法律人的角度看，他们的主张，简单说就是两个字："护宪"。我这里讲的护宪，是指《宪法》规定的基本权利：政治权利、社会权利和文化权利，尤其是其中的政治权利，包括钱老师特别强调的"表达自由"。秦晖书里所说的"共同的底线"，不管叫作"人道""常识"，还是"自由秩序"，其实都建立在这些权利的基础上。我强调宪法权利还有一层意义，这层意义跟今天的会有关。这些权利写在宪法里，宪法是国家制度的基础，而且，不管持什么主义，也不管在朝在野，没有人出来公开反对宪法所规定的基本权利。如果要谈共识，我想这是一个很重要的也是现成的制度化的基础。

下面就秦晖这本书谈几点意见。

看到书名《共同的底线》，我想到另一个概念，那就是共识。这两个概念有关系，但不完全一样。共同的底线是一种共识，但是共识并不都是底线。共识可以有不同层次,在一个多元的社会里,共识的层次越丰富,覆盖面越广,社会就越稳定。对于像中国这样一个处在转型时期、各种利益互相激荡的社会来说,共识的建立非常重要。我们都看到了,"告别革命"的口号喊了多年,但最近大家又在讨论革命这个话题,这反过来表明共识特别是像"共同的底线"这种基础性共识的重要性,没有这种共识,社会就可能被撕裂,走向混乱。所以,今天来讨论"共同的底线",是一个很有现实意义也很有理论意义的问题。

顺便说一下,"底线"这个词好像有一点道德色彩。比如,谈做人的底线,那是一件很严重的事情。一个人要是做不到,可能就连做人的资格都没有了。在思想论辩中强调底线,有时候可能让问题变得敏感,容易造成对立。所以,到底讲底线好还是共识好,这一点似乎还可以考虑。

讲"共同的底线",自然牵涉到两个或两个以上的主体。所以,我们的第一个问题就会是:这是谁的底线,或者,谁和谁之间共同的底线?这个底线或者共识,是实然的还是应然的?在秦晖的书里,这两个问题大概可以这样来回答:这是自由主义和社会民主主义"共同的底线",秦晖也称之为现代思想的共同底线。当然,这也是秦晖个人的判断。这种判断大体是实然的,可以通过实证研究来论证。但是很明显,秦晖的兴趣不是只弄清楚这两种主义的共识,而是通过这种梳理来批评今天国内左、右之争里面的一些似是而非之论。不仅如此,秦晖还把他认为的这两种主义的"共同的底线"当作他自己的"底线",作为他当下立论的基础。这个时候,这个"共同的底线"就成了一个应然的判断了。实际上,秦晖就是守着这样一个应然的判断或者立场,和不同的论者展开论辩。这本书的调子是论战,而不是通过客观描述和分析的方法,在冲突对立和复杂交织的思想争论中找到共识。所以,这本书虽然叫作"共同的底线",但在中国思想的语境里,它所展现的却不是共识,而是冲突。

秦晖自己说过,他的立场很难被简单归类,因为,只要是突破了"共同的底线",不管是左的还是右的,他都会提出批评。不过我注意到,他在批评这些突破"底线"的观点的时候,经常用一个限定词:"某些"。比如某些自由主义者,或者某些社会民主主义者。那么其他自由主义者和社会民主主义者呢?还有那些不容易被归入这两种主义的他种主义、立场和观点呢?用秦晖所说的"共同的底线"可以把它们都囊括进去吗?

在2007年的时候,洪范法律与经济研究所开了一个会,主题是"转型时期的社会公正"。当时我约秦晖写文章,我说你可不可以把改革以来围绕像公平、效率、自由、公正这类问题展开的思想论争做一个全面的梳理,尽可能客观公正地展现各种有影响的思想和观点,通过仔细分析来发现真正的分歧和可能达成的共识。我希望这项研究足够系统、深入、公允,具有权威性,成为以后相关讨论和争论的基础。他当时答应了,但最后拿来的文章讨论的却是另一个问题。

我提到这件事是想说,透过理性的对话和讨论来发现共识非常重要。来开会之前我问过秦晖,都有哪些人与会,有没有一些观点不同的朋友。他说请了一些,但他们都不来。这是一件很遗憾的事。以我个人的观察和经验,不同思想派别的学者面对面讨论问题,前些年还能看到,现在几乎是不可能了。在这种情况下,共同的底线到底在哪里,又如何建立呢?缺乏共识可能是因为对话不充分，对话不充分可能是因为信任不够，而信任不够可能是因为有一些重要的工作没有做。要建立信任，开展对话，发现共识，我觉得至少下面这些工作是要做的：

第一，把问题完全放在中国的语境里面讨论。毫无疑问，秦晖的问题意识和现实感很强，他强调的"共同的底线"针对性也很强。但他的论证有时候包含这样的逻辑：针对某个中国问题比如农民工问题或者城市化问题的观点，如果西方自由主义和保守主义两方面都认为不能接受，那就是在"共同的底线"之下，没有正当性，不可接受。当然，在特定的上下文里，这种论证可能是必要的和有效的，但是这样做的时候，也可能把问题部分地抽离出中国的语境。中国今天的左右之争，思想上摆脱不了西方的谱系。同样，讨论中国问题，也不可能不参照其他地方的经验。在这种情况下，怎么样把问题的脉络梳理清楚，同时又不抽离出中国语境，非常重要。

第二，对不同思想观点做完整、系统的梳理，在此基础上，从正面去发掘共同的东西，寻找共识。存在共同的东西，但大家不一定都能够意识到，因此需要发掘，做建设性的重构，这样才能有对话的基础，通过对话增进相互的了解和信任。通过辨析揭示出对方观点和论据的谬误，也有助于消除分歧，但这还不是这里说的正面的工作。

第三，这点特别重要，就是对不同思想和观点有一种善意的、同情的理解。钱老师刚才说自己是"理直气不壮"，我很赞成这种态度。理直，因为坚持自己的立场，有自信；气不那么壮，因为意识到面对的问题很复杂，自己的知识可能不够充分，判断可能有误。简单化的论断和结论倒是立场鲜明，有冲击力，还会有宣传上的效果，但不利于做深入的思考，而且，说服力不强。思想复杂化一点，意味着对自己有所保留，同时给不同的思想多一点空间。大家说起左、右之争，一般都比较注意具体立场和观点，很少去看思想的"态度"。其实"态度"同样重要。独断、傲慢、简单化，都是思想的大害。这些毛病，左派有，右派也有，有时还更严重。为什么今天左、右两派势同水火？思想的傲慢是一个原因。所以，要建立共识，先要对不同思想有善意和同情的理解，有更复杂的思想方法，那个时候，立场不同的人才可以坐在一起讨论。

我说这些，只是就如何建立共识讲了几点感想，而不是苛求秦晖，要求他写一本符合我个人想法的书。其实，秦晖的工作也不能说跟建立共识无关。我认识秦晖很多年了，他是一个思想者，不但真诚、独立、深刻，有深切的关怀，也是我们这代人里最博学的学者。他的思想锋芒毕露，锐利，雄辩，他从他说的"共同的底线"出发，在论战中廓清了许多问题，这些工作当然也是建立共识的重要步骤。所以可以说，秦晖以他的方式，为在思想界建立共识做出了贡献。

本文据作者于2013年3月9日在中国人民大学举行的《共同的底线》出版座谈会上的发言录音整理而成，本文题目系收入本书时所拟。

当代儒生面对的三种挑战

首先,祝贺《儒生文丛》出版。

我注意到这套丛书的名称,"儒生",这个名称富有深意。为什么这么讲?今天,儒学、儒家,甚至儒教,这些概念常听人讲,但是儒生这个概念人们讲得很少。为什么讲得少?原因很简单,那就是,儒生这样一个社会人群,或者叫社会阶层、社会群体,在最近一百年已经从中国社会里消失了。历史上,儒生是这个社会的知识阶层,也是中国文化最重要的创造者和传承者之一,它的存在从来不是一个问题。正因为如此,它的存亡就成了一个(至少对中国人来说)天大的历史文化事件。也是因为如此,一群可以称之为"儒生"的人重新出现在这个社会里,发出自己的声音,就是一件非常值得关注的有意义的事情。

要了解这件事情的意义,先要了解中国社会近代以来所遭遇的危机。在我看来,这是一个空前的、整体性的文明危机。所谓文明,可以被理解为一整套认识、解释世界的方法和应对世界的经验,而在近代面对西方文化冲击和挑战的时候,中国人发现,自己那套过去屡试不爽的方法无效了,一个曾经是完整的经验破碎了。这种危机的一个重要表现,就是中国人自己对包括儒学基本价值在内的传统知识和信仰的彻底否弃,因为有这种否弃,过去曾经是中华文明核心部分的儒学、儒教、儒生,还有儒家基本价值本身,必然受到重创,甚至是灭顶之灾。但是最近30年,我们看到,一些体认、承担、践行儒家文化价值的人慢慢地出现了。他们开始时是零星的、分散的,后来慢慢走到一起,开始发出自己的声音,表达他们对于世界的看法。这种表达和声音逐渐多起来,引起更多的社会关注。今天摆在我们面前的这一套书,就可以被看成一系列相关事件中的一个。

当然,今天我们所讲的儒生,不但人数少、力量小,影响力也十分有限,但从近百年来中国文化和社会变迁的角度看,却有一种象征意义。可以说,儒生的再现,代表了一个文明的自我反省,一种文化上的自觉,而所谓文化自觉,核心是文化认同问题。它要回答的问题是,中国人是什么样的人?中国人的文化、代代相传的生活智慧、那套认识和对待世界的方法,今天还有没有意义?中国人的未来应该是怎样的?当然,并不是只有儒生面对这样的问题。五四运动以后的主流意识形态,不管是自由主义的还是马克思主义的,都回答了这些问题,但从儒生的立场看,说它们回答了这些问题,不如说取消了这些问题。因为它们的答案里,儒家、儒学、儒教,甚至整个旧的文明,尤其是政治文明,都是没有正当性的。其实,今天的中国社会,仍然受这类意识形态的支配。

今天一般知识人谈到儒家,或者主要受儒家支配的中国古代政治文明,他们想到的,差不多都是负面的东西。折中的说法是,儒家传统中糟粕多于精华,今人应当取其精华,去其糟粕。再积极一点,是主张发掘儒家传统中可以和当今"主流价值"或说"普适价值"相结合的东西。用这类标准衡量,儒家传统即使不是病态的、邪恶的,至少是残缺不全的,不具有自主意味,更不是完整的和自足的。儒生的立场与此不同。儒生之为儒生,就是因为他们对儒家、儒学、儒教及其所护持的价值有坚定的信念,对儒家传统的内在价值和生命力保有信心,他们的文化自觉建立在文化自信的基础上。这就是儒生重现的历史意义。

儒生这个群体在今天出现,无疑有很多机缘。退回到30年前,更不用说50年前,这件事是不可想象的。但我们要明白,儒生的重现,并不是过去已有事物的简单再现,毋宁说,这是一种再造。就像儒教重建、儒学复兴一样,儒生也需要再造。这样说的意思是,历史上的儒生,虽然每一代有每一代的问题,但是除了晚清时期,基本上还是在一个稳定的传统里面活动。今天的儒生所面对的,却是一个与过去相比完全不同的世界,他们要解决的问题更难,而且没有现成的办法可以用。大体上说,今天儒生必须面对的,至少有三个方面的挑战。

第一个挑战,是立场方面的。儒生以承担和践行儒家价值为己任,因此,无论其内部有怎样的分歧,它保守和传承儒家基本价值的立场是一致的。但是另一方面,这个世界已经不是过去的世界了。在一个全球化的时代,文化的交流与融合是常态。事实上,中国社会比较过去已经发生了很大的变化,语言、行为、思想、观念、服饰、风尚、社会组织、制度和社会结构,以及中国和外部世界的关系,都已经发生了深刻改变。在这样一个时代和世界,开放成了一个不容回避的问题。其实,儒家传统中从来不缺乏变易的观念、实践和智慧。比如易,比如时,还有权,甚至义,这些主要概念都和改变、变易有关，也都和开放有关。就这一点来说，保守和开放，这两种立场在儒家传统中都具有正当性。问题只是这二者之间如何平衡。清末的时候张之洞讲旧学为体、新学为用，简单说就是"中体西用"，这是一种立场。李泽厚先生主张"西体中用"，这是另一种立场。今天的儒生，保守什么，如何保守，特别是如何在开放、改变的过程中守护某些基本价值，变而不失自我，这些首先是立场问题。采取的立场不同，遇到的问题就不同，儒家、儒教和儒生的命运也可能因此有所不同。所以，立场的重要性不言而喻。

第二个挑战关乎理论。过去中国人讲修身、齐家、治国、平天下，那还是一套普遍性的理论，至少，在中国人眼里是普遍性的。但是到了清末，西学东渐，它变成了一种特殊主义的理论。放之四海而皆准的理论，具有普遍有效性的理论，都来自西方。从那以后，要论述中国历史文化经验的合理性，往往取一种特殊主义的路径。那么这里就有一个问题，那就是，尽管特殊主义的论述有其价值，但在面对普遍主义的时候，特殊主义的应对并不总是有效的。过去一个世纪中国两大最有影响力的理论，马克思主义和西方自由主义，都是以普遍主义的面貌出现的。因此，要在现代中国重建儒学，复兴儒教，儒生就需要提出一套同样具有普遍性的学说和理论。我最近在读秋风讨论华夏治理秩序的两部大书，《天下》和《封建》，觉得蛮有意思。我在那里看到一种普遍主义的解说。就是说，华夏治理秩序的经验和理论既是中国的，同时也具有普遍意义。这个思路和尝试非常重要。

秋风：我插一句，其实我的这部《华夏治理秩序史》最初就没有"华夏"这两个字，就叫《治理秩序史》。它就是普遍的，而不是中国的。它虽然发生在中国，但它的意义不仅限于中国。

就像民主的理论和实践，在美国和欧洲，还有世界上其他地方，有不同形态，既是特殊的，又是普遍的。所以可以比较和对话。文明的治理秩序也是如此。用这种方式来处理中国经验，也是文化自觉的一个表现。总之，回应普遍主义的挑战，是当代儒生面对的一个理论上的挑战。

第三个挑战，简单说是实践上的。一般都认为，传统中国是一个儒家社会或者儒教社会，这种说法虽然有点简单，但也不是全无根据。因为在传统社会，儒家的道统是支配性的意识形态，儒家讲求的政道，代表着统治的正当性。而在另一方面，儒家基本价值植根于家庭、教育和日常生活之中，表现为普遍的社会规范。但是今天，这种情况已经完全改变了。过去60年来统治中国的，是奉马克思—列宁主义为正溯的共产党，过去，这个党对儒家传统采取敌视态度，现在开始利用它来为自己服务。在这种情况下，儒生应当如何应对？今天的儒生要为未来中国设计制度架构，这件事本身就极为艰难。在类似今天这样的背景下，儒生是否涉入政治，如何涉入，涉入多深，这些都是问题，是过去所没有的新问题。

至于儒生与社会间的关系，表面上看很清楚，实际上也有很大问题。儒生要修身、齐家，自然要从个人和社会入手。过去如此，如今尤甚。但问题是，人们今天所说的"家"，家的结构和形态，家在个人和社会生活中的位置，经过这一百年的政治改造和社会一经济变迁，跟古人讲的已经大不相同了。一方面有家庭的法权化、原子化，另一方面是家庭的空巢化，尤其在农村，与"三农"问题相伴，家庭大量破产。家庭如此，儒教何处安身？历史上，儒学的社会学基础除了家庭，还有教化和教育。教化依赖于士绅和尊长，教育更是儒家的长项。但是今天，士绅阶层不存，尊长权威不再。

民众虽然还重视教育,但教育是被国家垄断和支配的。这时候,儒生要让儒家价值重新在社会里面生根,并且依托社会健康成长,恐怕就需要根据今天的社会情态,调整自己的策略和方法,做一番艰苦的努力。

总之,在实践的层面上,如何看待儒教与政权的关联性,如何处理政道和治道之间的关系,如何在家庭和教育等方面用力,培植适宜于儒家价值生长的社会土壤,如何在一个价值日益多元的社会里找到儒家的位置,这些都是迫切需要在理论上思考和厘清、在实践上展开和总结的问题。说到底,儒生是一个实践的群体,它不但要想和说,还要去做。今天的和未来的儒生,只有成功地应对了这些挑战,才可能有大的发展。

本文系笔者在2012年11月的《儒生文丛》出版座谈会上的发言,后收入任重编《儒生》(第三卷),光明日报出版社,2014。本文标题系收入本书时所拟。

《华夏治理秩序史》读后

最近这些年,不时听人谈到中国的文艺复兴。有人说中国需要一场文艺复兴,也有人认为中国正在经历一场文艺复兴。不过,到底什么是中国的文艺复兴,大家意见并不一致。有一点也许是清楚的,那就是,讲文艺复兴,必须回到中国的古典。但正是这一点让人觉得吊诡。

我们都知道,文艺复兴的观念,甚至文艺复兴这个词,是从西方传来的,而在西方,文艺复兴是在中世纪的神学背景下发生的,在当时,这意味着引入或者回到一种异教的文化,具体说就是古希腊、罗马的文化传统。后来,到了启蒙时期,西方社会内部又形成了一种与传统宗教相对立的、启蒙的、理性的传统。再往后,随着西方文明在世界范围内的扩张,这种对立又演变为西方与东方之间的对立:西方是文明的、现代的和进步的,东方则成了西方的"他者",代表着野蛮、蒙昧与落后。而在中国,经历晚清的思想文化变迁,再到20世纪初的新文化运动,这种对立又进一步被中国人内化了。中国的进步知识分子对自己的文化全盘否定,中国的古典传统被认为一无是处，甚至要为中国在近代的落后负全部的责任。这种看法后来发展成为一整套意识形态和日常话语，深入人心。就这一点可以说，源自西方的文艺复兴观念，在中国变成了反文艺复兴运动。从那以后，如何看待历史、如何看待中国的传统和文化根基，始终是困扰我们的问题。

不过这些年，我们看到一些值得注意的文化现象，一些思想文化领域里的新的尝试。中国古代经典或者古典传统，尤其是其现代意义，重新受到人们的关注和发掘。在我看来，这是我们这个时代有重大意义的文化事件，也是这一代中国知识人的使命所在。秋风这部新书传递给我们的，就是这样的信息。

传统上，《六经》，或者说《五经》，一直被认为是中国文化的源头。中国文化的传承，包括历代知识人的著述和阐释，都是在这种认识的基础上，并且围绕着这些经典展开的。但是最近100年来，因为上面提到的原因，古代经典不但失去了以往的崇高地位，其文本也被肢解，意义遭到否定，即使今天人们开始改变对传统文化的认识，仍然习惯于把它们视为古典知识的一部分，而看不到它们的特殊重要性。但在这部书里，秋风特别突出了《六经》的地位和意义，视之为我们要认识和理解的"华夏治理秩序"的基础。为了做到这一点，他不但主张回到《六经》，直接从《六经》文本入手，而且声明不取现代人的二手诠释。这种做法可能会招来批评，但他回到经学的这种立场和尝试，我认为是非常有价值的。

跟上面这一点相关的，是他对待所谓古典史学的态度。根据秋风的看法，古典史学是一种规范性的历史学，要对历史中的人和事做出道德评判，具有重大的道德和政治价值。回到《六经》，由经典入手去理解中国人的治理之道，同时也意味着要回到古典史学。

这一点也很重要。因为从《六经》出发，不仅意味着要从《六经》的文本出发，更重要的，是要从《六经》观察和思考世界的方式出发，这是一种内在批评的立场。

讨论中国问题，不论历史还是现实，采取内在视角非常重要。秋风在"作者告白"里把自己的立场明白确定为所谓"内在的批判"。在讨论方法的一节里，他也说要尽可能采取一种所谓"内部视角"。这一点有重要的方法论意义。大家可能都知道柯文的一本书，《在中国发现历史》。那本书想要从中国历史脉络里去理解中国社会，也可以说是一种内在视角。但比较起来，秋风采取的"内部视角"要更深一层，因为他真正是从中国文化的内部出发展开审视和批判的。回到《六经》和古典史学的立场，大量引用经史原文以及古人的注疏和诠释，在论述和分析中运用传统的概念和范畴，避免简单套用现代人文与社会科学话语，这些都是所谓"内部视角"的展示。

当然，主张"内部视角"或者采取"内在的批判"，并不等于采取一种封闭立场。我们都知道，在转入儒学传统之前，秋风对西学用力很多，尤其是对奥地利学派，还有他推重的普通法宪政主义。在他对华夏治理秩序的构想里面，我们不难看到他之前研究和思考的痕迹，甚至可以说，这方面的影响比人们表面上看到的更重要、更深刻。实际上，秋风自己坦承，他对华夏治理秩序的研究并不排斥现代概念；相反，他认为，华夏治理之道，只有通过中体西学资相循诱的方式，才可能得到充分阐发和实现。只不过，在运用像自由、平等、权利、义务这些现代观念的时候，他尽量取其基本义，而剔除其中现代的和附加的含义，以此来消除认知上的混乱，同时揭示出古代制度中所蕴含的转向现代的可能性。

我还想说，秋风的这种做法还包含了一个非常重要的判断，那就是，所谓华夏治理之道，不但是中国的、独特的，同时也具有与其他文明共通的普遍性。这种普遍性表现在空间和时间两个维度上。根据秋风对治理秩序的界定，我们很容易发现，世界上所有文明都要处理类似的问题，因此具有共同经验，可以展开有意义的对话。实际上，这部探讨华夏治理之道的大著，里面虽然看不到一句洋文，却是不同文明之间的对话，借助于不同的概念话语展开。我觉得这是非常有益的尝试。而且，发掘中国文明的普遍性价值，对于纠正过去一百年来以中国为特殊，以西方为普遍的认识和看法，也有重要意义。

当然，这部书里也有很多可以进一步讨论的问题，这里提几点。

首先是关于"道"的论述。在秋风看来，"道"在远古的尧、舜时代就已确定下来，用书里的话说，圣王的实践和理念直接呈现了华夏治理之道，历史便是"道"的展开。这样理解的"道"，有点像黑格尔的"绝对理念"。这里涉及的问题，需要在历史和哲学层面得到论证。在历史方面，人们可能会问，一个可以适用于在时空方面规模巨大的复杂文明系统的治理之道，为什么在远古小规模的简单社会里有近乎完美的体现。而对于有哲学兴味的学者和读者来说，关于"道"的形而上学方面的论证可能是必要的。此外，我们知道，有一些论者以儒学道统的承担者和传承者自居，他们会承续孔子为"素王"的理念，也会从这样的角度去阐发"道"。我不是很确定，作为一个儒家宪政主义者，秋风的立场和前述立场之间有无区别，如果有，区别在什么地方。

另一个问题涉及"心物关系"。秋风在这部书里强调心对物的决定作用。但实际上，心与物之间的关系非常复杂。一方面，我们看到制度对于人心的影响和制约，或者换句话说，文化作为一种结构对人心的影响和制约；另一方面，人心、个人或圣者也可能影响甚至创造历史。我认为这是一个复杂、微妙的互动过程。如果特别强调心决定物，可能会有所偏颇。

最后一个问题。秋风的一个观察和结论颇有翻案味道，他认为中国传统的封建关系中契约因素非常重要，而这一点是被以往大多数学者忽视了。我相信，指出并且证明这一点很重要，但是过分强调这一点，甚至认为中国古时封建关系中的契约精神不输于欧洲历史的封建制度，可能就过头了。一个基本事实是，与欧洲历史上的封建制度相比较，无论从制度形态、思想资源还是意识形态上看，中国封建体制的基本特征仍然是宗法性，而且契约关系在很多方面是镶嵌于宗法关系当中，二者交织在一起。所以，我的看法是，能将中国封建关系中的契约精神揭示出来很重要，但要防止把这一点过分夸大。

本文系作者2011年末在北京万圣书园举行的《华夏治理秩序史》座谈会上的发言，发表于《文化纵横》2012.4。

谈《法律东方主义》

我在读《法律东方主义》的时候有很多感受,这些感受归纳起来有三个词:共鸣、呼应、思考。

在讲自己的感受之前,我想先就这本书的内容,对魏磊杰刚才的介绍做一点补充。这本书的副题是"中国、美国、现代法"。为什么是中国,这当然跟作者的研究领域和研究对象有关系。除了这一点,也是因为,讲东方主义,19世纪以后直到今天,中国是一个非常重要的角色,一个所谓非主体的"无法"的典型。那么美国呢?美国的角色非常有意思。在19世纪初期的时候,美国人是比较同情中国的历史境遇的。当时,相对于英国这样的老牌殖民主义、帝国主义国家,美国还很年轻,还没有成为帝国,所以比较有理想主义色彩,有文明平等的观念。但它后来有了一个极大的转变,美国也变成了帝国,而且今天美国仍然是一个全球霸权的符号或者说力量。所以,把美国和中国放在一起就非常有意思。最后一个,现代法。在东方主义话语里,美国是一个法治典范,中国则是一个反面典型。但是有关东方主义的讨论,专门讲法律的不多,通过中国和美国的比较来讲的更少。这本书弥补了这方面的不足,给了我们很多知识和洞见。更重要的是,它还给我们提供了一种反思性和批判性的思考,正是这些东西让我在阅读中感觉到一种智识上的愉悦和兴奋。

在讲到治外法权的时候,作者有一个很有意思的说法,叫作没有殖民地的殖民主义,就是通过确立治外法权而不是传统的建立殖民地的方式,来实现殖民主义并且从中得到好处,在这方面,美国可以说是一个样板,成为其他很多西方国家效仿的对象,这也是美国和中国关系里面很有意思的地方。

第二个有意思的地方是话语和制度的关系。东方主义是一种知识形态,也是一种话语。但更重要的,它不只是一种话语,而可以变成一种物质化、制度化的东西。这本书讲法律东方主义,就突出了后面这个方面,首先就是19世纪以后的国际法,是作为国际法一个部分的治外法权。其实,在当时的整个世界范围之内,一直到40年代,治外法权都是国际法非常重要的一部分,但这部分被很多国际法的论述掩盖掉了,它们把治外法权看成是一个例外。但是这本书的作者尖锐地指出,如果把这个部分看成是例外,那国际法就是残缺不全的。所以他把这个部分展示出来,让我们看到一种话语、知识形态怎样变成制度,变成一种支配性的物质性的制度形态。这样,我们就看到了历史中被忽略的一面,这是这本书的一个贡献。

这本书第三个引人注目的地方,就是它提供了一种双向观察。什么叫双向观察?法律东方主义,假定了一个西方的主体,一个有法律的主体,相对地,有一个东方的无法律的非主体,前者是支配性的权力,后者是被支配的客体,这是一个单向的观察。但是作者没有停留在这里，在他看来，这不单是国际法的问题，也是美国国内法的问题。他特别提到美国的排华法案，提到美国政府的移民政策，这些法案和政策实际上是建立在东方主义的知识形态基础上的，但这是美国的国内法，甚至是宪法问题，所以，东方主义转而成为美国国家内部的问题，涉及美国的海外殖民地，比如菲律宾，还有当时介乎美国的州和殖民地之间的领地，比如阿拉斯加，甚至包括美国在华管辖的美国公民，这些人变成了作者说的东方化下的美国人。就这样，东方主义反过来影响了美国国内法，影响到美国公民。这个时候我们看到了一个更复杂也更丰富的图景。

最后一点是作为一种方法的比较。作者特别强调一种比较方法上的伦理观，主张要做负责任的比较。他反对单方面的比较，提倡相互的比较。比如，他把中国的亲属法和美国的公司法拿来做比较，在一般人看来，这两个东西完全不相干，但是他发现二者之间有很多接近的地方、相通的地方。他想通过这种比较来打破东方主义固化的思想方法。我想不管我们是不是同意他的具体结论，这种尝试都是很有启发性的。

我要谈的第二个主题是呼应。说到呼应，我想提几篇自己的文章，因为这些文章，或者在思想方法上，或者在内容上，实际上就是对这本书里讨论的问题的呼应。比如 1999 年一篇叫《从"礼治"到"法治"？》，是对费孝通《乡土中国》所建立的乡土中国模式的一个反思。一般都认为，礼治和法治是正好对立的两种模式。法治当然是西方的、近代社会的；而礼治是适合传统乡土社会的，是人治的。但我的结论大概是，礼治秩序当中可能包含了法治的生长点，反过来说，法治的秩序未尝不能包含礼治的某些内容。另一篇文章叫《申冤与维权》，副标题是"在传统与现代之间建构法治秩序"。大家可能都会同意,喊冤、伸冤是非常传统的概念,而维权是现代公民通过法律维护自己权利的一种行为。这两个符号代表了两种社会情态,甚至是两种文明,一个东方的,一个西方的。但是透过当下中国一个活生生的实例,我们看到,这两种资源其实在当下的社会行动场域中都被活用,而且是紧密地纠结在一起。而这意味着,中国法治秩序的建构可能既不是单纯维权的,也不是单纯伸冤的,而是一种混合体。这是2007年的一篇文章。还有一篇文章跟这本书关系特别密切,叫《弱者的武器》,这篇文章讲的就是上海租界治外法权,还有上海公共租界的会审公廨。尽管治外法权是基于清政府和西方国家订立的条约,且不管这些条约是不是不平等,但也不是没有限制的。不过实际上,治外法权产生以后又是在不断扩张的,而这种扩张在法律上并没有充分的依据。结果我们就看到了一个非常有趣的现象,那就是口口声声说要按照条约、规章或者说形式法律行事的,不是相关的西方国家,而恰好是清政府。这是很吊诡的现象,英国是近代法治的鼻祖,但他们的一些行为却像是在破坏法治。相反,被认为一向没有法治,甚至不知法治为何物的清政府,反倒成了要求遵守法治的一方。这种观察有助于打破东方主义所确立的那种二元对立。还有一篇文章,1994年的《法律的文化解释》,提出了解释学问题。这本书也特别提到了解释学,因为要克服东方主义,需要把解释学的视角引进来。此外,我写的关于法治和德治的文章,也都打破了古今中西的固有界线。这些文章虽然不是专门讨论东方主义问题的,但都是在"呼应"这个主题。而这在一定程度上是因为,东方主义的问题普遍存在。下面讲几点思考,就从这个问题开始。

　　法律东方主义并不是一种旧的思想,也不是只有法律人中间才有，而是普遍存在于今天中国人的意识深处。作者就提到自由主义和新自由主义，认为它们都是法律东方主义的，而中国法学院培养出来的学生，广义上说差不多都是自由主义者。这种广义上的自由主义者当然不限于法律人，所有讲权利、自由、法治的人都可能跟法律东方主义有关系。也就是说，这里讨论的问题很可能跟我们所有人都有关系，我们都需要反省，包括我自己。刚才我提到几篇文章，都是自觉地想要超越法律东方主义的例子，但我自己的研究和写作，是不是就完全摆脱了东方主义思想？比如这本书里也提到文化论，那我讲的文化解释方法是不是作者批评的法律东方主义呢？这个问题比较复杂，这里不可能去深入讨论，我只是想说法律东方主义可能跟我们所有人都有关系。而另一方面，我想我们也要承认，就是真正意识到这一点的其实是很少数的人，而在这些有自觉意识的人当中，能够直面这个问题、开展一种健康公正的、更不用说是深刻的讨论的，这样的人更少。在这个意义上说，法律东方主义在认知上的实现更多是一个自我东方化的过程。其实，自我东方化甚至可以说是中国五四以来的主流。20世纪的革命意识形态里面就有非常强烈的东方主义的思想。当然，现在人们对东方主义的认识和批评是越来越多了，这当然是好事，但在这个过程中，这种批评有些变成情绪化、道德化的，成了狭隘的民族主义，和各种流行的帝国主义阴谋论互为表里。这是需要警惕的。

那么，到底怎么看东方主义？其实，认识论上的东方主义是件很普通的事情。可以说所有文明都有自己的"东方主义"，它们都需要有一个他者来确立自己的主体地位。而且，在经验层面上，东方主义里面有虚幻的东西，也有真实的东西。说什么东西是东方主义的，就认为那里一切都是虚假的、有害的，那也是一种简单化的做法。这本书里有很多东方主义的例子,我举出两个大家来思考。

第一个是道契的例子。19世纪的上海租界,一些中国人把他们在租界的财产,比如说一块土地,用长期租约的方式转让给洋人,这些洋人又把它们拿到他们各自的领事那里去注册,于是产生了一种领事道契制度。因为治外法权的关系,这种交易实际上受到比在中国衙门更严格的保护,结果,这种交易后来就发展成一种虚拟的形式,一种洋人为他们的拥有财产的中国友人提供的有偿服务。换句话说,这些中国人花钱买了一个法律保护,而这种法律保护是建立在东方主义基础上的。问题是,那些从事这种交易的中国人是非常理性的,他们能够比较不同的法律制度,知道在哪一种制度下他的财产能得到更好的保护。就好像今天很多移民海外的中国人,他们的选择也都是理性的。还有那些裸官,他们开口闭口讲"三个自信""四个自信",但是把自己的亲属全都送到海外去。从东方主义的角度怎么解释这种行为?

第二个例子是WTO。中国在2001年加入WTO,作者把这也看成是一个东方主义的事例。作者还指出,中国加入WTO的议定书是所有议定书里面最长的一份,因为对中国提出的要求特别多,特别是要求中国修改自己的法律,让它们符合西方国家的法律。我们大家耳熟能详的"与世界接轨"这句话,说的就是这个。那么,我们怎么来看这个事例的含义?如果说这是一个东方主义的事例的话,它的含义只用东方主义就能够解释清楚吗?我觉得我们可以透过这两个例子对东方主义的问题做一点反省。

在这本书的最后,作者提出了一个很有趣的说法,叫作东方法律主义。所谓东方法律主义,简单地说就是东方重新获得它的主体性,重新变成一个有法的主体,当然,这个法不能是完全由西方界定的。作者把这种东西看成是克服和超越法律东方主义的一种可能的途径。那么,现实中有这种东西吗?作者提到了一些思想和理论,这些思想和理论倒不一定就是他理想中的东方法律主义,但都可以被看成是对法律东方主义的某种回应。比如作者提到的所谓"三个至上",人民、党还有法律三者至上。有人可能会说,这不是自相矛盾吗?但作者认为这是一种很自觉的理论,可以用来灵活地处理中国所面临的各种问题。我也可以给大家举几个例子,比如说人权变成了发展权优先的论述。在中国政府的人权论述里面,经济、社会和文化权利取代传统的政治权利成为最重要的人权。我们看到,一方面是学习和接受西方的学说和理论,同时要改,抵消一些影响,把主体性拿回来,自己来掌控局面,对不对?还有权利的福利化。当政府强调经济、社会与文化权利,强调发展权甚至生存权的时候,传统上讲的天赋人权就变成了资源分配问题,变成了福利。最近的事例就是德治和法治结合论。在这些方面,政府总是更有想象力,走在了学术界、思想界、理论界的前面。

自然,学术界也有自己的表达,比如作者提到的儒家宪政主义。天下体系论也属于这类思想。那么,我们应该怎么去看待这些官方和非官方的论述,怎么看它们和东方法律主义的关系。我觉得有一点非常重要,那就是,不管是法律东方主义进入中国并且内化成为自我东方主义,还是东方法律主义以主体的资格去应对和抵消这种传入,都不是在一个单一的中国语境下发生的。换句话说,中国并不是一个大写的单一的同质体,中国是一个复杂的社会,里面有统治者,也有被统治者,有各种支配与被支配关系。现实中存在各种不同利益和诉求,错综复杂,所以,东方主义也好,其他什么主义也好,在不同的人那里有不同的含义,结果就形成一个非常复杂的图景，这就不是一个简单的中国—西方问题了。所以，讲中国主体性，可能还要问是谁的主体性。

最后一点，作者在书中还提到，中国也曾经是一个帝国，居于支配地位。从东方主义的角度看这一点很有趣。当然，帝国的历史已经成为过去，但中国今天还是被一些人批评有帝国心态。中国也没有海外殖民地，但又被一些人批评为新殖民主义。为什么会这样？我想这是需要我们思考的。

问题1：请问梁老师，在法律教育的东方（主义）化、本土化与西方现代化之间未来的发展有何看法？

梁治平：这问题太大，我恐怕回答不好，特别是我已经多年不在大学教书，对于大学现在的制度了解不够。假定刚才说的法律东方主义是一种普遍存在的现象，那它首先就是跟教育有关的。如果施教者、研究者自己都意识不到这个问题，那这个问题就更难解决了。所以，我们希望通过阅读这样一本书，也包括举行像我们今天这样的读书活动，有更多人去思考这样的问题，慢慢去建立一种理性的、健康的、有建设性的思想方法。我们要知道，法律东方主义不是在一个很短的时间、很小的时空当中发展起来的，可以说它深深地植根于我们的思想、文化、制度甚至行为当中。这不是一个少部分人在短时间里面能够解决的问题，需要有深入的反省、充分的准备。今天从事这样的工作，某种意义上说是一个好时机，但是从另一种意义上说又是一个值得警惕的时间点。为什么这么说呢？要确立自己的主体性，你当然要有某种自信。如果你对自己的文化、对自己千百年的传统都没有深入的了解和认识，那就谈不上自信，又怎么去树立自己的主体性呢？所有研究中国法制史的人都面临一个令人尴尬的局面,因为你研究的这些东西都被看成是跟法律没什么关系、没有价值的东西。人们经常说中国没什么法律,而说这种话的人其实对中国历史的这个部分并没有深入的了解。这种情况很典型。但是今天,因为社会和经济的发展,也因为对外交流的深入,这种情况慢慢有了一点改变。人们开始重新思考中国,重新去建立一种主体意识,所以说这是一个好时机。但是在这个过程里面也有一种倾向值得警惕,那就是把对东方主义的批判变成一种道德义愤或情绪宣泄,一种可以被操纵的政治化的极端的东西,引到各种阴谋论和对抗话语上去。所谓"帝国主义亡我之心不死",这种话说了几十年,今天又流行起来了。这种敌我论调的思想基础其实也是东方主义的。我们要警惕这种思想以批判东方主义的名义、以建立中国主体性的名义为自己张目。中国是需要建立自己的主体性,但我们还是要问,谁的主体性?这是我们需要时时思考的一个问题。

问题2:今天,在这本书的背景下,我们怎么来看陈独秀,还有五四这代人所提出的一系列主张?

梁治平:两三年前我出了一本小书叫《礼教与法律》,副标题是"法律移植时代的文化冲突",对清末礼教派和法理派在新刑律创立过程中围绕礼、法问题展开的辩论做了一个分析。书的最后一章是"晚清遗产谁人继承",顺着这个线索对清末以来的思想发展做了一个大致的梳理。那本书没有专门去讨论东方主义,但实际上跟这个话题关系非常密切。比如书里有专门一节,对当时流行的普遍主义话语和特殊主义话语进行分析,处理的就是东方主义的问题。

当时的法理派就是普遍主义话语的承载者,最后他们赢了,不管在历史的意义上,还是在具体事件的结局上,这几乎是不可避免的。因为中国处在那样一个历史关口,普遍主义话语一定会占上风。普遍主义话语是什么话语?实际上就是一种东方主义话语。这种话语到五四时有了一种更极端的表现,那时,革命取代了改良。我在书里引了陈独秀的几段话,按他的说法,我们面对的是黑白分明的两个世界,一个是新的、进步的、科学的、美好的,代表未来;另一个是旧的、落后的、愚昧的、丑恶的,代表过去。中国要进入新世界,就必须把旧礼教、旧文化统统抛弃、打倒,什么都不要。这种革命主张在当时确实很有号召力。我们知道,陈独秀是当时思想界的领袖,《新青年》的主编,也是中国共产党的创始人之一,他的思想非常有代表性和影响力。

本文据作者在2016年7月6日的"东方历史沙龙"(101):"法律东方主义的历史和未来"上的发言和答问录音整理而成。

认识韦伯，善用韦伯

之前中秋邀我来参加这个会的时候，我是很费踌躇的，有两个方面的顾虑：第一，虽然我自己做研究的时候遇到过一些跟韦伯有关的问题，但我不是一个韦伯研究专家，韦伯的书读得也不够多，因此不是一个合格的讨论者。

另一个顾虑跟"走出韦伯神话"这个题目有关。什么是"韦伯神话"？怎么走出"韦伯神话"？会议邀请函里没有说明，但这个题目隐含了一层否定性的意思，似乎是要对韦伯做一个彻底的清算，这一点是能感觉到的。所以，这里就有一种风险：在对一个题目的内涵不十分清楚，甚至了解了也不一定同意的情况下贸然参与进来，容易造成误解。不过，既然来了，就有机会对这个问题做一点澄清。

不可否认，韦伯的影响力非常深刻、非常广泛，不光在中国是这样，应该说，自"二战"以后韦伯被发现之后，他的思想和理论在整个国际学术界都有非常广泛的影响力。当然，他在中国的影响有很特殊的表现。刚才老苏（国勋）简单梳理了一下韦伯学说在中国的传播史,从三十年代到现在,这段历史很耐人寻味。

韦伯为什么会有广泛的影响力?我觉得,从某种意义上来说,是因为他是问题的设定者。所谓问题的设定者,是说在社会学建立初期,那些所谓经典作家,面对现代社会的兴起这个基本问题,提出了一套理论化的解释。韦伯是其中很重要的一员。他要解答的问题,简单说就是产业的资本主义为何在西方兴起,进一步说是现代社会是怎样产生的,或者现代性的性质和由来,他的研究都是围绕这些问题展开的。当然,这些问题并不是韦伯最先提出来的,甚至他使用的一些基本概念,也不是他发明的。不过,他把这些概念运用得很好、很成功。换句话说,他以一种宏大视野,一种比较的、历史的、文化的、社会的宏大视野,把现代社会的发生这个问题做了一番梳理。他的研究涵盖了诸多文明体,除了西方古代和中世纪的文明,还有犹太文明、印度文明、伊斯兰文明、儒家文明等。同样,他在研究中运用了一些重要的社会科学概念和方法,比如价值无涉的立场、理性化的概念,还有作为社会学一种基本方式的理解社会学。这些研究为后人提供了理解现代社会的某种基本框架,是后来的研究绕不过去的东西。这就是他的重要性所在。当然,韦伯的重要性并不是既定的、一成不变的,而是一个被不断发现的过程。从这个意义上说,韦伯被接受的过程非常重要,接受方也非常重要。要讨论什么是"韦伯神话",这个环节很重要。

下面讲几个问题,都与韦伯和中国的关系有关。

首先是作为客体的中国。80年代开始我们接触韦伯、受韦伯思想影响,最重要的是两本书:一本是《新教伦理与资本主义精神》,一本就是《儒教与道教》。后面很多书出来,包括成套的韦伯著作集,还有像《经济与社会》这种综合性的巨著,在我的印象里，引起的关注和冲击力都不如前两本书。这两本书虽然篇幅不大，却有一种完整的关系，而且和中国高度相关。《新教伦理》的核心内容，就是要回答工业资本主义或现代社会为什么在西方产生的问题，关于这个问题，他的重点指向新教伦理和资本主义精神之间复杂的契合关系。为了进一步证明这一点，他接下来转向西方以外其他类型的宗教伦理，这些类型的宗教伦理都是他的反面类型，中国则是其中最具有反面特性的个案。换句话说，在韦伯的比较宗教和文明研究框架里，作为客体的中国不但是一个对比类型，而且是一个完全相反的事例，这种处理方式产生了一些重要后果。后人对韦伯的"误解"，不管有没有理由，都与此有关。比如，韦伯在他的研究里，对理性化的现代社会有很深的疑虑，但是这种疑虑在他的对比类型比如中国宗教研究里并不明显，相反，《儒教与道教》要证明西方有而中国没有的东西。一正一反，似乎隐含了另一种逻辑。这种没有传递出足够批判信息的对中国社会的反向阐释，很符合80年代中国知识界，甚至整个中国社会的关切和诉求。韦伯的形象就这样被接受下来了。

讲到接受，主体的问题就来了。问题是，这个阶段的中国虽然不再是客体，但也不一定就是主体。翻译、阅读、谈论韦伯的人，如果没有真正的自我意识和自觉，恐怕还不能说是有主体性的。如果确实有一个所谓的"韦伯神话"，可能就是在这种情况下产生的。

这里不妨简单回顾一下中国接受韦伯的时代背景。80年代的时候，"文革"刚结束，当时有思想解放运动和文化热，《新教伦理》这个时候被翻译进来，可以说正逢其时。社会处在大变革的初期，需要认识世界、解释历史的新模式，韦伯的"文化决定论"正好被拿来替换过去的经济决定论。自然，这也是对韦伯的误读。刚才万盛特别指出了,《新教伦理》探究的不是文化或者宗教同经济的关系,而是宗教伦理同资本主义精神的关系,而且,它们之间的因果关系在韦伯的解释系统里也是非常复杂的。不过,在当时的思想状况下,人们从马克思的历史唯物主义出发,对韦伯做这样简单化的理解,也很自然。

对韦伯的误解也表现在另一件事情上。韦伯的比较社会学涉及时间性和社会进化,不过,这个主题在韦伯那里比较隐晦,因为他的重点是社会形态的不同类型。但是,当时中国人所理解和接受的韦伯,明显是讲社会进化的:从封建的、传统的、中世纪的社会进化到近代的、理性的、资本主义的社会。类似这样的社会理论很容易被当时人所接受,不只是习惯了历史唯物主义解释模式的人,也包括持自由主义立场的人。在这部分人看来,中国传统的法律一无可取,法治是西方的概念,具有韦伯所说的理性的、形式的法是西方所特有的,中国没有,用现代社会的标准来衡量,中国自己的经验,不管是政治的、法律的还是文化的,完全是负面的。韦伯的研究似乎证明了这一点。所以,中国的问题就是要走出传统主义的中世纪,进入到理性的现代社会。最后还有一点,韦伯研究对宗教伦理的重视也很合当时的风尚。在80年代的文化热里,相信中国问题要靠宗教来解决的大有人在,而且,韦伯的思想也像过去马克思的思想一样,被一些人当成了可以解决中国社会一切问题的万应灵药。在这个阶段,韦伯不但被大大地误读了,也在一定程度上变成了"神话"。

进入90年代以后,韦伯的形象出现了一些变化。以东亚四小龙为代表的儒家文化圈内的经济发展,让人们开始对儒家文化、儒家伦理刮目相看,刚才有人提到余英时先生的书,就是在这个背景下出现的。再下来，2000年以后，中国大陆经济有了快速发展，在这个过程中，人们也积累了更多知识，视野更加开阔，对很多问题有了自己的反思。在这种背景下，对韦伯的批判性解读，甚至直接的质疑，也开始出现了。自然，人们这样做有不同的动机，出发点不同，结论也不一样。今天这个会也是一种批评和反思。对这种立场，我完全赞同，但在这个场合，我同时也希望持一种比较审慎的态度，因为，像"韦伯神话"这种说法，如果没有合理界定，很容易变成简单化的否定，这样，讨论就没有了开放性，参加讨论的人也因此失去了深入思考和学习的机会，失去了把一种思想、理论变成有用的知识资源的可能性。

实际上，90年代以后，汉语学术界对韦伯的反思已经有了一些，比较早的是汪晖的一篇文章《韦伯与中国的现代性问题》，1994年发表。这篇文章主要运用后现代的知识资源，对韦伯的理性概念做了一些梳理，指出韦伯的理性概念原本出自西方的文化脉络，但在他的论述中却变成了普遍性的东西。2001年，刘东有一篇文章《韦伯与儒家》。他的立场基本上是儒家的（不知道在座的儒家是不是承认他）。他也回顾了80年代以后韦伯思想传入大陆的几个发展阶段，最后指出，韦伯是从西方文化中心的角度提出问题，如果我们顺着他的问题走下去，那是没有什么出路的，但是如果从儒家的角度提出问题，情况就完全不同了。法律史方面，已故台湾大学的林端教授有专门研究，他的专书《韦伯论中国传统法律：韦伯比较社会学的批判》也已经有大陆版了。这些反思性的研究跟今天这个会的主题直接相关，我希望我们今天讨论韦伯问题，能够在这个基础上进行。下面讲几个具体问题。

第一个是所谓"西方中心主义"的问题。简单说，韦伯关注的问题首先是出自西方社会内部,但要证明自己的答案是正确的,他的研究又要扩大到西方社会之外。这样做产生了一些问题。一个是他把中国当作对比类型,对中国做了一个"反向"观照,那么,他笔下的中国有多少是真实的?自然,这个问题跟他当年掌握的有关中国的知识有关,而我们也都知道,韦伯在这方面的局限性是很明显的。不过,我也同意刚才有人说的,如果只是在经验层面上讨论这些问题,意义不是很大,只有从经验层面上升到理论层面,才能发现问题的根源。"西方中心主义"就是这个层面的问题。

逻辑上讲,"西方中心主义"这种东西是在一种普遍性的论述当中出现和起作用的,但是在韦伯那里,这些是怎么发生的呢?我想,这可能跟他的思想渊源和研究方法有关。韦伯的比较研究,差不多把整个人类社会都放在一个统一的架构当中来观察,这个研究似乎隐含了一个前设:理性是一个普遍性的尺度,可以用来衡量所有文明、宗教、历史和社会的发展。也就是说,一个文明的发展可以用理性化的程度来衡量。但实际上,理性这个概念有特定的历史文化渊源,它是不是一个衡量文明发展的普遍有效的尺度是很可疑的。上午老苏讲到韦伯思想的新康德主义甚至黑格尔思想的渊源,是我们理解韦伯思想的重要线索。另一个问题是时间性。林端批评韦伯混淆了文明内的比较和文明间的比较。文明内比较的时候,韦伯讲了中世纪传统主义的、非理性的、实质性的、家产制的制度向近代形式理性的科层制和法律制度的转变。而在做跨文明比较的时候,他又指出,中国这样的国家,直到他那个时代,还是跟西方中世纪的(理想)类型完全一样。这样就造成了文明内比较和文明间比较的混淆,混淆的结果是,本来的空间上的分布(中—西),变成了时间上的先后(古—今)。汪晖的文章也特别提到韦伯研究中出现了一个时间性的空间,讲的是同样的问题。本来是描述性的东西,因为加入了时间性,就隐含了规范性的含义。结果,事实变成了规范。当然,这种规范的含义最多也只是隐含在韦伯的研究里,也未必是韦伯自己的意思,但在被接受的过程中被自然而然地突出和强化了。因为在中国的语境里面,人们很习惯这种普遍规范性的思想方式,即使那些抛弃了历史发展五阶段论的人,也还是相信存在某种普世价值,相信历史就是这类普世价值的展开和实现。这种对韦伯的接受里既有误解,又有接受者的想象和想望。

第二个问题是"理想类型"的概念。这个概念很有用,但也容易造成问题。韦伯说他的理想类型,一方面是从历史经验当中出来的,另外一方面又不同于历史的实态。而实际上,他的研究运用了大量的历史材料,理想和实态的界线并不清楚。有人引述韦伯的中国研究,把韦伯理想类型下的叙述直接当作历史实态,如果别人指出其中的问题,他会说这只是理想类型。怎么把握这个尺度是个问题。现在不少关于韦伯的争论跟这个问题有关。

第三个问题也是关于方法论的。运用理想类型和对比类型的目的是要突出差异,结果就出现一系列两两对立的概念。这也是我们熟悉的套路,接受起来很容易。比如五四以来流行的二元概念:传统与现代、科学与迷信、理性与非理性、自由与压制等等,也都是两两对立的。韦伯比较中国的和近代西方的法律,前者是实质的非理性的,后者是形式的理性的,表现在法律思想和司法制度的各个方面,所有的东西都是对立的。这样做的结果,不恰当地夸大了差异,强化了对立的方面,同时又忽略了研究对象内部的差异。前面提到的林端教授的研究就是主要针对这些问题的。他从卢曼那里借用了多值逻辑的概念,想要超越韦伯二元对立的单值逻辑,看到各种对立元素之间的互动和融合。伯尔曼教授在一篇专门批评韦伯法律社会学的文章里也说到这一点,他认为,韦伯的理想类型的划分造成了割裂,太狭隘。他说,西方法律里面同时包含伦理的、政治的、经济的要素,今天也是如此。还有学者更进一步,直接提出了超越韦伯式二元对立的法律发展理论。比如诺内特和塞尔兹尼克提出了所谓回应型的法的概念。他们把法律发展分成三个阶段,依次是压制型的、自治型的和回应型的。自治型的法就是韦伯的西方近代法治类型,而回应型的法要把对更多目的和实质性问题的考虑放进去。换句话说,在他们对现代法律的反省和对法律未来发展的预期和想象当中,在韦伯那里不能兼容的东西是融合在一起的。从这个意义说,超越二元对立的思想方式和概念格局,不仅有益于历史研究,对理论的建构也是有意义的。

最后一个问题:韦伯的意义。最近读到赵鼎新教授为韦伯辩护的文章:《比较的逻辑和中国历史的模式》。他为韦伯辩护时强调要区分外部的差异和内部的差异。无论在西方文化内部还是在中国历史内部,都有很多差异性、丰富性,这是一种差异;还有一种是比较中国和西方历史文化所见的差异,这又是一种差异。他认为,不管内部的差异有多大,只要它们没有超过外部的差异,基于外部的差异做出的判断还是有效的。这种看法很有启发性。比如,韦伯认为中国法基本上属于卡迪式审判那种类型。他的这个判断受到现今很多学者的批评,我个人也不同意。不过,如果我们接受他的理性概念,接受他关于理性化与资本主义的精神和产业资本主义生产方式的关联的看法,在这样的基础上来比较中国和西方的法律传统,那么,我们就要考虑,我们今天对中国法律史的认识,不管如何丰富,如何有意义,是不是能够推翻他关于二者差异的一些基本判断。比如，我们可以证明中国法并不是韦伯所说的卡迪式审判，但是，和西方的法律秩序相比，二者的差异仍然是巨大的。比如中国传统的法律里，缺乏既判力的概念，普通的民事案件，不服的当事人可以不断提告，判过之后可以再告。民间习惯也是这样，田土交易从典到卖，不断找价，卖而不断，有的是祖辈的交易，到了孙辈还纠缠不休。总之，比照西方近代形式理性的法，中国法律的确定性，还有民间经济关系的稳定性都不够，这种情况比较突出。从这个角度看，韦伯对中国的研究虽然是一种反向观察，而且在那个时代，他掌握的有关中国的知识非常有限，但是在他的理论架构中，透过他的分析方法，加上他的洞察力，他对中国社会的观察还是显现出相当的深刻性来。

所以，简单来说，韦伯有他的启发性，用林端的话说，那是启发性的西方中心主义，而不是他批评的规范性的西方中心主义。如何善用韦伯，把他作为一个启发性的理论来运用，我觉得，这是我们应该考虑的。当然，拒绝西方中心主义是不是意味着我们应当采取中国中心主义，如果是这样，这种立场有多少正当性？如果有，特殊的东西是如何转化为普世性的？这些都是重要问题。

补充一点。的确，韦伯很复杂，原因很多，比如，他在理想类型和现实的历史经验之间来回转移，在说明类型的时候，他讲的是实际的历史，反过来，在做比较的时候，又是类型化的。这里的界线很难把握。又比如理性的概念，在《儒教与道教》这本书里面，他也承认中国社会的很多方面存在程度不一的理性化，包括刚才大家讲到的官僚制。按韦伯的意思，作为一种制度，官僚制本身就具有理性色彩，而且，韦伯在谈到中国的官僚制时，也确实说过它是理性的。但他同时又强调支配中国官僚制的是传统主义。传统主义不愿意改革,是改革的障碍。所以,理性化的进程就很难推进。

还有一个问题很重要。刚才老苏讲,近代资本主义是很多偶然因素凑到一起的结果。我同意这种说法。资本主义的产生,近代文明的出现,都是非常偶然的历史事件,而且也是文明发展上的突破性事件。我们看世界各大文明,并不是只有中国文明没有产生产业资本主义,所有其他的文明,不管它们的理性化程度是不是更高,超验世界和俗世的关系是不是更紧张,毫无例外,都没有经历这样的发展。换句话说,非西方世界的发展是一种常态,西方近代的突破则是一个特例,一种反常状态。这样一个特例怎么变成普世性的东西,是一个需要认真解释的问题。我们需要去了解它背后的驱动力和机制。现在有一些普世主义的论述,直接把普世价值放在人性的普遍性假定上,这当然是一种过于简单化的处理。我注意到,韦伯特别强调超验世界同俗世之间的张力,这种张力似乎是一个社会发生断裂和突破的一个重要契机,一个不可缺少的条件。相比之下,儒教的那种内在超越下的紧张和焦虑,程度就不太一样。

本文系由笔者在"走出韦伯神话——《儒教与道教》发表百年后之反思"专题讨论会上的发言整理而成,原文发表于《开放时代》2016年第3期。本文标题系收入本书时所拟。

天下枢纽：我们时代的问题与思考

施展的这本书不但篇幅大，处理的题材也很广泛，涉及很多知识领域，但读起来很畅快。作者有广阔的视野、深切的关怀，而且思想明晰，见解不凡。除了这些，读这本书，能感觉到激情鼓荡其中，这是很多书所没有的。

在刚才的发言里，施展讲到大观小组这些年的讨论，他的很多观点就是在这个过程中形成的。其实，透过他，他的这本书，我们看到的不只是大观小组的一小群人，而是更大的知识群体，甚至不止一代人的思考和努力。因为我们有着共同的背景，面对同样的问题。第一个需要认真面对的问题就是中西文明相遇这件事和它的含义。围绕这个问题，已经有很多不同的论述和回应，从最早的夷夏论、体用论，到后来的启蒙论、开出论，再到现在的主流文明、普世价值论，还有官方的国情论、特色论等，这些论述都涉及对自我与他者的认识和界定，涉及对中国与世界的关系的看法。跟这个问题纠结在一起的，是中国社会的现代转型，这也是施展这本书的主要关切所在。这里涉及的是现代化的过程与完成，包括现代化的路径、模式、现代性的样式、一元还是多元之类的问题。这些年流行的一些说法，像是"北京共识""中国经验""中国模式""中国道路"等，都跟这个问题相关。说到"中国经验""中国模式"，就必须了解中国的历史，尤其是20世纪以来的历史，而这需要严肃地面对20世纪的革命实践，特别是共产主义实践，对这段历史做出合理的有说服力的解释。但这是一件相当困难的事情。因为一方面，他需要超越已经撕裂的左、右两种思想和立场，找到自己的位置，说明这段历史，而且要有说服力。另一方面，他还必须在既有的言论空间之内找到一个平衡点，最大限度地保持自己思想的独立性和理论的一致性。这样做很难，但他做了，而且很有自觉。

之前读到《澎湃新闻》对施展的一篇采访。在那篇采访中，施展提到"国内关于中国与世界关系的思考中"的两种态度。一种态度是，面对世界，中国应该无条件地改造自己，加入世界，成为它的一部分。另一种态度是，拒绝接受这个世界，自己另立一套。这两种态度看似相反，实际却共享一个前提。它们都认为，在遇到西方以前，东方社会是静止不变的，它的历史性要西方来激活。对他说的这种情况，我们应该都很熟悉，其实这就是所谓东方主义的表现，过去一个世纪，中国人的思想有很强的东方主义色彩，今天能跳出来思考问题的人也不多。真正有创造力和建设性的思想，必须要从突破这种思想方法开始，而这正是施展的一个重要的出发点。

《枢纽》肯定了20世纪的革命，因为革命接续了大一统传统，完成了国家统一，在经历了近代西方的冲击之后，重新把中国整合成一个超大规模国家，让中国成为他所说的"自变量"。同样，他也肯定了中国的共产主义实践，这同一些简单否定这段历史或者对这段历史不屑一顾的人完全不同,只不过,在他的理论框架里,中国的共产主义实践只是超越狭隘民族主义、实现更高普遍性的"中介"。针对中国今天的历史境遇,施展强调的是"世界主义转向"的重要性,所以他主张"普世民族主义"。且不管"普世民族主义"这个概念是否成立或是否恰当,他想要同时超越狭隘的民族主义和那种缺乏中国主体意识的自由主义立场的意图是清楚的。

因为强调中国在世界秩序中的自主性和重要性,施展这本书很容易受到来自反对立场的批评,但这类批评恐怕低估了这本书的批判性。实际上,至少在我读过的章节里,很多地方都可以看到作者的批判性观点。比如书里讲到当下的各种不足,诸如向狭隘民族主义的倒退,宪制的欠缺,对国家利益的认识不足,对中国的历史使命和责任缺乏认识和精神自觉,在这种情况下,中国的未来是没有保障的,甚至是危险的。书中还有很多思考,同时具有战略和政策含义,比如对自生秩序与政治行为关系的讨论,对"意识形态的狂妄"的批评;在国际关系论述中经常讲到"主权的限度";还有"政治成熟"的观念,其中强调对外的开放性,以及对内方面社会自组织能力的充分发展;讲到经济创新和转型机制,主张政治、法律、社会、文化各归其位。在我看来,这些思考都有很强的针对性。另外比如对香港地位的重新界定,对中国内陆边疆地区未来的想象,尽管相关叙述都很简略,但有很强的政策含义。这些思考和论述具有很强的批评意识。那么,接下来我们可以问一个问题,这种批评的基础是什么?它的限度在哪里?简单地说,这个超越民族主义、对接普遍主义的论述,基本上是在自由主义的基础上展开的。如果是这样,人们可能会问,在中国与世界的关系中,作为自变量和"枢纽"的中国对世界的贡献到底是什么？下面我想从方法论的角度把这个问题展开一下。

《枢纽》是一部历史哲学著作，这种对历史的叙述让我想到三个人，头两个人大家都可以想到，一个是黑格尔，一个是福山，第三个人是赫拉利。把赫拉利放在这里可能有人会觉得奇怪，因为他的著作跟黑格尔的《历史哲学》差别很大，是不是可以归入历史哲学也是问题。不过在我看来，赫拉利为我们提供一种具有高度反思性的历史叙述，他把人类及其文明放在地球演进和生命进化的过程中省视，自有一种哲学高度，从这样的高度来观照黑格尔式的历史哲学，会给我们一些不同的观感，这一点下面会谈到。这里只讲黑格尔，因为《枢纽》的黑格尔痕迹最重，它们都把历史看成是某种精神的自我实现过程。施展的一些基本概念和分析方法，比如"理想"，或者他说的作为"中国人信仰"的"历史"、自由、普遍性、精神、自我意识、文明、精神运动的三段论、地理环境的影响等，都是从黑格尔那里来的。还有些专为中国发明出来的概念，比如作为文明载体的国家、世界秩序的自变量、世界历史民族、海陆的中介/枢纽等，也是黑格尔式的，有其思想方法的印记。区别在于，施展通过运用这些概念，把黑格尔做了一个颠倒，把在他的历史哲学中没有历史的中国变成了叙述的中心、当今世界的枢纽。当然，不一样的地方还有很多，知识风貌的不同就更不用说了。但在这里，我想换一个角度来看二者的关联性，通过这种关联性，我们可能发现一些有意思的东西。

黑格尔的《历史哲学》以世界历史作为其解释对象，它根据所谓自由意识的发展划出三个阶段，先是东方世界，包括中国，然后是古代希腊、罗马世界，最后是日耳曼国家的出现（今天人们大概会说是盎格鲁—撒克逊或是英美国家）。在这个从不自由到自由再到绝对自由的精神运动过程中，西方是真正的自变量，因为它包容并超越了人类所有以往的知识，它的自我意识和主体性毋庸置疑。我们再看《枢纽》，它主要以中国为解释对象，它讲述的精神自觉的历程，也只是展现在中国或者中华民族的历史当中。这里也有所谓普遍性，它一方面表现为理想对建制的超越，另一方面表现为对不同的特殊性的统合。有意思的是，到了近代，中国与西方相遇，这个时候，普遍性的运动和生成方式发生了重大改变。根据之前的运动转换模式，在中国历史上，大清帝国实现了最高的普遍性，但是与西方的相遇却把这个普遍性变成了特殊性。问题是西方如何呢？它是普遍的还是特殊的呢？按照《枢纽》讲述中国历史的演进逻辑，与中国或者东方世界相遇，应该让西方也成为特殊，而新的普遍性要通过对这些特殊性的超越和统合来产生。但是请注意，这个西方是黑格尔讲的实现了绝对自由的主体，是世界历史的真正自变量，在这个具有普遍性的自变量面前，中国不但是特殊的，而且其自变量的身份也是可疑的。结果，中国与西方的相遇，就变成了特殊性与普遍性的相遇。当然，施展没有这么说，但把他书里的一些说法放在一起，我们却可能得出这样的结论。下面我引用一些书里的摘录来说明这一点。

有一段话是这样说的：中国历史"内在地包含着一个自由的展开过程，中国的古代历史便是这种自由的现实展开过程，但它到古代后期却走向了自己的悖反，以至于无法兑现自己的轴心文明对于人性与尊严的承诺，从而内在地吁求着外部力量的到来"。（第659—660页）按这种说法，中国与西方似乎是共享一种自由精神，只不过，这种精神在西方获得了实现，在中国的发展却遭遇断裂，而且这种断裂无法自我修复。碰巧的是,这个时候西方出现了,这原本是一个历史偶然事件,却"与中国历史的内在需求有着必然性的关联"。因为西方带来的"现代法权观念及法权体系","使中国的精神获得了再一次自我超越的可能性"。(第 26 页)为什么西方的法权观念和法权体系如此重要?那是因为,"抽象法权是普遍性与特殊性的合题所在",(第 25 页)抽象法权让"每一个体都被承认为一个独立的道德主体和法权主体,普遍性与特殊性达到统一"。(第 28 页)遗憾的是,这种抽象法权"在传统的普遍理想中并无基础"。(第 25 页)在另外一个地方,施展以康有为为例,说明"试图以儒家话语勾勒出一种现代秩序"的"普遍主义想象"注定要失败,"因为中国并无法依凭(即使是改造过的)传统资源给出可行的现代世界秩序"。(第 31—32 页)而这种欠缺在他看来是一种"真正的精神危机",这种精神危机若得不到解决,中国就会陷入"没有任何历史进展的单纯治乱循环"。(第 26 页)问题是,如果自由理念在中国历史中无法获得自我实现,从黑格尔式的历史哲学观念出发,就可以把整个中国历史看成是单纯的治乱循环。事实上,自黑格尔以后,一直到今天,很多人就是持这种看法的。在这个问题上,施展的立场似乎陷于矛盾。一方面,他把自由理想的自我实现看成是中国历史的内在目的,反对把中国历史看成是单纯的治乱循环。但是另一方面,他又认为"抽象法权"这类观念在传统的普遍理想中完全没有基础,所以中国历史的内在需求没有办法靠内在的运动来满足。在中国历史上,"普遍理想因为不断现实化—建制化而不断遭遇异化",这样的命运,只有引入西方的抽象法权观念和技术"才获得最终突破"。(第 28 页)但是这样一来,中国的历史性就真的要靠西方来激活了。反过来讲,"西方的文化"通过将

"现代法权观念与技术"真正植入"中华文化",也将最终"突破局限,真正获得其普遍性"。(第34页)尽管这里提到"局限",但这显然不是把普遍性降为特殊的什么东西,而是普遍性没有完满实现的某种状态。因此,中国与西方的相遇,就不是一种特殊性遭遇到另一种特殊性,而是特殊性遇到了普遍性。接下来,历史的运动方向就不言而喻了。

那么,这个历史的运动有没有终点?如果有,在哪里?这些问题,施展没有告诉我们,不过,他的一些讲法似乎也包含了某种暗示。比如他非常强调普遍性与特殊性的统一,如果这种统一没有实现,"历史的精神现象学运动将会继续下去"。(第28页)这里暗含的逻辑是,历史运动将止步于"普遍性与特殊性的统一"。这听上去是不是有点历史终结的味道?当然,这段论述的直接对象是中国,当下的中国确实还没有"达到这一点",但是"这一点",这个统一,既不玄妙,也不遥远。它在观念与制度上的主要表现,就是所有个体都被承认为独立的道德主体和法权主体,他们能够自主选择普遍理想,与此相应,现实政治秩序与普遍理想分立,日常政治退出精神层面,自我节制于世俗层面。(第28页)这些描述完全符合当代自由主义的学理,所以我们也可以说,自由主义,至少作为原理,代表了真正的普遍性,自由主义的充分实现,也就是普遍性的完满呈现。尽管施展从未说这就是历史的终点,但是在他的历史哲学视野之内,历史运动似乎到此为止。这种隐含的看法带来另一个问题。在施展的历史叙述中,中国是伟大的轴心文明,中华民族是所谓世界历史民族,无论作为国家还是民族,中国都负有特殊的历史使命,这一点也体现在她作为超大规模国家和当今世界"枢纽"的身份和地位上面。不过,在强调和突出中国的特殊重要性的时候，施展讲的几乎全是物质性的东西，比如她的人口规模、经济体量、她在今天全球经济体系中的位置等，而对中国的文明、中国的智慧，还有她对世界可能做出的精神上的贡献，他基本上无话可说。倒是伊斯兰文明，按他的看法，可能对西方世界构成某种道德上精神上的挑战，只不过，这种挑战意义有限，它在世界上的位置，有点像他设想的西藏在中国社会中的位置。总之，施展笔下的中国虽然重要异常，但在现代世界中却是非精神性的。之所以如此，恐怕就是因为在他眼里，"传统理想"中没有现代性的精神资源，而支撑起现代世界的观念和制度，比如抽象法权、法治国（Rechtsstaat）、作为道德主体和法权主体的个体，还有最重要的，普遍性与特殊性的统一，都已经在西方文明中实现了。问题是，如果枢纽真的是天下的，如果天下确实和中国有关，那就需要考虑怎么展现中国精神性的一面，这也涉及对自由主义的超越。这是个大问题，也不容易回答，但要讲中国与世界的关系，讲世界的未来，恐怕必须要考虑这些问题。

下面想就施展的历史哲学方法论说几句。

施展有一种近乎信仰的历史观，相信有所谓"中国历史的内在目的"。书里有一段话很典型，他说："作为中华民族之信仰的历史，它超越于具体的特殊性现实，内在地包含着自身的目的，要不断地自我实现。它是其自身命运与方向的定义者，不受个别意志的左右。"（第31页）那么，这个历史的内在目的究竟是什么？照一个地方的说法，是要"实现一个古老帝国作为超大规模国家的现代转型"，并且参与世界秩序，推动全球秩序的演化，兑现其价值承诺等。（第532页）而照另一个地方的说法，历史的内在目的应该是自由的实现。因为，人类历史"归根结底是人性的运动史"，"其方向是锁定的，即自由的普遍实现"（第39页）很明显，这种说法是基于一系列关于人性的假定，这些假定也正是流行的自由主义或自由人文主义赖以建立的基础，它们形成的时间并不长，但随着当代科学的发展，它们的真实性变得越来越成问题。刚才我提到了赫拉利，他专门讨论了这方面的问题。

因为有这种目的论式的历史观，施展自然要把历史整理得合乎他相信有的某种目的。比如，他提到"中国历史的精神现象学运动"的两个趋向：一个是在社会层面，"微观的行为主体，其单位越来越向个体方向收敛"；另一个是在精神层面，"其气质越来越朝理性化的方向进展"。（第37页）"个体"和"理性化"这两个概念直通近代，让我们想到"个人"和"科学"。其实，个体和理性化这类概念本身都有复杂含义，里面甚至暗含某种理论预设，用这样两个概念来概括从古代到近代的历史运动趋势，不但有很强的主观色彩，也把复杂的多样化的历史简单化了。不过，关于目的论式的历史叙述，可能更重要的问题还在这里，那就是，历史的演进究竟是某种既定目的的不可改变的展开和实现，一切出于必然，还是无数偶然性随机聚合产生的结果，自有一套复杂的互动演变机制？相应地，理论与价值究竟是具有普遍性的客观真理，还是符合人类欲求、切合人类生存条件，因此也是不断变化的人类主观想象和建构的产物？这里的区别大概就是历史哲学与社会理论的不同。坦白地讲，我个人并不接受黑格尔式的历史哲学思想，这种式样的历史叙述是不是还切合我们这个时代，我也很怀疑。在我看来，施展的努力其实也不是在发现和阐述真理，而不过是特定条件下的一种精神努力和探求，这种努力和探求及其发现都具有相对意义，只是特定人群在特定时空和特定社会条件下为摆脱自身困境而采取的一种有意识的尝试。我这样说，并没有轻看这种努力的意思。相反，我认为，这类努力从来都是历史的一部分，而且是其中的一个关键因素，这倒不是因为相信历史就是某种精神自觉的运动，而是因为，历史本来就是人类的活动，就是在人类的自觉和不自觉的活动中展开和成就的。正因为如此，对历史的叙述和重述，无论对错优劣，都可能对我们的生存境遇发生实质性的影响。《枢纽》这部书值得大家关注，原因也在这里。

由此想到思想者的责任，我也讲一个小故事。前些日收到一个西班牙朋友寄来的新年礼物：一幅画作。画面是一个跳高运动员跃过栏杆的瞬间。画的标题是 Game Changer，《改变规则的人》。朋友还附了封信，讲了跟这幅画有关的故事。1968 年的时候，一个叫 Dick Fosbury 的跳高运动员想去参加当年在墨西哥城举行的奥运会，但因为成绩不达标而没有获得参赛资格。他还发现，以他的能力和条件，只靠刻苦训练，再努力恐怕也达不到参赛要求。他后来动脑筋，另辟蹊径，发明了一种新的跳高方法，新的方法更合理，人能跳得更高，这就是我们现在熟知的背跃式跳高，也叫 Fosbury Flop。这是一个自身条件不好的人通过改变规则致胜的故事。这个故事里有一个细节很有意思。过去跳高场地都用沙子，后来改成了泡沫。而 Dick Fosbury 很幸运，他所在的学校是最早一批改换泡沫场地的，这样，Dick Fosbury 就有可能试验他的新方法。换句话说，沙地改为泡沫是 Dick Fosbury 试验新方法、最终改变规则的一个重要条件。今天中国在世界上的位置跟 Dick Fosbury 的有点像：一方面亟须改善自身境况，提升自己，同时也需要通过参与制定规则和提供标准来贡献于人类。要达到这些目标需要具备相应的条件，而其中的重要部分要由思想者来提供。说到这里还要加上一句,随着中国在世界上影响力的增加,已经有人开始担心,怕中国会带坏了世界。什么意思?就是用坏的竞争方式破坏好的秩序,给世界一个坏的榜样。所以,在创造条件帮助中国成为改变规则的人的同时,更要努力让中国通过改变,制定出好的规则,这是这一代思想者的责任。

本文据笔者在"重述中国暨施展《枢纽:3000年的中国》新书研讨会"(北京,2018年1月31日)上的发言录音稿整理而成。

思考现代儒学的困境与出路

儒学的复兴已经显著地改变了当下的思想生态,我们每个人大概都能够感觉到这一点。

几年前,我受邀参加"儒生文丛"的出版座谈会,在会上讲到当代儒生可能面对的几个挑战。第一个挑战是立场上的。儒生既要保守儒家的基本价值,又要适应一个开放多元的社会,应该取一个什么样的立场,这是一个关键问题。第二个是理论上的。过去儒学是一个普遍性的思想体系,但在近代它被迫转向特殊主义,而它所面对的各种思想,马列主义也好,自由主义也好,都主张自己具有普遍性。现在,儒家必须回应这种普遍主义的要求。第三个挑战是实践性的。比如如何看待和处理儒家同政治权力的关系,怎么应对今天政道与治道的关系,如何在家庭和教育方面用力,培植适于儒家价值生长的社会土壤,并在一个越来越多元的社会中找到自己恰当的位置等。我提到的这几点,也是任剑涛教授在这本书里深入讨论的问题,所以我在读这本书时觉得很有兴味,而且从里面学到很多东西。

按我的理解,儒家思想今天所面临的困境,其实是中国思想困境的一部分。我们现在也有"经",按剑涛的定义就是一家独尊的思想和意识形态,但是这种"经",无论是对社会的解释力,还是对人心的号召力,都越来越弱,远不能跟它鼎盛的时候相比。自由主义思想,至少是中国版的自由主义,曾经很有号召力,但这些年同社会之间的疏离感也越来越强,这降低了它的吸引力。儒学的复兴虽然有数千年的积累做背景,但是面对现代社会的种种变化和挑战,如何融入现代生活,重新发挥安顿心灵、规范社会的作用,确实是一个很大的问题。而现实中的国家治理形态,尤其今天来看,实际采取的是一种霸王道杂之的策略。新千年以后,随着中国经济的快速增长和社会的改变,一方面社会各领域之间的紧张关系增加了,转型的压力越来越大,社会内部不同思想的竞争也越来越激烈。另一方面,中国主体的意识也在不断增强。不但官方讲自信,民间也出现了文化自觉的复兴运动。其中的一个表现,就是对话语权的竞争,包括在对外事务中的话语权竞争。思想和学术界受到上述改变的刺激,开始重新审视对自我的界定,对传统思想文化资源的重视因此也有明显的提升,在官在民都是如此。但是这个过程开始以后,我们发现,各种各样认识上、知识上、思想上的困难,更不用说后面隐含的各种利益冲突就凸显出来了。在思想和学术层面,人们首先要面对的是认识架构和知识体系问题,对这些问题如果没有意识上的自觉和运用上的能力,就很容易落入这样那样的陷阱。与此相关的是,政治与学术、自我与他者、传统和现代,这些范畴如何界分,如何接续;吸纳与融合、拒斥与认同,界线在什么地方,尺度如何拿捏,这都是很要紧的问题。面对这些问题,我们看到,无论出于哪种思想,论者大多纠缠、挣扎于古今中西之间,常常进退失据。这样一种窘境和困境的形成,跟近百年来中国思想和知识传统的衰落有关，也跟近代以来中西思想之间关系的变化有关，跟传统与现代之间关系的转换有关。显然，要把这些问题梳理清楚要有很多人的共同努力，也需要时间。剑涛教授的这本书就是这种努力的一部分。具体地说，他是面对上面说到的这种思想困境，以现代儒学为主要对话对象，采取了一个现代知识人的立场。刚才有人说，剑涛的立场是自由主义的，我同意，下面还会就这一点做讨论。不过在这里，我强调他的现代知识人立场，除了因为考虑他使用的知识和思想资源，以及他在价值上的基本立场，也是因为他承认儒学作为一种古典思想传统在当今社会里的正当性和重要性，希望在现代知识的基础上对它展开理性的分析，而不是用一种简单粗暴的外在批判或是封闭僵化的内部辩护来对待这些问题。就这一点而言，他所做的尝试非常及时，也非常重要，其中有很多看法也值得重视。

关于经和经典的含义，我们刚才听到了一些不同看法。不过，在剑涛自己的叙述脉络里，"从经到经典"不失为一个对儒家思想情境的有效指代。经，指的是古代儒学同政治权力紧密结合在一起的思想和知识形态；经典，则是指帝制解体以后儒家作为一家之言的这种状态。那么，儒学要真正得到复兴，成为现代社会里一种重要的具有强大生命力的思想，应当如何面对这种改变呢？剑涛的观点很明确，简单说就是：试图回到"经"，走他所谓政教合一的路子，重新建立同政治权力的联盟，既不可欲，也不可行。正确的选择，是回到原始儒学，从那里出来应对和适应功能分化的多元的现代社会，跟其他的思想体系平等共存，发挥自己在思想、文化、社会方面的功用。这当然是一个自由主义的方案。不过，我也注意到，在讲到现代社会价值的时候，剑涛没有强调权利，尤其是个人权利，也没有特别强调个人自由。这大概表明，他有意识地采取了一种有利于整合儒学的立场。问题是,剑涛的儒家朋友对这样的立场大概不会感到满意,因为按照这个自由主义的方案,儒家的自足性都成了一个问题。比如剑涛教授认为,上面那些目标只有在立宪民主条件下才能实现。不仅如此,现代儒学的正当性也在于引导中国走上立宪民主道路,催生儒化的现代中国。照这样的看法,儒学的价值就只是工具性的了。另一方面,对于儒学要促进的现代社会价值,比如书里提到的立宪、民主和法治,除了最后一项法治,剑涛也没有加以论证,似乎这些价值都是不证自明、不容置疑的,而且,它们也没有制度形态上的差异,跟具体的历史文化形态没什么关系。书里虽然有"儒化的现代中国"这种说法,但它的含义是什么,剑涛没有谈。这些现代价值和制度同儒学这一维怎么结合,书里也没有讨论。法治问题倒是有专门的一章来讨论,但这一章的写法大而化之,显得很空泛。而且,书中对法治问题的处理,也过于简单化。比如讲法治和人治的对立就是这样。相反,用"法律主治"的说法来替换大家比较熟悉的法治概念,又显得很随意,把本来就有点复杂的问题更加复杂化了。除了这些,这一章还有很多判断很成问题,比如认为今天的中国社会还是所谓熟人社会,这种说法本身就难成立,也跟他关于中国是一个功能分化的多元社会的说法不一致。又比如,他认为中共十八大以后真正确立了法治,"为人治与法治骤然画下句号"。这种对"法治"的理解恐怕是望文生义,做出这样的判断也是一厢情愿。此外,我们在这一章还能读到这样的句子:中国古代"没有能够挣脱宗法血缘关系的羁绊,从而未能建构起法治,也就未能建立起责任制政府"。这里隐含的推论恐怕不能成立,而且有目的论之嫌。时间关系,这些问题就不细讲了。总之,这本书对这些现代价值的处理显得粗疏,要么没有论证,要么论断多而论证少,恐怕不足以说服读者,更不用说它要对话的现代儒家群体了。换一个角度看,在"经"与"经典"之间可能存在一个可以开拓的领域,而这个领域是剑涛教授提供的方案里所没有的,也是他的思考所不及的。

最后提两个可能值得重新思考的问题。

一个是书里把冯友兰作为一个典型事例,从解释学角度对冯的"批林批孔"文章做了很多分析。我对这种解释学解读不大赞同。尽管冯的文章也可以被视为一种"解释",但是解释学要讨论的问题,应该以作者的真诚和对文本的尊重为前提,否则,解释学就没有边界了。

另一个问题:剑涛在分析红色经典取代儒家经典的时候,把二者做了并置的处理。比如问,为什么相对于儒家经典,红色经典在中国能够兴盛和流行,最终排斥和取代了儒家经典。这种提问让人有一种奇怪的感觉。因为我们通常会问,为什么相对于自由主义、无政府主义和其他各种现代思想,马列主义能够独占鳌头,最终胜出?问为什么马列经典会取代儒家经典,难道马列主义在中国只排斥儒家经典,不排斥其他古典思想?说到底,作为古典思想的儒家思想同作为现代思想的马列思想,从根本上说是不对等的。儒学是一种文明形态的思想表达,它直接面对的是现代文明、现代性;马列主义则是现代思想和理论的一种。二者有重叠部分,但并不对等。在分析两者关系的时候,这一点恐怕是不能忽略的。

本文据笔者在"儒学的现代转向暨《当经成为经典》新书发布学术研讨会"(清华大学,2018年5月20日)上的发言录音整理而成。

"比较法"的三种形态

中国现代法律制度的建立始于一场法律移植运动,这一事实决定了,这一法律的发展从一开始就建立在"比较的"[知识]基础之上。就以当下令中国法律人(至少是其中相当一部分)亢奋不已的"民法典"议题为例,"民法"在中国的发生,便既是一个现代法制建立过程中的问题,也是一个比较法上的问题。光绪三十三年(1907),清民政部奏请厘定民律,先述通行"东西各国法律"的"公法私法""刑法""民法"之分,然后讲到中国旧律:"历代律文,户婚诸条,实近民法,然皆缺焉不完。"① 这里,某种中西法律的比较观已经呼之欲出了。四年后,民律前三编告成,修律大臣俞廉三在进呈该草案的奏折中于此言之更详:"吾国民法,虽古无专书,然其概要,备详周礼地官司市,以质剂结信而止讼。"是周礼诸制,含"担保物权之始""婚姻契约之始",以及"登记之权舆"。

---

① 转见谢振民编著:《中华民国立法史》下册,第743—744页。中国政法大学出版社,2000年。

"其他散隶六典者，尚难缕举，特不尽属法司为异耳"。汉代，"九章旧第，户居其一"，至唐，"凡户婚、钱债、田土等事，摭取入律"，其制延续至今，"此为中国固有民法之明证"。①

自然，上述种种都是立法家的说法，其兴趣为实践的，方法则是实用主义的，以解决实际问题为基本考虑。这与后人熟悉的作为一门学科的比较法研究明显不同，后者试图以"科学"方法比较不同的法律制度，了解其异同，借以增进对它们的认识。为此，它需要保持与研究对象的距离，同时保有方法论上的自觉，力求研究的系统性、真实性与客观性。指出这两种"比较法"的不同和它们在中国发生的顺序，可能包含了这样一种问题意识，即具有实践旨趣的立法家的比较法，与基于学术旨趣的学者的比较法，二者之间具有某种复杂微妙的互动关系，而互动的结果则不但是双向的，也是多面的，对于中国现代法律的发展——理论的和实践的、学术的和应用的——具有深刻影响。

也是基于这一问题意识，张泰苏教授在他最近的文章《比较法在现代中国的发展》（以下简称张文）中，区分了两种"比较法"：广义的和狭义的。在他看来，"现代中国比较法的发展，本质上可以说就是法律本身的发展""比较与适用贯穿了整个现代中国法律史"。因此，要理解和说明中国现代法律的发展，便不能不"对中国的比较法研究进行实质性地考察"。这里，张文所谓"中国的比较法研究"就是广义上的比较法，它有别于"一门致力于对法律制度进行系统的和客观的比较的专门学科的"比较法，即狭义的比较

---

① 《民律前三编草案告成奏折》。载怀效锋主编：《清末法制变革史料》下卷。中国政法大学出版社，2010年。

法。作为一个专门的学术领域,后者的发展,用张文的话说,"充其量只是一个边缘化的历史",始终"停留在主流法律实务与学术之外"。而张文的宗旨,便是"追溯上述双重轨迹的比较法从晚清到当代的历史发展,并且提出前者的显著性,恰恰能吊诡地解释后者为何被边缘化"。

那么,为什么"前者的显著性"造成了后者的边缘化呢?张文给出的答案是:意识形态,如实用主义、民族主义、共产主义、自由主义。更确切地说,在不同历史时期对中国法律发展具有重大影响的外国法,如德国法、日本法、苏联法、美国法等,具有如此重大的社会与政治含义,因此,学习、引入和运用这些外国法律从一开始就是意识形态斗争的一部分,而一种强烈的意识形态氛围,留给讲求科学方法与系统客观的比较法的发展空间十分有限。照张文的说法,大概只是在20世纪早期有过"一个独立的有关比较法这一学术领域的历史",尽管那也不过是"一个边缘化的历史"。不久前其中译本刚刚问世的《牛津比较法手册》,也是目前最具权威性与前沿性的比较法大全,其内容涉及比较法的几乎所有重要领域和方面,却没有关于中国比较法研究的专门论述,该书的撰写也没有中国的比较法学者参与其中。[①] 这种情形或者可以被视为张文上述悲观判断的一个佐证。

意识形态对比较法发展的影响,是一个贯穿于中国现代法律发展的主题,也是张文的论述焦点。不过,张文第4节"意识形态斗

[①] 本书涉及中国比较法的部分被放在题为"比较法在东亚的发展"的第七章,该章由日本比较法学者北川善太郎撰写,而作者用在中国比较法上的篇幅则不足一页。参见赖曼和齐默尔曼编、高鸿钧等七人译:《牛津比较法手册》第七章。北京大学出版社,2019年。

争：毛时代后的外国法与比较法"就此问题所做的讨论，在我看来，不但最为生动翔实，也最引人入胜。这部分是因为，无论作者、读者，还是张文讨论中提到和引用的人士，都生活在同一个时代，秉有共同的生活经验，而张文论及的那些事例，不但就发生在我们周遭，说不定也以这样或那样的方式把我们牵涉在内。比如下面这两个事例。

张文在这一节着重讲述和分析了20世纪90年代以来中国法学上的一个发展，即主要是源于德国和美国的学术传承而产生的学术分野及其发展。起初，这种学术分野主要表现在法学的理论范式和法律分析的方法论方面，但是很快，因为一种质疑此前乃至当下的学习西方法律潮流、同时强调中国特殊性的主张的出现，这场"原本主要是关于方法论的论争"，迅速地"转变为了意识形态和政治的论争。很快，'美国—德国'的分野在相当程度上变为了'左派—自由派'[①]的分野"。而这种政治的和意识形态的分野一旦形成，便产生一种无形的强制"站队"效应，而令专注于学术理论的去意识形态的学者无所适从，也令真正具有学术理论价值的比较法研究难以开展。要准确评估这种影响的范围和程度，需要另外撰写一组文章或书。这里仅以一个相关事例为这一观察和判断做一点补充。

按照张文的叙述，让前述学术理论分歧转变为意识形态论争的一个代表性人物，便是曾经留学美国、后来任北京大学法学院院长

[①] 进入80年代以后,在传统的"左派"之外,中国又出现了所谓"新左派",因此,"左派—自由派"之谓可以说其来有自。不过, 自2000年之后,"左派"一词似乎越来越不能准确指称之前被归在这个范畴之中的那一群人, 至少, 对于其中的相当一部分人, 国家主义可能是一个更恰切的名称。眼下的这个个案即可作如是观。

的Z教授。关于这位法学教授的主张和努力,一位人类学家从旁观察,为人们提供了一个饶有兴味的比较性描述。描述从这位人类学家曾经参与其活动的"法律文化研究中心"①开始:

> 这个中心有三个核心人物,就简称为L、Z、H吧,L的关注点主要在法制史与文化人类学的结合,Z是受美国法律社会学训练的法学家,H毕业并工作于中国政法大学,是比较法学与法律教育研究者。三位学者本都致力于在中国历史的基础上分析当下中国的法制建设及其中存在的问题,但到90年代后期,他们之间产生了观点分歧,L漫步在他的中间路线上,虽亦主张法制建设,但认为学者应以学术研究对其加以促进,Z和H的观点则变得越来越对立,Z对毛泽东的建树给予极高评价,主张在强有力的国家权威背景下建设法制,H则更急于展望在政权之上的"法治"(**法治与法制是不同的,法治表达的是通过法律来治理的主张,而法制表达的仅是法律制度的建设**)的未来可能。他们两人的分歧,主要在于对这个问题的看法不同:在法制/法治建设上,中国到底是要"走中国道路",运用毛泽东时代的历史资源,还是要"走西方道路",用原版

---

① 原文作"北京大学法律文化研究中心",这是一个错误,"法律文化研究中心"是一小群学者自发成立的学术会社,其成立之初,为组织的相对正式和活动上的便利,依托于中国艺术研究院中国文化研究所,只不过,"中心"在其存续期间(1995—1998)很少正式使用这一或其他冠名。原文张冠李戴,误作"北京大学",大概因为,"中心"后两年的学术研讨活动主要借北京大学法学院的会议场所举行。除此之外,人类学家的讲述还有若干不确之处,比如关于L的"关注点",后者的研究并非学界惯用意义上的"法制史",而是其本人倡行的"法律史";而就人类学家本人所区分的法制与法治而言,L强调的也首先是法治而非法制。

于西方的法权来约束政权？如果我们可以像官方那样将这一问题形容成对于法制/法治文明的道路问题的话，那么我们也可以认为，Z与H的分歧是涉及文明的。两派之间的分歧是对于"文明"的两种不同定义：一，文明作为对历史的延续；二，文明作为以优秀的西方文明为模式对法制上"未开化"的中国加以改造。①

在这段叙述里，Z教授的对立面不是自诩为法治守护者的法教义派，而是更纯粹的自由派H，碰巧的是，后者还是"比较法学与法律教育研究者"。这里所谓"更纯粹"，是说H不像法教义学者们是因为受到前者一派的刺激，"开始重新包装他们的教条主义"以为"响应"，而是直接求诸一般自由主义价值，且较早即表明其自由派立场，一种在学界内外曾经是主导性的、现在依然流行的烙有张文所谓"自我东方化"印记的立场。透过这样的映衬，读者应能更好地理解，为什么坚持法教义学的学者们要"重新包装他们的教条主义"，以至于"原本主要是关于方法论的论争"，最后具有了"意识形态和政治的论争"色彩。此外，因为H的出场，这段叙述同时也为人们提供了一个活生生的"意识形态"附身"比较法"的"自我东方化"事例，让读者可以透过具体个案了解某种"意识形态"如何影响和塑造"比较法"，以及，某种"比较法"如何实现特定的意识形态功能（这一点当然也适用于其对立面Z）。意味深长的是，在谈到L的时候，这位人类学家大体正确地指出L持守

---

① 王铭铭：《超社会体系：文明与中国》，第447—448页。生活・读书・新知三联书店，2015年。

的是一种"中间路线",后者强调的是"学者"的"学术"立场,但他对这种"路线"和立场的具体内容则无多措意。这本身或许是一个有趣的事例,说明在一个意识形态色彩浓重的思想氛围里,具有意识形态张力的观点和主张通常更具吸引力,而淡化、悬置和超越意识形态的学术努力则不但受到抑制,也很容易被轻忽和边缘化。①

另一个事例也与此有关。在同一节的末尾,张文提到络德睦(Teemu Ruskola)的著作《法律东方主义:中国、美国与现代法》,以及该书中译本出版后法律学者们围绕"法律东方主义(legal orientalism)"这一概念展开的广泛讨论。②张文把这种现象视为比较法重新确定其"独立学科"地位的一个积极的征象。不过,我们也许有理由对这种看法稍加保留。事实上,在中国当下语境中,运用东方主义和后殖民理论来检讨"中国、美国与现代法"的任何尝试,其本身都是敏感的,这一点,只需瞥一眼该书中译本腰封上列出的推荐人名单就可以了解。③对此,我们还可以上面提到的走

---

① 从张文的角度看,L、Z、H 的研究显然都属于"比较法研究",而这三人的"比较法研究"在方法、旨趣、立场、基本结论和意义诸方面均有不同。对于那些想要循此思路探究当代中国比较法发展的人来说,这无疑是一个有趣的个案。
② 作为该书引起"广泛关注"的一个例证,张文提到《交大法学》2017 年第 3 期的相关专辑。但是这个例子远不足以说明著作受欢迎的程度。事实上,络著中译本出版引发的关注可以"异乎寻常"四个字来形容。2018 年 11 月,北京大学国际法学院(STL,深圳)即以"法律东方主义在中国的影响"为题召开其十周年院庆的国际学术研讨会。而在此之前不到 3 年的时间里,已经有包括《交大法学》在内的 5 种法学期刊组织了相关主题的专号,相关评论文章超过 35 篇。
③ 张文在说到"中国左派学者"Z 的若干"主要盟友"时提到了"汪晖、甘阳、崔之元、强世功、王绍光"。而该书的推荐人名录就包含了其中的三位——汪晖、崔之元和强世功。事实上,在这三位推荐人后面,我们还可以加上另外几位推荐人的名字。当然,只是这些尚不足以说明问题,因为这个总计有 20 人的推荐人名单包括了不同背景的中外学人,他们出现在同一个名单当中甚至令人产生怪异之感。但重要的是,没有一个"中国左派学者"的对立面的名字出现在这个推荐人名单里。

"中间路线"的 L 的看法来印证。2016 年夏天络著出版之际,L 受出版者之邀出席了该书的出版发布及对话会。他之所以决定接受邀请到场发言,是因为他相信,在中国语境里,法律东方主义进而一般所谓东方主义是一个真实且重大的议题,络著的引入因此颇具理论及实践意义。但他同时又认为,在当下中国,这样一部著作顺应了某种正在兴起的思想和学术潮流,①很容易变成意识形态争斗中一方的武器。基于前面的考虑,他肯定络著的价值,希望借此揭示和清理东方主义尤其是自我东方化造成的种种认知谬误,同时展示其方法论意义;基于后面的担忧,他发出警示,意在拒绝和抵制对这一学术论著的意识形态征用。②

---

① 这里只举近年出版的几部颇受关注的论著为例。刘禾:《帝国的政治话语:从近代中西冲突看现代世界秩序的形成》(2014);李秀清:《中法西绎:〈中国丛报〉与十九世纪西方人的中国法律观》(2014);刘禾主编:《世界秩序与文明等级》(2016);南无哀:《东方照相记》(2016);Chen Li, *Chinese Law in Imperial Eyes: Sovereignty, Justice and Transcultural Politics*(2016)。(此书中译本在翻译之中,但作者就该书所接受的不止一次的访谈已经在中文媒体上广为流传;刘小枫:《以美为鉴》(2018)。诚然,包括络著在内,这些论著及著者彼此间差异甚大,唯其如此,它们在研究旨趣、理论资源以及方法等方面的趋近就更显得意味深长。事实上,要深刻认识和理解此类现象,包括上述络著传播过程中的异乎寻常之处,我们需要了解当下中国思想潮流的脉动,了解那些激荡于政、学之间以及各种社会媒介中的主题及其由来。关于这些问题,参见梁治平:《想象"天下":当代中国的意识形态建构》,载《思想》第 36 期,第 71—180 页。
② 参见本书《谈〈法律东方主义〉》一文。关于引入络著可能具有的意识形态效用,L 在后来一场题为"理论的旅行:法律东方主义在中国"的讲座(浙江大学光华法学院"法理学沙龙",2018-11-22)中有更详细的讨论。在充分肯定络著之"知识的、方法的、思想的"意义的同时,他也提到引入该书存在的这样一些可能:"对比如美国声称的作为一种普世价值的法治的批判,可能被用来强化反对美国帝国主义的民族主义情绪。另一方面,对在中国发现理论的呼吁,也可能被原封不动地吸纳到诸如'理论自信'这样的官方主张里面。最后,超越东方主义的努力可能变成一种意识形态资源,不是削弱了而是强化了'我们'(中国人)和各种各样的'他者'之间的二元对立。"

从广义的立法者的"比较法",到狭义的学者的"比较法",我们看到了比较法的两种形态。不过,透过张文的叙述,我们似乎还可以进一步细分,析出"比较法"的第三种形态。

张文注意到:"毛时代后的大多数法学家都或多或少进行着比较分析,但只有少数学者会认为自己是'比较法学者'"。的确,中国式法学论文——无论其作者是资深学者还是法学院学生——最常见的写作套路,便是先述某个概念、规则或制度,"大陆法系"如何定义和规定,"英美法系"如何定义和规定,"我国"如何规定以及最后作者如何取舍,等等。这些学生和学者大多不认为自己是"比较法学者",事实上他们也确实不属于现有学科体系中被叫作"比较法"的那个学科。然而,他们的工作,无论优劣,又确实可以且应当被归入一般意义上的"比较法研究"。不仅如此,就是那些对"大陆法系""英美法系"或者任何外国法皆只字不提的研究者,那些仅仅以中国社会里的法律甚至中国历史上的法律为研究对象的学者,他们的研究也不可避免地建立在比较的基础之上,他们的工作也不可避免地要产生"比较法研究"的结果。[①] 而所有这些结果,有形的和无形的,终将构成中国人——从普通民众到专家学者,从职业人士到立法者——法律观念的知识基础,从而深刻影响中国的法律发展与社会生活。

---

① 这种情形在中国法制史研究领域甚至更加突出。当研究者不自觉地将一整套实际上是源于西方的法律概念、范畴、分类乃至方法运用于中国历史材料时,他们所进行的一定是"比较法研究"。拒绝承认这一点并不能改变这一事实,而意识不到这一点,研究者将失去对研究对象的深切把握,于不自觉中成为各种流行见解的传声筒。对于一个较为晚近的相关事例的分析,参见梁治平:《"事律"与"民法"之间:中国"民法史"研究再思考》,载《政法论坛》2017年第35卷,第3—15页。

当然，所谓"比较法"的第三种形态，也可以被视为狭义的作为独立学科之比较法的延伸或扩大，因为它仍不出学者的范围之外。尽管如此，划分出"比较法"的第三种形态仍然是恰当的和有益的，它能帮助我们更好地了解"比较法"在中国现代法律发展过程中的作用。这是因为，一方面，我们称之为"比较法"的知识与思虑具有普遍性，存在于法律发展的所有领域和方面；另一方面，在法律发展的不同领域和方面，此"比较法研究"表现出不同的样态，并以不同方式发生作用，在此过程中，它们相互间的知识和观念的传递和互动对于我们了解法律发展本身尤为重要。以本文开篇时提到的清末立法家的"民法"论述为例。中国最早的现代民事法律制度（不只是《大清民律草案》）的样态如何，无疑与俞廉三们关于"民法"的想象密切相关，后者则建立在当时流行的有关"民法"的一整套知识的基础之上，而这样一套知识并不是固定不变的；相反，它是流动的、变易的，因人、因事、因社会情境、因条件和需要而发生变化。因此，单从这一角度看，要了解清末民法的发展，我们就必须考察这套知识的具体样态：这是一套什么样的知识，它们如何形成和传播，经由什么样的途径和机制，通过什么样的人群，在此过程中发生着怎样的改变，满足了什么样的需求，产生了什么样的后果，等等。显然，这种考察也适用于当时建立的其他法律，适用于中国现代法律发生和发展的全过程，只不过愈到后来情形愈加复杂而已。

在最近一篇评论文章中，一位资深民法教授对当代中国法律中"法人"概念的引入和运用做了一个简要的回顾，根据这位教授的看法，"法人"概念的引入，在中国产生种种观念、学说与制度现实之间的脱节，而造成这种情形的认知上的原因，便是对于通过系统模仿外国制度来解决中国问题的盲信。[①] 这一观察和判断所涉及的知识论问题,正是上面所讨论的"比较法",尽管牵涉其中的角色——学者、官员、决策者和立法者——绝大部分都不是"比较法学者"。这也是为什么,我们应该在张文聚焦的"比较法"的"双重轨迹"之间,加入"比较法"的另一种形态,透过观察和研究各种法律观念和想象在不同知识形态与环节之间的传递、流动和互动,勾画出"比较法"作用于法律发展的完整图景。自然,这不是张义的目标。事实上,尽管张文试图说明"前者('比较法研究')的显著性"如何造成了"后者"(按指狭义的"比较法")的"被边缘化",它也没有为读者展示"比较法"这两种形态的现实样貌。放眼中国法学界,大概除了为数不多的对作为一门学科的狭义"比较法"现况的描述之外,无论是一种注重谱系学的"比较法"形态研究(如本文所说的"比较法"的三种形态及其相互关系),还是一种具有知识社会学品格的"比较法"研究,恐怕都还没有真正引起学者们的关注呢。

本文系应《法制史研究》之约而写,刊载于该刊第36期。2019年12月。

[①] 方流芳:《"法人"进入当代中国法律,意义何在?》,载《中国法律评论》2019年第6期,第154—162页。

《中国法律史研究的三重困境》简评

刚才陈利教授用很短的时间，讲述了他二十多年的研究。陈利教授的研究跨度非常大，可以说是古今中西之学都有涉猎。而且在最后的部分，他讲到了未来的一些研究，以及一些基础性资料的收集情况。我想，听他的讲述，现在线上的200多位法律学子可能会大受鼓舞，会有"吾道不孤"的感觉。因为我们了解到，早在清代的时候，法律之学已经非常繁荣，而且有其社会学基础，比如有许多研习律学的家族。所以我们非常期待，在不久的将来能够读到陈利教授的最新研究成果。

就今天的讲座而言，有三个问题可以略加讨论。

第一个问题与我们对过去的认知有关。我想大家都会有一个印象，就是陈利教授今天的讲座给了我们一个相当不同的历史观照。我这样说的意思是，我们过去关于中国的历史文化，包括中国法律史的认知，都是比较固定的。比如我们熟悉的流行的法制史教科书，尽管名称和作者不同，大概有一些共同特征，即给我们提供了一套关于历史的真实叙述。我们假定存在这么一套客观的历史，而且这种历史是可以被我们所认识和描画出来的,而这又是基于一种自主的、自由的、学术的认知。不过,今天陈利教授的报告却告诉我们,客观的历史其实不是那么客观,我们假定的自以为拥有的这种自主的认知,其实是一种幻象。他集中谈了三种重要的话语:儒家道德理想主义、法律东方主义和现代主义。这些话语塑造了我们关于中国法律、社会和文化的认识。而且这套话语后面有一套非常复杂的形成机制,是一个人为地建构出来的东西。也就是说,我们关于中国历史、中国文化、中国法律的过去的许多理解,以及由此形成的知识图景,是在一种认知控制下面实现的。而他的研究,通过对这些话语形成的历史分析,揭示出这些话语的内容和机制。从这个意义上来说,他把支配我们的这种认知控制展露出来,让我们意识到原来我们的认知,并不那么自主,通过此种认知得出的结论,也往往有失偏颇。

这里顺便讲两个与报告主题有关的小问题。

在我看来,陈利教授的报告主题其实有狭义和广义两个层面。狭义层面,就是这个题目讲的"中国法律史研究"。讲中国法律史研究的三重束缚或者说困境,主要限于学者和学术活动,但实际上,这也是全体公众,包括学者、官员、普通民众所面对的问题。如何理解历史,包括法律史,是一个涉及公众的非常广泛的认知实践。它对我们的影响不会只限于学者,尽管学者可能会强化和传递某些东西,但是最后,真正的影响会发生在一个广泛的社会层面。我认为陈利教授的讨论,在这两层含义上都是有意义的。

另一个小问题与题目里面的"困境"这个词有关。题目讲的"三重困境",英文原文是"The triple bind"。Bind 这个词可以译为"困境",也可以翻译成"约束"和"束缚"。不过,我注意到一个有意思的情况，陈利教授开始时自己提供的翻译是"束缚"。而在我看来，这两个词在中文里面是有区别的，这里的bind也许应该译为"束缚"，而不是"困境"。为什么这样说？作为我们思想的前定条件或者"束缚"，这些和其他一些话语也许构成了某种"困境"，一种或者多重困境。但是，它们也许不是什么困境。至于我们面临的困境，可能是由多种原因造成的。"束缚"可能是一个原因，也可能不是。因为"束缚"本身并不等于"困境"。"束缚"可以有两重含义，消极的含义和中性的含义，甚至可以说，"束缚"的存在是一种常态。任何前定的东西都是一种束缚，我们的思想不可能在没有"束缚"的情况下展开，我们总是在各种条件的束缚下来观察和思考的，而这并不总是意味着"困境"。所以"triple bind"译为"三重束缚"可能更确切。按照这样的理解，陈利教授今天报告的主题，确切地说应该是："关于中国法律、历史、文化、社会认知的三重束缚"。

接下来是第二个问题：这三种话语的关系。

在陈利教授的叙述里，这三种话语各有自己的面目，但又互相嵌入、交织、缠绕在一起，具有复杂的关联性。也许可以说，三者之中，东方主义是一个中心点，它把关于东方传统的东方主体的自我表达，和西方主体的东方主义的表达，以及现代性的表达结合在一起。在这种关系中，儒家道德理想主义和现代主义似乎是两个极端，分别代表了传统和现代。而东方主义本身就包含了一个重要的功能，就是它是在西方主体确立其现代主体的过程当中被建构出来的。不过，在这三种话语当中，陈利教授今天特别强调的，也是我最感兴趣的，其实是"儒家道德理想主义"这个部分。但由于时间关系，陈利教授在这个部分的展开不太充分，所以我希望就这个方面再提出一些问题。

首先是"道德理想主义"这个词。理想主义这个说法给人一种暗示，似乎它代表了一种非现实的东西，是一种脱离现实的表达。陈利教授刚才谈到儒家道德理想主义时也确实不止一次地用了"表达"这个词，这让我们想到"表达"与"实践"这样一个区分。这种区分应该是前些年一个海外中国法律史研究者带到国内来的，那以后很多人都开始讲"表达"与"实践"，似乎"表达"和"实践"不一致是中国法律传统的一个基本特征。我一直觉得这样一种区分和概括问题很多，只是没有行诸文字来讨论。其实在一般意义上，表达和实践不一致是个很普遍的问题，不是中国的制度形态所特有的。我们熟悉的"law in action"和"law in books"的说法就是在讲表达与实践的差异。

那么，我们在讲儒家道德理想主义的时候，到底在讲什么东西？从批评的角度讲，它指的是被这种理想主义扭曲的历史图景：一个被遮蔽的、偏颇的、片面的图景。问题是，这样一幅图景到底是怎么造成的？把它归因于"儒家道德理想主义"是不是合适？这是我比较关心的。这里有几个问题。首先，我们讲儒家道德理想主义，马上要从先秦开始，我们如何去处理时代变迁的问题。同样，古代社会地域性的差异也很大，恐怕也不能做简单化的处理。此外，除了时空方面的差异，历史上有不同的人物、不同的群体、不同的观点。有儒家的观点，也有法家的观点，尽管在不同的时代重点不一样。有些观点，比如说"汉承秦制"，其实是比较普遍认可的。整个帝国的制度，政治、法律、行政管理，基本上都建立在法家传统上面。但另外一方面，它又强调"德主刑辅"，要把"德、礼"放在"刑、政"的前面，然后尽力去实现这样一种秩序。这就是所谓的儒家道德理想主义吧，但是这种理想主义并不是虚假的，只不过它不是描述性的，像东方主义那样，而首先是规范性的。它代表了一种真实的努力，一种文化导向，包含了一整套价值层面的、学理层面的、制度层面的、实践层面的东西。当然，这种导向可能会遮蔽一些东西，这种秩序和制度也有它的局限性，但是这些都不是中国文化特有的问题。反过来，西方的现代性里面也有理想主义的东西，比如立宪主义，为什么我们不把它叫作立宪理想主义？从意识形态角度看，法治这个观念毫无疑问也遮蔽了很多东西，为什么我们不讲法治的"表达"与"实践"？这是第二个问题。

与此有关的第三个问题是，我们在用"儒家道德理想主义"这种说法指称一种我们觉得不满意的历史图景的时候，这是谁的图景？这个图景是古人提供的，还是今人自己造成的，是我们这些现代的学者在东方主义和现代主义的影响之下想象出来的？如果不是古人造成的，不是所谓道德理想主义本身造成的，或者主要不是这些造成的，那么，我们就要找出其他的原因。

具体一点说，造成图景扭曲的原因有多种，比如说，在古人方面，人们可能有意无意地提供了一些虚假图景，或者，因为某种特定取向，导致了一些忽略和遮蔽。又比如，古代留存的档案和记录可能不完整，当然，判断是不是完整也取决于人们采取的史观；或者，从我们的角度看当时的记录应该是完整的，但没有完整地保留下来，因此导致我们不能很好地了解当时的社会。

从今人的方面讲，有同样多甚至更多的原因造成上面的结果。比如我们看到的材料很有限，或者，我们对已有材料利用不够，而利用不够，可能是因为我们的视角有问题，因为我们的理论兴趣不在这里，也可能是因为我们没有适当的分析工具，包括概念工具。以刚才陈利教授讲到的幕友的研究为例。清代幕友是一个重要的社会群体，这个群体的存在对于法律知识的传播和运用，还有清代地方政府的运作都非常重要。不过，以往我们对这个群体的了解不够，对当时的法律教育、法律知识传播和运用情况知道得也很少，所以很容易忽略和低估当时其实是相当繁盛和丰富的律学发展和法律实践。

其实从陈利教授展示的材料看，这方面有大量的记录和资料留存下来。尽管在那个时代，没有类似社会学家那样的人用我们现在熟悉的方式去记录，但那些材料是公开流传的，很多在任高官为幕友们编撰的法政图书作序，给这些书和它们的作者很高的赞誉，也都很坦然，没有说要避讳什么。我想，如果是生活在那个时代，我们的观感很可能跟现在的很不一样。

与此相关的第四个问题是，我们讲的这三种话语，它们在今天怎么发生作用？法律东方主义和现代主义都有自己的载体，它们就在那里。一定意义上说，我们都是现代主义者，而且我们还可能是"自我东方主义者"。这些都是现实的形态。但所谓儒家道德理想主义不一样。因为古人已经不在了，那套制度、机制甚至话语本身都已经退出历史了。如果它还有影响，也是通过非常间接的方式，结果也非常微弱。总之，这三种话语并列，但形态非常不同，这也是我们在讨论这三种话语的时候需要注意的。

最后，回到前面讲的第三个问题，如何超越这三种话语的束缚？我想大概有三种做法：

第一种做法，反对或者说拒绝接受某些具体的结论。比如孟德斯鸠把中国看成东方专制主义的典型，或者马克斯·韦伯说中国传统法律属于卡迪司法。今天很多人不同意这些说法，拒绝接受这类结论，并对此提出批评，但是，这有可能是一种话语内部的批评。也就是说，批评者只是反对某些具体结论，但对话语本身没有多少反思和分析。这就存在一种可能，就是他们在反对某些具体结论的同时强化了那后面的话语。这一点已经有很多人指出，陈利教授在他的研究里面也提到了这个问题。

第二种做法，可以称之为对话语的分析和批判。这可以被看成是一种话语的外部批评。陈利教授做的就是这样一种工作，他要揭示出那些话语的形成过程和机制，把人们可能没有意识到的那些认知束缚揭示出来。在这个意义上它也有一种解构和超越的作用。

第三种做法，是在前者的基础之上，通过一种更具建设性的探索，去了解和呈现一个更真实的中国，当然所谓真实总是相对的。这也是陈利教授还有很多学者在做的一件事情。要实现这个目标，研究者首先需要具有批判与反思的意识，包括自我批判与反思，就是要意识到，你进行批判的立足点在哪里，你的理论和方法来自哪里，可能有什么问题？你的观察和研究又受到什么样的知识和话语的支配，它的限度在哪里？等等。这要求对方法论具有高度的自觉。除了这些，还有其他一些重要的东西，比如掌握和运用材料的能力，就像刚才陈教授展示的那样。更重要的是，研究者要掌握一套合适的概念工具和分析手段。我们现在所有的概念工具和分析手段，包括理论，都是西方的，我们怎样去建立一套恰当的，既能够呈现更真实的古代中国，同时又可以在今人之间进行有效沟通的概念工具和分析手段，这是一件非常重要但也很困难的事情。

本文系笔者应邀在华东政法大学"东方明珠大讲坛"第5期（2020年5月9日）对陈利教授的报告所作评论的录音记录稿。讲座完整录音文稿载《"列文森奖"得主陈利对话梁治平、徐忠明及耶鲁张泰苏：〈中国法律史研究的三重困境〉文字简录》。https://mp.weixin.qq.com/s/h9pbNhThhkytJv00AIRaeA

我与你：一种法哲学视野中的人地关系

看到"我与你"这个题目，读者的第一反应也许是 2008 年北京奥运会开幕式主题曲的旋律。那首歌的标题就是《我和你》。歌中唱道："你和我／心连心／共住地球村……／你和我／心连心／永远一家人。"（you and me, from one world / we are family...）

这是一首温暖而亲切的歌，充满爱与温情。一种命运与共的情愫，随着歌声，直入人心。你和我，我们，一家，共住，心连心……歌词简朴，却富于感染力，为什么？为什么是"你"，而不是"他"？是我们，而不是他们？这里有人类最自然、直接和朴素的情感，也有哲学家最深邃的思考。马丁·布伯（1878—1965）那本简短却不朽的小册子，书名便是《我与你》。

布伯开篇这样写道：

> 人执持双重的态度，因之世界于他呈现为双重世界。
> 人言说双重的原初词，因之他必持双重态度。
> 原初词是双字而非单字。

其一是"我—你"。

其二是"我—它"。

在后者中,无须改变此原初词本身,便可用"他"和"她"这两者之一来替换"它"。

由此,人之"我"也是双重性的。

因为,原初词"我—你"中之"我"与原初词"我—它"中之"我"迥乎不同。

这段话要点有三:其一,呈现于人类的"世界",取决于人类的"态度";其二,人类的"态度"与其言说的"原初词"有关;其三,作为原初词的"我—你"与"我—它"迥不相同,其中之"我"也因之而不同。结论是,人之"我"具有双重性。那么,原初词"我—你"与"我—它"究竟有何不同?

按布伯的说法,"我—你"所涉是关系世界,"我—它"则指向经验世界。经验世界是"我"感觉、知觉、想象、意欲、体味、思想的对象,简言之,"我经验某物",此即"它"。关系世界则否,它存在于"我""你"之间。其境界有三:与自然相关联的人生;与人相关联的人生;与精神实体相关联的人生。它们分别指向自然、人和艺术。三者之中,我们最容易理解的大概是与人相关联的人生,最难理解的则是与自然相关联的人生,因为前者是具有语言之形的关系,后者则否。自然万物有声而无言,我们如何将之称述为"你"?"我—你"关系如何实现(当然,艺术也超乎语言,但那毕竟是一种人类活动,更容易为人类所把握)?布伯给出的例子是一个我们都熟悉的场景:"我凝视着一株树。"当我凝视一棵树时,作为经验对象的树可以依其属性向我呈现出不同样貌,如此,我将树分解为不同功用而加以利用。然而，我在凝视一棵树时也可以进抵另一种境界，在此境界中，我无须摒弃关于树的各种知识，而是让它们融汇于树的整体性和唯一性之中。这时，树不再是经验的、分析的、计算的、工具的、对象化的外物，而是"我之外真实的存在。它与我休戚相关，正如我与它息息相通，其差别仅在于方式不同"。在植物之外，布伯也提到动物："动物的双目能够表达何等丰富深邃的语言！"这种认识出于他多次有过的体验："我"与家猫的相互凝视，在人、猫双目相交瞬间对"它"之世界之重负的挣脱。他还以动物与儿童并举，因为动物像儿童一样，"领有透破虚情假意的极高洞察力"。(《布》，第152页）"孩童、动物授予我们何等高深的教育！"(《布》，第31页）

在《我与你》写成约40年后，布伯以简短方式回应了世人对其观点的若干诘问，其中第一个问题便是关于"与自然相关联的人生"的。就如前面提到的那样，我们如何想象"我—你"关系中的自然万物，如何把这种关系所包含的相互性推及自然？布伯认为，对此问题没有统一的回答，因为我们要把自然界的不同领域分开来考察。首先，人与经其"驯化"的动物之间每每存在积极且直接的"对话"，这种关系也存在于人与未经驯化的动物之间，对于那些其禀性中天然具有亲近动物倾向的人来说尤其如此。而这并不是因为这种人较具动物性，恰恰相反，布伯认为，"这种人身上恰好最少'动物性'，精神沛然于其心"。其次，在人与植物之间，尽管这里没有像人与动物个体之间的那种应答，但也存在"在者本身的交互性""树木生机盎然的整体性、统一性在研究者的锐利目光下隐匿其身，却向倾吐'你'的人敞开门扉""向我们投射出奇异神辉"。最后，当我们摆脱思维的成规旧习，"超越一切羁绊去自由地正视这敞开自身的实在",则"从石块到星辰的浩瀚领域"都可以被纳入"我—你"关系之中。

以上所述,诚为哲学家的个人体悟与玄思,却也可以为普通人所分享。然而,它们又确实不易获得,甚至难以理解。之所以如此,是因为有史以来,我们就生活在"我—它"世界之中,一部文明史,可以说就是人类受原初词"我—它"支配的历史。我们早已习惯以"我—它"之我,即"经验物、利用物之主体",去面对被视为客体的整个世界。这里,"人满足于把'它'之世界当作经验对象、利用对象。他不是把囚禁于'它'者解放出来,反而去压抑它、窒息它;他不是满腔热情地关照它,反而是冷静地观察它、分析它;他不是虔心承接它,反而是竭力利用它"。一句话,"把它当作'它'而经验、利用,以便'认知'世界而后'征服'世界"。这个被当作被经验、认识、利用、征服之对象的客体当然不只是自然万物,也包括"我"之外的他人,包括人所创造的一切。不过很显然,在所有经验、认识和利用"它"的活动中,"我"对自然万物的利用和征服始终是最自然、最正当、最少遭到质疑和反对的。因此之故,对自然的捕获、占有、宰制和利用在今天不仅是"我—它"世界中最坚实的壁垒,也是对于实现"我—你"关系,即让人成为真正的和完整的人的最大障碍。

对于无论作为个体还是整体的现代人来说,《我与你》所讨论的问题都是根本性的。令人惊异的是,这些文字写于差不多100年前,那时,人类的伟力虽已显现,却还没有达到今天这样的程度,同样,隐藏于文明繁盛表象下面的"我—它"世界的内在紧张,也没有像今天这样将人类推到性命攸关的十字路口。

当代有关文明生态性危机的论述,从记者的深度调查,到研究者的专门论述,从民间机构组织的专项研究,到联合国发布的全球环境展望及生态评估报告,可谓汗牛充栋。与之相应,今人对于人与自然紧张关系的思考也已催生出一系列新的概念、理论、学科、思潮和运动。下面要提到的大地法理学就是此类思考在法学中的一种表达。

作为西方法理学的一个新的分支,大地法理学的历史不算长,理论也有待完善,但其思虑之深刻、视野之宏阔、抱负之远大,恰与它所应对之问题的重要性和急迫性相称。这些,由不久前译为中文出版的一部大地法理学论著《地球正义宣言——荒野法》(英文原书题为 *Wild Law: A Manifesto for Earth Justice*。以下简称《荒野法》)可见一斑。

《荒野法》由对地球生态恶化若干征兆的概述开始,这些征兆包括生态系统的严重过载、人类对自然资源的过度消费、地球生命支持能力的持续恶化、大规模的物种灭绝、人类福祉的减少和维系困难,以及人类在面对这种严峻局面时应对措施的不充分。问题是,为什么会如此?该书的答案可以归结为一句话,那就是,今天人类社会对世界的主宰建立在一种错误的宇宙认识之上,作者称之为独立性幻觉,即相信人类的特性在于其与自然相分离的能力,进而,人类福祉的获得取决于其利用科技、依托市场对地球的开发,而非对全球生态系统的悉心守护。近代以来,人类以科学的名义不断祛自然之魅,逐渐确立了作为主体的"我"与作为客体的自然之间的分离和对立,结果是,地球不再是具有神性和温情的母亲,而被视为没有生命的机器。而在此过程中,法律的作用不可或缺。正是通过法律的认可、发明和授权,所有个人和组织所开展的形形色色的占有、开发、利用和宰制自然的活动才得以顺利进行。从根本上说，人类的法律让这一切具有合法性。因为这些法律，包括其基本原则、学说和哲学，以及由它们支撑起来的治理结构，本身就建立在这种独立性幻觉之上。因此，要从根本上扭转人类面临的生态危局和生存危机，必须从祛除上述"独立性幻觉"入手。为此，我们也必须重新认识法律，突破主流法理学加于人们心灵和思想的限制，大地法理学（《荒野法》译为"地球法理学"）于焉而生。

《荒野法》所谓大地法理学，仍系人类为实现自身利益而创立，其与主流法理学的不同在于，它摆脱了"独立性幻觉"，因此得以跳出"人类圈"——"一个与真实世界相分离的虚幻的'人类世界'"，（《荒野法》，第 41 页）融入更大的宇宙秩序之中，其标志便是对大法理（《荒野法》译为"伟大法理"）的遵奉。与大地法理不同，大法理非由人定，它基于"自然之法"，即内在于万物的宇宙运行规律，而可以为人类所认识。人类基于对大法理的认识且依据其指引创立大地法理，因此可以说，大地法理出于大法理，实为后者的延伸。显然，这是一种新出的自然法思想。对于主流法理学以及与之相应的法律思想和体制而言，这种思想的提出代表了一种具有根本意义的转变。这种转变，用马丁·布伯的话说，就是把"我—它"世界中的法律变成"我—你"关系中的法律。

有意思的是，尽管这两种思想分属不同领域和时期，而且我们也没有理由认为《荒野法》的作者熟悉甚至只是知道马丁·布伯，它们之间却有着高度的一致性：它们都看到了人的双重性，看到这种双重性所带来的人与自然的分离，看到主、客体二分造成的灾难性后果，看到这种分离于自然之"我"的虚妄，因而把重新融入自然母体视为人类自救之道，甚至，在转向与自然的融合之际，它们都在人类的童年寻求有益的启示和导引。如前所述，布伯惊异于动物和儿童的自然天成。此外，他还特别提到初民，初民的语言，以及初民的精神史。因为在他看来，"泰初即有关系""在求知之原初性中不可能觅见'我思故我在'，其间根本不存在最原始朴素的主体观念"。类似地，《荒野法》在构想大地法理学和符合其原则的治理结构时，也屡屡引述非洲、澳洲、南美洲等地原住民的观念和习惯，因为这些前现代的思想、观念和惯行保留了许多人类尚未脱离自然母体时的印记。比如，许多部落文化都有"一种非常真实的归属感和作为一个由现世的人、故去的人、即将出生的人，以及非人类生命体构成的更大环境或社会之组成部分的存在感""尊崇那些在他们看来是恒定而非人定的法律和准则"等等。(《荒野法》，第98页)尽管此类观念和习惯在主流文明的挤压之下早已极度地边缘化，其命运岌岌可危，其中却包含了人类在大千世界中安顿自身的真理和智慧，堪为当今人类反躬自省进而改变自身的启示与导引。从这里出发，大地法理学将开启一项极为庞大且艰难的工程，即全面检视主流法理学，正本清源，除旧布新，同时构想一种新的基于大法理的新的法理学和治理结构。而这意味着，它要打破今人通过法律及其哲学所表达、同时也是后者加于我们的认识范围和架构，把以前被人们视为当然地排除在此范围之外的东西纳入其中，重新安排整个图景。这样做的困难，不仅在于它涉及固有意识的深层结构，而且在于既有语言和概念往往无法表达新的经验。恰如《荒野法》作者所言，假定有人看到了一种"人类圈"以外的颜色，他应该怎样去描述它？"如果你称其为某种颜色，其他人则会说它不能在调色板中被找到，因此不是某种颜色。如果你给它起一个全新的名称，可能会掩盖它就是某种颜色的重要事实"。(《荒野法》，第106页)人们在谈论非人类生命甚而非生命存在的"权利"时，面对的就是这样的困境。

毫无疑问,权利概念是主流法理学(同时也是主流政治哲学和道德哲学)上的核心概念之一,在经由法律所建构的现实世界中,其作用同样不可或缺。因此,大地法理学以及与之相关的思想和实践不可避免地要触及甚至使用这一概念。然而,同样不可否认的是,权利概念从一开始就是"人类圈"的发明并服务于人类圈,因此在被推及非人类"主体"(另一个类似概念)时面临种种困难,因为这个缘故,援用固有的权利概念,有时可能成为人们接受新思想的障碍。这意味着,大地法理学的任务之一,就是要创造出一套新的语汇,用以描述和规定地球共同体所有成员之间的关系。当然,这不是一项容易的工作,也不可能在短时间内完成。而在找到合适的替代性词汇之前,《荒野法》的作者也只能"使用'权利'一词来描述地球共同体其他成员的权利"。在专门讨论权利问题的第八章里,他主要引据大地法理学领域一位重要思想人物托马斯·贝里的论述来讨论这一问题。根据贝里的观点,权利产生于存在的源头;宇宙是所有主体的共荣共生,而非客体的集合,而作为主体的宇宙共同体成员都能够拥有权利。这种权利包含三项基本内容,即成为其自己的权利,栖息的权利,履行在地球共同体不断更新过程中发挥其作用的权利。与此同时,贝里又指出,地球共同体不同成员之间的权利有质的不同。换言之,权利因物种不同而异;人类有以特定方式利用自然世界的权利,但是这种权利不能抵消其他物种在其自然状态下存在的权利。(《荒野法》,第113—114页)按照这种观点,人权只是地球共同体成员享有的权利的一种,既非绝对,也不是最高的,正如人类的法理必须与大法理保持一致,人权也要同共同体其他成员的

"权利"保持协调,并服从于作为整体的地球的权利。由此出发,"就有必要废除传统法理所支持的某些权利或[对之]做出重大修正""将土地和生物界定为人类拥有和使用的财产的观点"即属此类,因为它反映了一种世界观,即人类作为主体单方面地去主宰被视为客体的地球共同体其他成员是正确的和合理的。这种观点对于地球共同体而言极具毁灭性。(《荒野法》,第122页)

可以想见,在许多人眼里,《荒野法》的这些观点属于激进无疑,而对于那些还汲汲于建立现代法律制度、实现人权和财产权的法律人来说,此类观点更是荒谬和有害。但这不过说明,他们沉溺于"我—它"世界已经太久、太深。在一个原住民部落成员看来,人们发明公司之类的虚拟生命体,赋予其巨大权能,并不遗余力地用它来毁坏自己的自然栖息地,这种观念和做法又是多么的不可理喻!(《荒野法》,第123页)

尽管存在上述种种困难,我们也看到,大地法理学所代表的那种思想正在获得越来越多的共鸣。事实上,大地法理学并不是一种孤立的思想,作为一种生态中心主义法理,它不过是当代人对自身生存状况,尤其是人地关系危局的一系列反思在法学领域的一种表达,类似思潮也反映在宪法和国际关系理论中,产生了生态性人权、"地球母亲"宪法、全球公域理论和生态宪政主义等概念。自然,这些理论和思想也从包括自然科学在内的当代诸多学科和领域的研究以及相关社会运动中汲取了大量的思想资源。重要的是,它们是面对真实的人类问题所做的严肃认真的思考,不但具有理论的和实践的重要性,而且具有坚实的社会学基础。从治理角度看,《荒野法》看重的一些概念如公共利益、生态安全、生物多样性、恢复性司法等已经在世界很多国家和地区得到运用(尽管不完全具有大地法理学所主张的那些含义),它的一些看似更激进的主张也在一点一点变成现实。比如,在德国和瑞士民法中,动物开始摆脱单纯的财产客体地位;厄瓜多尔2008年的宪法更明确引入自然(之)权利观念,对实现人类福祉与尊重自然的内在必然性做出说明。其中规定:"在生命繁衍和存在的地方,自然或大地母亲就有持存、延续、维系和更新其生命循环、组织、运行和演化进程的权利。"(第72条)这是一种具有法律强制力的权利,据此,个人、公司和政府都负有尊重和支持自然权利的特别义务。此外,在正规法律之外,围绕荒野法、大地法理以及新的人地关系的各种活动正在世界各地兴起,尊崇自然的社会运动也方兴未艾。比如《荒野法》提到的印度地球民主运动,在"为人类找回了前消费主义的文化认知,赋予种子、食物、水和土地等以神圣之维"方面获得相当成功。(《荒野法》,第299页)更令人振奋的是,2009年以来主要由南美洲国家、原住民组织和世界环保人士发起了一系列议程和活动。自然,与当今世界居于支配地位的思想、理论和组织相比,这些思想、活动、组织所代表的力量还很弱小,但它们无疑是塑造世界未来的力量。原因很简单,如果它们最终未能发挥其应有的作用,这个世界将没有未来。

在几年前出版的《法理学前沿》一书中,於兴中教授将大地法理学列为专章向中国读者加以介绍。大地法理学确实称得上是前沿,但这绝不意味着它所思考的问题离我们还很遥远,甚至也不意味着我们可以哪怕只是暂时地置身事外。尽管此地确实有很多人,包括许多法律人和各类专家,因为上面提到的根本原因,对于大地法理学所代表的那类思想不屑一顾,但他们无法改变一个基本事实,那就是,在经历了全球化的今天,面对人地关系的严重失衡,没有任何一个国家和社会可以置身事外。更何况，作为当代世界第二大经济体，一个在许多方面都是"超大规模"的"大国"，其在人地关系方面的内、外影响力之巨，已经将我们置于整个图景的中央位置，而这意味着巨大的责任。

眼下，全世界正在经历一场由新型冠状病毒引发的疫病大流行。这是一个划时代的事件，一个意味深长的信号，其象征意义可能大于它所带来的人类生命和财产的损失。它再次向我们表明，人类生为自然宇宙的一部分，无论科技如何发达，她也无法让自己独立于自然母体，获得脱离自然的自由与安全。回到本文开篇提到的那首歌，我们现在可以了解其亲和力与感染力的渊源所自，但是与此同时，我们也会发现，歌中所称述的"你"，最多只是原初词"你"的微弱回声，而非其本身，因为它没有把非人类生命、更不用说地球共同体中非生命的其他成员包括在内。这意味着，原本为"你"的众多存在变成了"它"，无法与"我"面对面地交谈、沟通，同呼吸，共命运。这也意味着，"我"作为人是不完整的、贫瘠的、缺乏生机的。因为，"人无'它'不可生存，但仅靠'它'则生存者不复为人"。

原载《读书》2020 年第 12 期

书与人

认真的人和他的一生

人过了90岁,他的生平就会有几分传奇的色彩,何况是梁漱溟先生。他不但亲历了这近百年的社会变迁,而且曾投身于其中,扮演过一个并非不重要的角色。

说到角色,大家都知道梁先生是哲学家和社会活动家,我却要说,梁先生首先是一位具有古代士的理想风范的新型知识分子,我们不妨说他就是新时代的士。在梁先生那里,作为哲学家和社会活动家的外在角色是统一在他作为新时代的士的内在人格中的。

54年前,梁先生在山东乡村建设研究院作讲演,内中说道:"我本来无学问,只是有思想;而思想之来,实来自我的问题,来自我的认真。因为我能认真,乃会有人生问题,乃会有人生思想、人生哲学。不单是有哲学,因为我不是为哲学而哲学。在我的出世思想必要出家做和尚而后已,当初我的思想是从实在的问题中来,结果必回归于实在的行动中去。"(《自述》,载《我的努力与反省》)这段夫子自述向我们指示出了他一生行事所以如此的基始。这基始说来也简单,只是"认真"二字。因为认真,所以生出问题,更不放过问题,且"每一步皆是踏实不空,以后又继续追求,向前走去,追求时碰着钉子,乃又反省、转移、变化"。(同上)梁先生初时最重事功,凡事皆以有用与否来衡量;中间信佛,几乎出家做了和尚,只因后来在孔子那里发现了对于人生的另一种解释,才又重新入世,归本于儒学。这段追求、反省、转移、变化的思想历程,便是后来《东西文化及其哲学》一书写成的机缘。

《东西文化及其哲学》所讲的大体上属于人生问题,但又不止于人生问题。1929年此书第8版印行之际,梁先生特别在自序中提到当时即将问世的《中国民族之前途》一书,并说:"是书观察中国民族之前途以中国人与西洋人之不同为主眼,而所谓中西之不同,全本乎这本书人生态度不同之说,所以两书可算相衔接的。"这实际是说明了人生问题与社会问题的相通之处。由是观之,则梁先生后来的提出"乡治"理论乃至热诚地投身于乡村建设和其他社会活动,都是因了同一种关切,循着同一条路径走下去的结果。这也就是他在《自述》中说自己的思想由实在的问题而来,必回归于实在的行动中去的意思。自然,这些又都是由他的认真而来的。

作为一种严肃的人生态度,认真首先是针对自己的。认真的人,必使自己的言行举止合于内心的信念,如此,则于人生不矫饰,于学问不作伪。正是这份认真造就了梁先生,成就了他的事业,也带来了他的困厄。30多年前,就是因为认真,梁先生才以言获罪;30多年后,同是受这认真的驱使,梁先生竟冲破了重重障碍,自费出版了他的《人心与人生》。这本成于危难之中(1960—1975)的小书原是《东西文化及其哲学》一书的续写,其发端虽在20年代梁先生执教于北大的风华正茂之时,夙愿得偿却在60年后,梁先生垂垂老矣。这期间的风风雨雨、波折和反复适足反衬出此老人生追求的执着与不懈。一个人倘有了这样的认真，便真是富贵不能淫，贫贱不能移，威武不能屈了。

1974年，"批林批孔"运动开始，梁先生在一片"愤怒声讨"的声浪中一言不发。这又是犯忌的。在需要大家同声齐唱的时候，沉默便是反抗。被迫之下，梁先生将无语的抵制变成了公开的答辩。对于一个认真的人来说，他只有一条路可走，那就是说出自己心中所想之事。于是，当时已是81岁的老人又一次成为批判的对象。半年之后，大家想要知道大批判的战绩，得到的回答却是"三军可夺帅，匹夫不可夺志"。我不知道这样认真、倔强的性格会有多少人愿意仿效，但我确信这是一种伟大的品格，造成这种品格的也必定是种伟大的力量。有当代学者在论及史家陈寅恪先生自由而独立之人格时问曰："中国文化中究竟有些什么精神资源竟能塑造出像陈先生这样的人物？这些精神资源于今天的中国知识分子还有意义吗？它们在中国未来的文化发展中还能发挥新的生命力吗？"（余英时：《"弦箭文章那日休"？》，载冯衣北著《陈寅恪晚年诗文及其他》）这些，也正是我在读《我的努力与反省》一书时关于梁先生的为人为学想要弄明白的。

《我的努力与反省》一书中，除《我的自学小史》一篇有7小节文字系1974年以后补写的以外，均是旧稿（附于书后的两篇访问记是例外），只是其中如被采用作书名的《我的努力与反省》一文，虽然写于36年以前，却是头一次发表。这篇文字主要谈作者在抗战中和抗战后的活动，以及作者对于其思想的初步反省。篇末附有一则短小的"跋语"，其文曰："此文最大缺点即在今天批判自己的话还没有自己讲明过去如何用心思的话多。属文之时未尝不一再删节，而删节下来犹且如是，可见胸中求为人知之念多于其自惭自悔之念。惭悔之心不切，检讨文是不可能写好的。"末了这句话说得很对，只是还带了几分书呆子气。这许多年来，我们有无数"认识深刻"的检讨文，又岂止是"惭悔之心不切"，简直是在毫无惭悔之心的情形下作出来的。这并不奇怪。我们的社会，无论对什么事，当做的，不当做的，都不要求真正的认真。这倒不是因为世上唯认真二字最难做到，而是因为倘人人认真，虚伪的一致便不能够维系。大家在运动中表态，在例会上发言，异口同声地说种种当说的话，回到家里还能够心安理得地吃饭、睡觉。这却不是因为大家生来便是伪君子，而是因为大家都能够在所谓社会压力里面找到为自己开脱的理由，殊不知，这压力的造成也有他们的一份。梁先生自然做不到这样，他只能照着自己的信念去行，如他自己所说，"独立思考，表里如一"。许多年来，梁先生不能为这社会所容，即是为此。

　　有人说，人能说"不"的权利是最可贵的，我却要说，人有说"不"的勇气才是最可贵的。因为人必须先有说"不"的勇气，才可能获得说"不"的权利。倘我们过去真的有这样一种勇气，则我们的历史便要重写，中国知识分子的形象亦会是另一种样子。不是吗？！

原载《光明日报》1988 年 3 月 29 日

一个"绝不从时俗为转移"的纯正学人

在不久前写的一篇关于梁漱溟先生的文章里面(《认真的人和他的一生》,载《图书评论》专刊第二期),我曾引用了余英时先生在研究史家陈寅恪晚年诗文及心境时说的一段话。有朋友读到这里便怂恿我再就余英时先生的陈氏研究也写一点东西,这倒使我颇费踌躇。所以如此,主要是因为自己没有旧诗词的修养,对于别人的研究亦谈不出什么意见,更何况,我所见到的余先生的有关文字只是作为附录收入冯衣北著《陈寅恪晚年诗文及其他》一书中的几篇,并非其全部。至于说最后我终于要不揣冒昧地写下点什么,那也绝不是为了品评文章,明辨真伪,不过是想向读者推荐一本值得一读的书罢了。

这当真是一本有趣的书。书的副题是"与余英时先生商榷",书中除序、跋之外,收作者商榷文章两篇,而在附录里面,余英时先生的文章竟有5篇,至少占了全书篇幅的3/4。这种安排虽然事出有因,但毕竟是不多见的。

陈寅恪先生乃是中国现、当代最负盛名的史学大家,他在学术上的高深造诣几乎达到常人无法望其项背的神奇程度。余英时先生标举其学术上的四根支柱,即精通多种古典语文,对西方古典文化有亲切的了解,对与史学有关之辅助学科的掌握远比同时一般史家为丰富,以及在中国文献资料的掌握方面达到了惊人的广度和高度。(《陈寅恪的学术精神和晚年心境》)这都是学界公认的事实,不会有争议的。令人感兴趣而又众说不一的,是陈先生晚年的心境和这种心境表露其中的诗文。

陈寅恪先生自1949年谢绝傅斯年先生的台湾之请,便一直居住在广州,直到1969年去世。这期间,他不仅耳闻目睹了社会的种种变迁,而且还亲身经历了一个接一个的政治运动,更作为资产阶级史学家受到过批判("文革"的劫难就不必说了)。这段遭际必定对他晚年心境发生深刻的影响,只是反映于诗文之中,又不总是明白无误的。诗贵含蓄,况且是在那样一个时代。陈先生学识渊博,寓意深远,更造成后人释读上的困难。但是由另一方面看,正是因为诗的含蓄,陈先生方能将其精神怀抱以实相托;也正因为陈先生的渊博与机巧,后人反可能于其中获得某种指引,找到释读的机关。

余先生研究陈氏有年,早在1958年即写有《陈寅恪先生〈论再生缘〉书后》一文,一时哄传海外,据说还因此为尚在大陆的陈先生招来了一些麻烦。35年之后,余先生"重操旧业",读解陈先生晚年诗文,学问、识见俱见老成。他采用的主要方法,是以陈氏治学之道还治陈氏之学。这需要在诗文之外,更将陈氏著作熟读深研。这一层,余先生大抵是做到了的。当然,这并不能保证余先生的解说句句都可以坐实。诗的读解原本就是仁者见仁、智者见智的。有时就同一个诗句,竟得出全然不同的解说,这种情形在余、冯二公之间就屡见不鲜。至于说究竟谁人的解说更为确当,这还要读者诸君亲为评判。我所能说的至多是些事实，比如说，陈先生的一般思想背景。

1932年陈先生为冯友兰《中国哲学史》下卷写《审查报告》，曾说自己"思想囿于咸丰同治之世，议论近乎（曾）湘乡（张）南皮之间"。近30年后，陈先生的老友吴宓先生记曰："寅恪兄之思想及主张丝毫未变，致仍遵守昔年'中学为体，西学为用'之说。在我辈个人如陈寅恪者，决不从时俗为转移。"(《陈寅恪先生编年事辑》)这种思想的一贯和对于自己信念的执着，实在难能可贵，而这正是合乎陈先生为人处世的原则的。陈先生曾在《元白诗笺证稿》中谈及历史上值世变之际，新旧道德标准的并存杂用于士大夫阶级之转移升降所生的影响，其中有这样一段话："值此道德标准社会风习纷乱变易之时，此转移升降之士大夫阶级之人，有贤不肖拙巧之分别，而其贤者拙者常感受苦痛，终于消灭而后已。其不肖者巧者则多享受欢乐，往往富贵荣显，身泰名遂。其故何也？由于善利用或不善利用此两种以上不同之标准及习俗以应付此环境而已。"在这平静的述说与答问之中，我们感到的岂止是沉痛。如果说由于种种缘故，历史上士大夫阶级中的个人还比较容易保持住一己之独立人格的话，那么在现代，随着社会格局的变换和此社会价值解释权的移转，知识阶级中的个人要保持其独立品格则是愈来愈困难了。为要求得绝对的思想一致，政治冠冕堂皇地干预乃至统制学术，其结果，不仅是造成了学术的荒漠，而且产生出普遍的虚伪和堕落。这对于我们有着悠久历史的文化竟是多么深重的灾难，对于生于斯、长于斯的一代文化人，又是多么严峻的考验。陈先生一生不涉政治，但这并不能使他免于政治的冲击。在一场文化的整体性危机终于爆发的时候，他的文化信仰更受到了最严重的考验。陈先生曾悼王静安先生云："先生以一死见其独立自由之意志。"(《王静安先生纪念碑》)他自己不也是把"独立之精神，自由之思想"当作身家性命一般的东西来维护的吗？陈先生固然不曾以一死去殉他的信念，但那只是因为他的文化怀抱更宽广的缘故。事实上，陈先生心灵所受的苦痛实较王国维当年更加不堪。王国维只经历了一次文化的变故，陈先生却两度遭逢其变；王国维备觉痛惜的只是西学东渐中传统命定的衰亡，陈先生却是在文化鄙俗化浪潮的冲击里面痛感传统中真、善、美的消逝。对于一个热爱自己文化的纯正学人来说，这是多么令人绝望的不幸。余先生认为，"陈先生晚年的诗文和生活表现，尤其要通过他的价值系统才能求得相应的了解。"(《陈寅恪晚年诗文释证》)这无疑是对的。

1964年，陈先生在《赠蒋秉南序》中说："默念平生固未尝侮食自矜，曲学阿世，似可告慰友朋。"那时距他的死只有5年。了解那前后历史的人一定都能够想见，在这平淡的自白后面，埋藏了多么大的坚韧与苦痛。不过，如果我们以为这是因了传统文化与外来思想的冲突而生的悲剧，那又是过于简单化了。其实，正好比陈先生自己所说，(外来思想)凡"忠实输入不改本来面目者，……虽震荡一时之人心，而卒归于消沉歇绝"，其成功者"皆经国人吸收改造之过程"，而与旧传统相衔接、融合。也许，我们应当重新回过头去研究传统及其演变。传统中固然蕴含了塑造像陈先生这样的人的精神资源，但是否同时也有可用来压制和摧毁这样一类人的潜在因素？这是我要在余先生的问题之外另外提出的一个问题。

原载《光明日报》1988年5月31日

"《读书》服务日"忆旧

三联书店八十周年庆,《读书》编辑部的朋友约写文章,因为我是"老作者、老朋友"。这样说,让我觉得责无旁贷。写点什么呢?想到三联书店,就会想到《读书》杂志,想到《读书》,就会想到"《读书》服务日",想到那些单纯、热情而充实的日子。

八十年代的年轻学子,如果有人文、社科方面的兴趣,更不用说其中自认为有思想者,大约案头都备有《读书》,否则,其思想视界和文化趣味就会受到怀疑。这本32开的书评月刊在当时的影响力之大,现在的人已经很难想象。不过,对我来说,《读书》当时提供给人们的,不只是知识、观念和思想,还有人生际遇,成长的机会和可能。

我有幸成为《读书》的作者,自1985年始。这件事给我的生活带来很大的改变。因为一些特定原因,当时《读书》的作者,差不多可以被视为一个特殊的知识群体,而成为《读书》的作者,就意味着成为这个知识群体的一员,意味着开启一个新的社会交往空间。我的许多朋友最初认识就是通过各自发表在《读书》上的文字,而且,他们也容易因为这种作者身份而引为同道。这种友朋和同道间的交往,因为每月一次的"《读书》服务日"变得更具吸引力。

那时,三联书店还在朝内小街的人民出版社楼内,"《读书》服务日"就在那里举行。除了卖书,服务日并无主题,但卖书显然不是服务日的主要内容,它更像是一道风景。一间房,若干桌椅,几杯清茶,一群读书人,那就是"《读书》服务日"。去到服务日的,不必是《读书》的作者,甚至不一定是《读书》的读者,但那个日子、那个场合,对喜欢《读书》的人来说,肯定有一种特殊的吸引力。去"《读书》服务日"的人,或为谈事,或为交稿,或为见人,或者,没什么具体事,只是到那里坐坐、看看、听听,随便见什么人,总不会一无所获。《读书》当时的编辑们、王焱、吴彬、赵丽雅、贾宝兰、杨丽华,会在那里招呼来者,通过他们介绍,新来者也可以很快结识新人,融入谈话。那时候,编辑同作者和读者的关系,更接近于朋友和同道,而少职业色彩。记得某个夏日中午,不知什么人提议,一群人跟着赵丽雅,到她在东总布胡同的家里,上上下下地参观,然后在树荫下天上地下地闲聊。又有一次,在服务日上聊到午饭时间,杨丽华便请大家到左近的咸亨酒店,边吃边聊,我记得,那里的菜味道不错。还有一次,也是在服务日,午饭之后,大家意犹未尽,相约要跟一位朋友去他家里参观他的藏书,我与那位朋友初次见面,不知道同去是否唐突,正犹豫间,那位朋友却招呼说,愿意来都来吧,大家都是读书人。于是,一众人等便骑了车,浩浩荡荡地去了。那位朋友家住南锣鼓巷炒豆胡同,他的名字叫赵越胜。后来,我们也成了朋友。经他引荐,我还参加了一个当时颇为活跃的"编委会",一个有更紧密联系的年轻知识群体。

而我发现,那个群体的成员,差不多都是《读书》的作者,而且,"编委会"的出版合作者,就是三联书店。

那是一个心灵尚未腐化的年代,年轻、热情、开放、向上、充满朝气。虽然物质还匮乏,但是精神饱满;思想虽不够深刻,但质朴有力,理想不坠。《读书》就是那个时代的一面镜子。实际上,《读书》杂志、三联书店,还有她的作者和读者,都是和那个时代一起成长起来的。对今天的人来说,要理解《读书》与其读者和作者之间的关系,理解《读书》当时的那种影响力,已经不太容易。因为,那不只是关于一些人和一本杂志或一个出版机构,而是关于一个时代,一个已经逝去的年代。

(2012 年)

无言的纪念

听到费孝通先生仙逝的消息，心头微微一颤。不是因为意外而感到惊讶，却挡不住一丝失落的怅然。回转身去，从书架上抽出那本薄薄的《乡土中国》。翻开扉页，上面有"一九八六年二月二十五日购于三联书店"的字样，书中有铅笔和红笔作的记号，还有用钢笔写的批注。不记得上一次读它是什么时候了，但我总是知道它在哪里。差不多二十年了，无论家搬到哪里，它总是在书架上我伸手可及的某个地方。虽然它那么朴素、那么单薄，需要时我总能轻而易举地找到它。

照一般习惯，为费先生写纪念性的文字，无论如何也轮不到我这样的人。我不曾受教于费先生，也非社会学界中人，甚至，费先生生时，我们之间也没有任何个人往来。我不过是一个普通读者，是喜爱费先生文字与思想的无数读者中的一个。我读的费先生的第一本书，就是那本薄薄的《乡土中国》。

这是那种一读之下便不能释手而且无法忘怀的书。它是敏锐的和深刻的，却又平易而亲切。它对日常生活的描写妥帖而自然，但剖析社会现象总能切中肯綮。它是叙述的和经验性的，又是高度概括和凝练的。它从纷繁的社会现象中提炼出的概念，总是恰到好处，历久弥新。它没有时下流行的所谓学术著作的外表，却有社会科学研究的真髓。没有生僻的概念和术语，没有故作高深的理论，娓娓道来，却让人豁然开朗，不但了解了自己生活于其中的社会，而且也领略了社会学的魅力。可惜，这种风格的社会学，在我们这个时代已经绝迹。

我对费先生的生平了解不算太多，比如，我对他后半生的某些重要经历了解甚少，实际上也并不关心。我读他晚年论学的一些篇什，觉得他同《乡土中国》的作者仍是同一个人，只是更年长了些。那是一个学者，一个穷毕生精力于社会学的学者。他也许不是那种"合乎标准"的社会学家，但却是有创造力的天才。记得他在一篇自述的文章里说自己是"一匹野马"，走的是"野路子"。这一半是自谦，一半是实情。他不受约束，独辟蹊径。他的成就正源于此。

在我认识的人当中，不乏费先生的弟子和熟人，因此，要拜访和结识费先生在我并非难事。不过，我从来没有要与费先生谋面的欲望。我读费先生的书，就是在听他谈话；我引用费先生的观点，就是在同他交流；而我著文与费先生论辩，就是在同他对话了。在这样做的过程中，我觉得已经了解了这位令人尊敬的前辈。我不能说自己了解他所有的思想，但我熟悉他的语调，更欣赏他的方法和风格。在我思想的世界里，费先生有一个位子，就好像在我的书架上，在我伸手可及的某个地方，费先生的书有自己的位置一样。

如今，那些书依然立在那里，静静地，像往常一样。然而，写下这些不朽文字的人却飘然离去。这个消息在我心里激起一圈涟漪,但这涟漪很快就会平复。因为和这些文字联系在一起的那个智慧长者并没有离我而去,他的音容也不会因此而改变。尽管在我的"记忆"中,他从一开始就是一位老者,但这位老者是不会死的。

(2005年)

我认识的何美欢教授

忽然听到何美欢教授辞世的消息，我不能相信自己的耳朵。惊愕之余，是深深的痛惜。其实，这个消息已经来得很迟。从她发病、救治，到最后不治，已然过去数周。她生前所供职的清华大学法学院为她举行了追思会，我未能参加，因为没有人告诉我。当然，这也没有什么奇怪。我既非她生前同事，更算不上是她的好友。我们之间的交往，仅限于数次见面，几通电邮，而且见面都是在学术研讨会上。我之所以深感震动，除了因为这不幸的消息来得太过突然，恐怕也是因为，我对她的认识和尊重，令我在心底里很难接受如此残酷的事实。

2002年上半年，我受邀往香港大学法学院访问，当时，何美欢教授即将离开港大法学院，转往清华大学法学院任职。这种不同寻常的举动让我多少有些好奇，不过，令我对她的名字印象深刻的，还是她在港大的同事关于她的介绍。这些介绍让我了解到，Betty（她的同事这样叫她，日后我也这样叫她）是全院最认真的一位教师，从备课、授课，到批答试卷，同学生谈话，每一件事她都全力以赴，一丝不苟。我后来见到她，得到的也是这样一个单纯的印象。她身材瘦小，戴深度近视镜，干练、直率、专注、单纯、热情，好像教育和学术占据了她的整个世界。

那次从香港回到北京之后不久，我便全力投入新成立的"上海法律与经济研究所"（即现在的"洪范法律与经济研究所"）的工作。Betty 有时会来参加我主持的学术研讨会，故偶有机会见面。闲谈中我了解到，她在清华讲授一门颇具实验性的普通法课程，而且有一整套关于中国大陆法学教育的想法。她把这些想法付诸实施，又根据教学反馈对这些想法做出调整和修正。她还送我一份手稿打印件，里面记录了她的思考和心得。这份文稿给我留下深刻印象。Betty 在那里阐明了在中国开展普通法教育的理据，并对国内法学教育领域若干流行的谬见予以辨析。在此基础之上，她根据自己对法学教育性质的理解，针对国内法学教育的现况，设计出一个普通法精要的课程框架。Betty 非常清楚自己的目标，对于达成此目标的方法和步骤也有细致的思考。文稿后半部分涉及她两年来的教学实践，以及她基于教学反馈所做的反思。

此前，已经有很多人就中国法学教育问题发表过意见，相关文献也不在少数，但是就我闻见所及，如 Betty 这样有系统思考、详尽论述且有实验作基础的论著，十分鲜见。因此，我特别邀请她来所做了一场学术报告，报告题目是"法学教育的性质"。（讨论详情可见 http://www.hongfan.org.cn/file/upload/2004/12/18/1214645706.pdf）同时，我还请她就此题目为《洪范评论》撰稿。不久，她根据手稿中一章改写的文章《法治社会的建设：在中国法学院教授普通法的一个理由》，就在《洪范评论》第 2 卷第 1 辑（2005 年 3 月）刊出。又过了两个月，这部浸润了她心血、记录了她梦想和追求的小书，放在我主编的"法律文化研究文丛"系列中，由中国政法大学出版社出版，书名是《论当代中国的普通法教育》。这算是我们一系列合作的最后一项了。

付梓之前，Betty 曾邀我为她的新书作序，而我以为，她这样表示主要是出于礼貌，所以婉言谢绝了。现在回想起来，无论如何，我因此失去了一个同她交流和向她请益的机会，这已经是无可补救的了。如今，斯人已逝。重读其书，一时间感慨纷呈。

古云，文如其人。透过这部文稿，真的可以认识 Betty：简洁、明晰、严谨、准确、纯粹、坦率、坚实有力，没有丝毫做作。而在表面看似尖锐的观点之下，其实有着一种综合性的平衡，比如在专业与博雅之间，法律外部研究与内部研究之间，知识与技能之间。Betty 本人就是这样。她既有专精的法学知识，又有开阔的理论视野；她一再强调技能和跨学科研究的重要性，同时对高度专业性的知识绝不轻忽。对她来说，法学界流行的专业与博雅之争，其实是基于某种虚假的对立；所谓大师与工匠的区分，同样不得要领。文稿对许多概念和问题——知识、技能、阅读、研究、写作等等——的梳理和分析，不但富有洞见，而且也体现了这种理论与实践并重、知识与经验相融的特征。不夸张地说，Betty 以她的思想和实践，为我们提供了一个普通法训练的成功范例。而她辞世所留下的缺憾，恐怕是不可弥补的。

我现在还清楚记得最后两次与 Betty 见面的情形。较早的那次是在 2007 年 8 月，洪范研究所借清华紫光国际交流中心，召开了一个有关社会公正问题的跨学科研讨会。在第二天会议结束之前的讨论环节，Betty 有一个发言，大意是说，她发现会议参加者中法律学者人数寥寥，这让她很失望，她还说，这样一个会议，法学院的学生们都应该来听。说这些话时,她显得颇有些激动。也是在那次会议上,她送了我一册刚出版的《法律中的社会科学》。这本翻译成中文几近80万字的美国法学院教科书,由她根据新版逐字校阅统稿。她在其中投注的辛劳可以想见。但正因为有她这份劳动,我们对这部译稿的翻译质量基本可以放心了。

最后一次见到 Betty,又是在洪范研究所的研讨会上,那是在两个月前。此前我听说她已离开清华法学院,当日忽然见她,有意外之喜。其实我正想找她,因为《论当代中国的普通法教育》一书预备再版,我想她可能会借此机会做些修订。显然,这是她期待中的事情,她立即回答说要做修订。为便于联系,她还再次给我留下了联络办法。当时,我决计想不到,这会是我们最后一次见面和交谈。我相信,她对普通法教育这个题目,又有很多心得和想法,我们原本有机会分享她新的发现与卓识,还有她的梦想跟快乐,但是现在,这一切都已不再可能。

我听说,病发那天,Betty 在清华法学院还有最后一堂课。下午,她没有像往常那样准时出现在课堂。待学生们找到她的宿舍,才发现她仍静卧在床。她就那样永远离开了大家。其实,她就是那种工作到最后一刻、倒在自己位置上的人。也许,这也是她所希望的告别人世的方式。

Betty 是一个纯粹的学者和教师,她也是一个纯粹的人。她就是以这样的形象,永远留驻在我的记忆里。

2010 年 9 月 18 日写于冀北榆柳草堂

附记：

《论当代中国的普通法教育》一书即将再版，同这本书一起和读者见面的，还有《理想的专业法学教育》和《君子务本》两书：一本是由 Betty 的学生们根据课堂材料整理成的教学法著作，一部是关于 Betty 的追思文录。在 Betty 离开我们一周年的时候，没有比用这样的方式来纪念她更恰当的了。

三本书中，只这一部没有新的内容，这是 Betty 突然离去留下的永久的遗憾。这篇代序，是我在听闻 Betty 的噩耗之后写的一篇文字，现置于篇首，聊以为纪念。

中国政法大学出版社不计盈亏，慨然应允其事，更集中人力物力，在交稿之后极短的时间里完成这三本书的出版，展示了一种今天已难得一见的出版家的眼界和品格。这种眼界和品格，我相信，也正是 Betty 所欣赏的。

  治平补记于西山忘言庐，时距 Betty 辞世十一个月又三日

  本文系何美欢著《论当代中国的普通法教育》一书再版时笔者所写的代序。

追念蔡定剑教授

去年11月22日上午,我正坐在珠江边一间旅馆的房间里准备当晚在中山大学法学院的演讲,忽然收到友人传来的短信,告曰定剑于当日凌晨辞世。中午,有法学院的老师来陪吃饭,席间谈起才知道,法学院很多人都已获知了这个消息。晚饭时,吴敬琏先生专就此事从上海打来电话,嘱咐要以他本人以及江平先生和我的名义,在定剑的追悼会上送个花圈。我不知道吴先生又是如何获悉定剑去世的消息。在我的经验里,这一切都不同寻常。而在当时,我并没有意识到其中的深意。

我已经不记得,最初是在什么时间和场合认识定剑的,那是很久以前的事了,当时他还是全国人大的官员。定剑后来转入大学,专事教学和研究,因为这个转变,我们之间联络的机会,应当多了一些。不过事实上,我们见面的次数依然不多,部分原因是,我极少参加法学界的会议和活动,包括定剑组织的那些。然而,就是不多的几次交往,让我对定剑有了相当深入的了解。

2002年,美国哥伦比亚大学法学院"中国法研究中心"的艾德华（Randle Edwards）教授即将退休。中国20世纪80和90年代有过访美经历的政法界人士，不拘年龄和性别，许多人都认识这位精力充沛且富幽默感的艾教授。他主持的中国法项目，尤其是福特基金会支持的美、中、法律教育交流项目（CLEEC），在十数年的时间里，为许多人提供了难忘的学习机会。作为当时众多受惠者中的一员，我有意编一本文集，用来纪念艾教授的荣休。为了这个目的，文集的撰稿人应当有在哥大法学院学习或访问的经历，最好同艾教授有个人的交往和友谊。我知道定剑曾经在哥大法学院访问，而且同艾教授相熟，所以也约他写稿。定剑高兴地答允此事，并且如约写了文章寄来。或许是因为我在约稿时讲得不够清楚，我发现，定剑的文章在风格上更散文化，不是我要求的那种学术类型的文章。我最初的反应，是自己动手修改这篇文章，让它与文集中其他文章的格调更接近。不过最终我发现，这是一个超出我能力的工作，我甚至觉得，就是作者本人也很难做到这一点。但是，若要定剑另外再写一篇，这样的要求实在有些无理，而且当时的时间也不允许。犹豫再三，我最后决定放弃定剑的文章。我自知这样做很得罪人，但还是这样做了，此足以说明我的不通人情。

　　一年后，我偶然读到友人一篇尚未发表的文章，并且了解到，这篇文章出自一个有关人大代表个案监督的调研项目，而定剑是这个项目的负责人。我对这个题目深感兴趣，希望在我主编的《洪范评论》上刊出相关文章。于是我同定剑联系，说了我的想法。定剑爽快地答应了我的请求，并发来多篇文章供我挑选。最后，我另外又选了两篇文章，用作《洪范评论》第二卷第一辑的主题研讨。那三篇文章，不包括定剑的在内。这一次，我没有前次那样的压力和不安，但也隐隐觉得，这在人情上总归不甚圆满。不过，最糟糕的是，在写编者弁言的时候，我居然没有交代这些文章的来源，也没有对定剑的帮助表示感谢。我事后注意到这一点，但没有再对定剑提起。有些事情只能在恰当的时机完成，错过那些时机去做，便显得别扭和多余。现在，定剑已去，我说出歉疚和感谢的话，他是听不到了。不过对我来说，这恐怕是最后一个合适的机会了。

对上面提到的这些事，定剑当时怎么想，或有没有想，我都无从知晓，但是不管怎样，此后我数次请他参加洪范研究所组织的学术会议，他都欣然前往。我们见面、交谈，他还是那样诚恳、自然。我感觉到，对之前那些令人遗憾之事，他真的不存芥蒂。我对定剑的信任感由此而生。2008年，洪范研究所增补学术委员，我推荐了定剑。我当时私心所愿，其实是想有一天他能够接替我主持洪范的工作。而我之所以提名定剑，固然是因为，他所专注的宪政、民主和法治事业，也是洪范所致力于推进的主题，他执着、稳健和脚踏实地的作风，合乎洪范所的行事风格，但更重要的是因为，在我心里，他是一个值得信赖的人。

我原本期待着，定剑的加入，能为洪范所带来新的活力。但不幸的是，他还没有从极繁忙的工作中抽身，就已被确诊罹患恶疾。2009年12月12日，洪范所学术委员会年度会议，之前征询委员们意见时，定剑说可以参加，但在这之前数周，定剑来信说，他那天要参加一个中美人权对话会，所以不能来了。就是在那次定剑缺席的年会上，我得知定剑患病的消息。

在接下来这一年里，我与定剑有三次见面，这也大概是我们认识以来见面次数最多的一年了。最初，我不知道在那种场合应该说些什么，心中难免有些不自然。倒是定剑神情泰然，没有表现出丝毫异样。他没有刻意避免谈病情和治疗，但他说得更多的，还是他平日关心的话题。实际上,定剑不仅没有在朋友、同事和学生面前表现为一个病人,他也一直竭力保持惯常的工作和生活秩序。他继续写作、接受采访、参加会议、指导学生,甚至飞赴外地参加他认为重要的活动。

6月间,入夏最热的一天,我在三味书屋开讲座,之后应书屋主人之请推荐讲者,我开列的名单里就有定剑。其实,我内心里不愿再加重定剑的负担,但我知道,他不希望朋友们把他当成病人看待。实际上,当时定剑每隔一小段时间就要入院治疗数日,而三味书屋的讲座都安排在周六,找到适合双方的时间而且定剑的身体状况也允许,不是一件容易的事。但后来我听说,定剑居然真的去讲了,那是在8月底,距他离世不到3个月。定剑在生死之间表现出如此的坚韧和泰然,令我不能忘怀。早些时候,我同香港大学的陈弘毅教授一道去看定剑,那也是他病后我第一次见他。尽管那天他看上去并无异样,但从他妻子那里听到的有关他病情的说法,却没有给人多少希望。回家后,我简略记下了当日的见面:"定剑病深,精神尚好,其生活态度坚定而平和,令人起敬。弘毅云:重要者或不在生命之短长,而在生命之品质。此似非中国人之生命观。定剑之生命是让人肃然起敬的。"

令我意想不到的是,我对定剑的认识,最后竟因为他的离去又加深了一层。

11月26日一早,我赶去八宝山公墓参加定剑的遗体告别仪式。想不到那么寒冷的早晨,竟有那么多人在灵堂前排队等候。而且很显然,等候的人里面,无论是否定剑的朋友、同事和学生,绝大多数是闻讯自发前来的,他们当中还有人打出横幅,代表因携带乙肝病毒而受歧视的人群来送别定剑。接下来的几天,有关定剑的各种消息、报道和文字充斥媒体。我还听说,在中央电视台主办的"感动中国人物"评选中,定剑数度高居榜首。媒体和公众对定剑的持续关注,让几乎所有人,包括定剑的家人,都感觉意外。尽管定剑生前经常就一些公共事务发表意见,但他毕竟不是那种明星式的人物。他坚定但是温和,不会利用口号式的言辞去博取听众的叫好;他的大部分时间都花在细致而扎实的工作上,而不是飞来飞去参加各种会议和讲座。他不停地做事,但从不高调。这样一个布衣学人的去世,为什么引起社会如此强烈的反响?我现在慢慢明白,是他的事业,宪政与民主,和他对这番事业的坚守和忠诚,赢得了人心,而他的品格,增加了这种追求的分量。

4月初去看定剑时,他以新出版的《民主是一种现代生活》相赠。上周,就在定剑离去后一个多月,他的另一本文集《论道宪法》也问世了。这两本书,都是旧文新辑,或者可以视作定剑毕生努力的总结。透过这两本书,我们能够看到他的关切、他的追求、他的立场,以及他的方法。简单地说,他这一生的努力,就是希望把宪法变成名副其实的根本法、最高法,让那些写在纸上的权利变成真实的权利,让这个国家的公民真的能够管理自己的事务,让生活在这个制度下的人民真正享受到公正和尊严。他通过理论分析和实地调查来阐明自己的观点,借助观察、比较和论辩来加强自己的论证。而他采取的方法,主要不是抽象理论的演绎,而是朴素道理的阐发。这些道理朴素而浅显,肯定不够时髦,多半不够复杂,甚至不够深刻,它们更像是当今文明社会的常识。从理论研究的角度看,讲述常识也许算不上什么贡献,但是在一个常识经常被扭曲、掩盖、背离和遗忘的社会里,认识和坚持常识,用理性的方式清楚明白地表达常识,不独需要技巧和智慧,也需要勇气和热诚。我们社会的普通民众，他们未必了解关于民主和宪政的各种理论，但他们知道这个国家并不只属于少数人；他们想支配自己的生活，不甘被人随意摆布；他们遭受歧视会感到羞辱和愤慨；他们被剥夺也会起而抗争；他们希望自己的利益有适当的渠道去表达，自己的声音能够被倾听，更希望自己及后代活得有尊严。这是他们的常识，也是定剑的常识。因为坚持这些常识，定剑的言论和文字就总是具有强烈的问题导向和实践色彩，而绝少学院气；也是因为坚持这些常识，定剑就自然地站在他们——这个社会最广大的人群，也是最无权势者——的一边。我相信，定剑的离去之所以激起公众如此广泛的关注和反响，这是深一层的原因。我们不正应当由这里去重新认识定剑的工作和他的贡献，并由此去重新评估和认识我们的社会、这个社会的问题，以及解决问题的方案吗？

2011年1月14日于西山忘言庐

原载《东方早报·上海书评》2011年3月23日，原标题为《站在无势者一边——追念蔡定剑教授》。

一个华语社会学家的努力与追求

1月21号晚间,忽然收到一则消息,说台大社会学系林端教授在参加一个学术活动期间,突发心脏病,于当日凌晨去世。这消息令我在震惊之余,备觉难过和痛惜。

两天前,林端教授夫人爱华女士发来一文,内中讲述了林端教授的志向和他未竟的事业。这让我想到过去十几年里与林端教授交往、合作的经历,想到我们两家一起度过的愉快时光,自然,也想到他一生孜孜矻矻的学术努力与追求。

和林端教授第一次见面,是1999年季夏,在美国西海岸度假地Chaminade的"浩然营"上。那次,我们不但是"同学",而且是室友,朝夕相处十数日。其实,那并不是我们友谊的开始,因为在那之前,我们已经透过各自的研究而相互认识,且彼此引为同道,而那次的见面,除了增进了解和友情,还促成了一件事,那就是他由社会学角度切入写成的《儒家伦理与法律文化》一书日后在大陆的增订再版。

20世纪70年代下半在台大念书时,林端主修社会学,辅修历史。后来他去德国深造,先后在哥廷根大学和海德堡大学攻读硕士和博士学位,均以社会学为主业,尤其是在海德堡,他师从韦伯研究权威 Wolfgang Schluchter 教授,深受韦伯所创立的社会学传统影响。他后来以社会学理论以及宗教社会学和法律社会学为研究领域,而且不偏废历史,显然与上述训练背景有关。不过,真正塑造其问题意识、激发其学术关切的,与其说是通过教育得来的知识和方法,不如说是他生长生活于其中的社会加于他的困扰。知识、方法和专业训练不过让他更自觉和清楚地认识到他由其生存境遇中遇到的问题,并且为他思考和解决这些问题提供了有用的手段罢了。

林端教授的问题,是一个生活在 20 世纪的中国人必须面对的典型问题,这个问题,简单说就是:面对近代以来的社会转型与文化变迁,中国传统的信仰、伦理和法律文化能否以及如何融入现代生活。

在后来一本书的序论中,林端回顾了他求学以来的心路历程。他说到,当年到哥廷根求学,初识现代西方社会,来自台湾社会的他,对那样一个民主与法治、科学与人文并进的秩序井然(all in order,他所谓"一切都上轨道")的社会叹为观止。他看到,这个秩序井然的社会,是靠"多如牛毛"的法律来保障的。对此,同样是来自台湾社会的法律学子赞叹有加,但是秉有社会学视野的他却不无保留:"法律多如牛毛的德国社会,是否就是人世间的理想社会?"尽管西方社会的文明昌盛也令他惊艳不已,但他还是要问:这套"保障个人权利义务与集体社会秩序的'多如牛毛'的法律制度,到底是不是我们心目中理想的法治社会的必要手段"?(《韦伯论中国传统法律》"序论")这段话提到"我们",看似不经意,其实至为关键,它突显了一种具有特定历史文化内涵的共同体意识，这种共同体意识，也是我们理解他一生所有关切、努力和追求的关节点。

身为台湾社会的一分子，林端切身感受到近代以来中西文化激荡之下观念变革、制度移植、社会结构改变所带来的种种结果，这些结果，无论好坏，也无论人们喜欢与否，都是社会现实的一部分，是生活在此一社会中的每一个人经验和思考无法摆脱的背景。而对他来说，一个让他念兹在兹的问题是：在努力学习和继受西方现代法律制度之后，有几千年历史的中国法律文化会发生怎样的变化？在建立民主法治社会的过程中，它能否同移植来的现代法律制度两相调和？简言之，"中华文化在现代民主法治社会的特色与命运为何？"（同上书）他在80年代负笈德国时，萦绕心中、挥之不去的，就是这个问题。也是在这个时候，韦伯深深进入他的思想当中。他发现，韦伯所开创的社会学传统，为他深入探究上面那些问题，提供了极好的学术和思想资源。他一生与韦伯结缘，实奠基于此。但要指出的是，林端虽然深受韦伯影响，但他后来的工作，却既非一般所谓韦伯研究，也不是简单套用韦伯的概念、思想和方法进行研究，而是把这套丰富精细的社会学传统当作活的学术和思想资源，用来探索和回答那些深深铭刻于他心中的问题。这项工作，在运用韦伯的同时，也包含对韦伯的反思和批判。关于这一点，我们从他后来一本书的标题上就可以清楚地看到：《韦伯论中国传统法律——韦伯比较社会学的批判》（2003）。

在介绍林端的这部分研究之前，我想应该先回到他的前一本书，即上文提到的《儒家伦理与法律文化——社会学观点的探索》（以下简称《儒家伦理》），因为他后来展开的讨论，在他较早的文章里已见端倪，他的许多想法和观点，虽然是在不断深化，其实也是一以贯之的。

《儒家伦理》一书初版于1994年，8年后出大陆版时，在原书基础上又新增论文8篇，全书篇目也做了重新调整。大陆版《儒家伦理》共分四个部分：一，"韦伯、儒家伦理与中国传统法律文化"；二，"韦伯、儒家伦理与全球化"；三，"儒家伦理的社会科学研究"；四，"中西不同法律文化与台湾法治"。从这几个题目，我们可以了解林端教授关切和研究所涉猎的范围和问题。而我在这里要提到的，只是其中的一篇文章：《依违于普遍主义与特殊主义之间》。这篇文章写于1993年。在翌年由巨流图书公司在台出版的《儒家伦理》一书里，这篇文字被作为"代序"排在篇首。

以特殊主义与普遍主义的分野，来观察、描述和概括儒家伦理与新教伦理的不同，此种尝试始见于韦伯，后经美国社会学家帕森思归纳发挥，这一被归于韦伯的看法传布甚广，成了几乎是今人普遍接受的定见。但在林端看来，视儒家伦理为特殊主义，以与新教伦理所代表的普遍主义相对照，这种看法过于简单化。儒家伦理固然注重等差，但是推己及人，至于天下，其实是一种"以特殊主义为基础的普遍主义"。实际上，中国文化内部，就有"仁"与"法"两种普遍主义，前者是人伦意义的普遍主义，后者是客观意义的普遍主义。二者之间容有紧张和冲突，解决的办法，则是分别位阶高低，令后者服从于前者。所谓德主刑辅，刑以弼教，就是此意。由哲学上言，中国式的"以特殊主义为基础的普遍主义"，体现的是理一分殊、一多相融的原则。只是，一多相融的原则在学理上没有得到充分阐释，落实到社会生活中，更有种种实行上的困难，难免被简单地视为特殊主义的。此外，韦伯当初做儒家伦理与新教伦理之间的比较，其动机，不在于认识中国社会，而是要说明西方社会为何。在这种认识框架中,中国是作为一个用作对照的反面类型被呈现出来。如此,则原本在韦伯那里可以具有多种含义的"理性化"概念,也变成了一个根据西方历史经验来了解和运用的判准。在这里,林端意识到学术研究中很难避免的西方中心主义的存在。他在一处注释里说起在海德堡大学的某次课堂经验,当时,他在描述儒家伦理时就用了"特殊主义式的普遍主义"这种说法,但是在座的老师,著名的韦伯专家,却很难接受一种有等差的"普遍主义",认为不能以"普遍主义"名之。这让林端十分感慨。他承认这可能是自己解释和分析能力未逮所致,但是另一方面,他也认为,因为存在文化上的隔阂,同情式的理解不易达成。他说,他们抓住了儒家伦理的局限性,但同时也忽略了儒家在一多相融、内在超越上所做的努力,这也许是因为,作为西方文化的代表人物,他们"习惯于外在超越、去个人化、即物化的普遍主义,无法把这种中国意义的、内在超越的、个人化的、人伦化的普遍主义也当成普遍主义来看待"。

有关儒家伦理的特殊主义/普遍主义讨论,可以直接引申到法律的议题上面。换言之,"以特殊主义为基础的普遍主义"不仅是儒家伦理的特点,也是中国传统法律文化的特点。具体言之,国家制定的法律,既有强调行为人身份的部分,也有对事不对人的部分。一个是人伦意义的普遍主义,一个是客观意义的普遍主义,它们的关系,不是互相排斥的,或有或无,而是融合的,兼而有之。进一步看,国法之外还有人情,人情之上又有天理,三者又都是基于儒家伦理,同样体现出"一多相融"的原则。这样的原则,并不排斥强调客观意义之普遍主义的西方法律,但是它更重视人伦意义之普遍主义的立场,却不被西方式的法律所接受。因为后者的基础并非"一多相融",而毋宁说是"一多互斥",这种排他性立场,不但以客观意义的普遍主义为最高,而且"把人伦意义的普遍主义贬为一种中国意义的特殊主义",并视为"贯彻己意的障碍,欲去之而后快"。于是,这里便出现了文化间的多与一问题:

> 我们透过继受西法而抬高了我们自己的法律的普遍主义倾向,是否意味着我们也同意接受西方特殊文化圈产生的法律文化是放诸四海皆准,为其他法律文化所应仿效的"普遍主义的法律文化"?世界是否趋向一个以西方法律文化为基础的普遍性法律文化?或者是其他非西方的文化圈的特定法律文化,还存在着一定的存活空间?

这些,是理论问题,也是经验问题,对身为社会学家的林端来说,尤其如此。在10年后出版的《韦伯论中国传统法律》一书中,他对这些问题做了进一步的思考。

此书共5章,前3章是对韦伯中国法论述的梳理和分析,重在方法论上的反思与批判。第5章为一短小的结论。全书重点在第4章,这一章综合近几十年国际上的中国法律史研究,重新勾画中国传统法律的面貌,篇幅也最大,全书正文150页,这一章就占了110页。林端认为,韦伯的社会学分析,兼具文化内与文化间两个面相,然而其文化分析,常常混淆这两个面相,从而使得原本旨在说明特定文化社会特征的"启发性的欧洲中心主义",变成为具有评判性的"规范性的欧洲中心主义"。具体言之,原本是作为对照物的非西方社会法律类型如中国,就被等同于欧洲中古甚至古代的某种类型。用我们更熟悉的话说,中西问题变成了古今问题,文化类型问题变成了发展阶段问题。于是,中国的法律与社会就呈现出韦伯所谓的实质非理性的种种特征,而与近代西方法律与社会高度的形式理性化形成鲜明对比。在林端看来,韦伯借助于理念型概念建构的比较分析,刻意强调比较对象之间两极式的差异性,虽然蕴含深刻的洞察力,但毕竟是一种概念上的建构,而非历史社会实相,而为了突显差异,他又做选择性的取舍,因而忽视了比较对象(不只是中国,也包括西方)固有的丰富性和多样性。更重要的是,韦伯以二元对立的理念型概念建构方法勾画出来的中西法律特征,两两对照,非此即彼,不但扭曲了历史图景,在方法论上,也不是我们认识历史和社会的最佳路径。这里,林端借取了另一位德国社会学家卢曼的分析方法,提出一种具有"亦此亦彼"特性的所谓"多值逻辑",希望以此来超越韦伯将一切事物二分的"非此即彼"的"二值逻辑"。

这里,我们无须详述林端具体翔实的研究,只引末章"结论:超越韦伯,理解传统"中的一段话。他说:

> 中国传统法律的多值逻辑(既此且彼)的体现,既避免了韦伯以下西方多位学者二值逻辑(非此即彼)般的思考盲点,且注意到在既此且彼的多值逻辑的思维模式之下,中国法律文化解决法律纷争与冲突的多元机制,情、理、法等法源是多元的,官方审判、民间调解与神判等法律程序是多元的,国家法律与民间习惯也是多元的,它们彼此间既矛盾,又并存。它一方面体现了"中国传统社会的法律多元主义",另一方面也彰显了兼容并蓄、既此且彼的中国文化精神("脉络化的普遍主义"),理一分殊、一多相融的精神在中国传统法律的实际运作

中具体被实践出来。某种意义来说,这样对中国传统法律文化的反省,或许可以对体现当代多元法律文化、多元理性与多元现代化并存的努力,提出一些新的思考方向来。

这段话里,最后一句尤其值得回味。对理论和历史问题的关注,其实都源自现实生活,因此,对理论和历史问题的重新思考,最后也都指向现实世界。这可不是用历史来比附甚至影射现实,而是透过历史来认识和理解现实。因为,曾经是历史的传统并没有成为过去,它们就是现实,就活在当下。至少在台湾社会,无论是儒家伦理,还是佛、道信仰,甚至传统的家族组织,并没有在近代以来政治革命和社会变迁的过程中灰飞烟灭,而是通过不断的改造和适应重新扎根社会。它们不但同一个高度工业化的民主法治社会并存,而且在这样一个成熟的现代社会中发挥着重要的不可或缺的作用。正是这种对现实的观察和经验,让林端意识到韦伯比较社会学分析以及种种流行见解的不足。而要证明这些,并在此基础上提出新见,除了上述理论的和历史的分析之外,对当下活的传统(无论宗教的,还是法律的)的深入了解和分析,显然也是不可缺少的。

林端是社会学家,田野研究是其学术训练的一部分,也是他这些年工作的一个重要方面。收在大陆版《儒家伦理》中的部分文章,大体反映出到 2000 年时他在这方面的观察与思考。在那以后,他还对比如祭祀公业这类传统式样的社会组织和财产安排做过深入系统的研究。几年前,在台北访学期间,林端为我作"宗教导游",东至花莲,北到淡水,走访了许多寺、庙、庵、观,所到之处,他都为我详细讲解,如数家珍。他对民间文化的热忱与专精给我留下的印象,至今难忘。这次,他当年在德国的博士论文指导老师,韦伯研究权威 Wolfgang Schluchter 来台,林端为他安排的活动,除了参访北台湾的佛光大学并作演讲,据爱华女士相告,还包括参观传统村庄样式的传艺中心和堪称现代佛教范本的慈济功德会并拜会证严法师,他希望通过这些活动,让 Schluchter 教授重新认识中国的文化与社会,一个不同于韦伯所描述的中国社会,一个融合了传统与现代、具有自己独特文化的生命力充盈的中国社会。可惜,他没能陪老师走完整个行程。爱华女士说,他当时太兴奋了,连续数日忘我地工作,没能得到休息。我能理解。像他那样有内心追求的学者,投身于所热爱的学术事业,没有比与同道切磋问学、探求和发现真理更令人兴奋的事了。

过去这些年,我与林端教授常有往来。他热心于学术,因为讲学、开会、田野调查等事,差不多每年都会访问大陆。但有机会,我们总会聚首叙谈。他为人宽厚,性情温和,不但是可信赖的朋友,也是学术合作的好伙伴。我们之间的每一次合作,都极愉快和富有成效。上面提到的《儒家伦理》在大陆出版,只是我们之间许多次合作中的一次。《韦伯论中国传统法律》出版后,他也同意放在同一套丛书("法律文化研究文丛")里出版,并与出版社签了合约。上一年年初,他来信说计划编一本新书,收集自己的近年作品,也放在这套文丛里出版,他为这本书定下的书名是:《现代性、法律与台湾社会》。我注意到,这原本是他为 2010 年出版的《帝国边缘:台湾现代性的考察》一书所撰文章的标题。在那篇文章里,他从法律多元主义的角度,勾勒出当代台湾法律与社会的现实图景。这个交织了传统与现代乃至后现代诸因素的图景,在他看来,用涂尔干的机械连带/有机连带、滕尼斯的共同体/社会、梅因的身份/契约以及韦伯的传统主义/理性主义一类二元对立的范畴，难以得到恰切的说明。换言之，要更好地理解现代性、法律与台湾社会这个议题，需要超越经典的社会学理论，而这不仅涉及对诸如当代台湾这样的华人社会的重新理解，还涉及对多元现代性的想象。这不正是他当年负笈德国时萦绕心中的问题吗？30多年来，他不是一直在思考这些问题，并且在寻求答案的过程中一步步接近问题的核心吗？

我们后来见面时，也谈到他计划中的新书，他答应稍后整理一份目录寄来，并与出版社签订出版合同。然而，这一切最终都没有等到。命运弄人，他就这样突然离开了我们，留下许多没有达成的计划和愿望。爱华还告诉我，林端打算用西方的概念对儒家经典做重新的分类和整理，并把在民间蓬勃发展的儒家现代形式，透过分类组织而再经典化。我不知道，如此宏大的工程，需要多少人用多长时间才能够最终完成，我知道的是，一个人的离去，会带走一些只属于他的东西，而当梦想消散，热情不再，有些事业是无法完成的。

刚刚过去的这一年，我同林端见面最多，尤其是3月份在台北那次，短短几日，他为我安排了许多活动，包括与当年"浩然营"的同学们再相聚。每一次的相聚和叙谈都是愉快的、从容的，没有一丝阴影。谁知道，人生可以如此短促和无常，一次寻常见面竟会是最后的诀别，思之能不令人怅然？如今，斯人已逝，他留给我们的，是一段诚恳而勤奋、充满光明的人生，其中有对学术的执着，还有对中国文化的一片热忱，每想到这些，我都觉得，林端并没有离开我们远去。

原载《上海书评》2013年2月24日

序与跋

《书斋与社会之间》自序

收入这本集子里的文字,除去两三篇系新作第一次公开发表之外,都已先后在各种报章杂志上刊登过,其中,最早的一篇发表于1986年,距现在已有11年了。这中间,我也曾编过一两本集子,剩下的,或者因为品类驳杂不容易归类,或者因为篇什尚少不足以成书,而被束之高阁。这次,应法律出版社之邀,我得将历年发表而又不曾被收入其他文集中的文稿重新翻检、整理一遍,归为一册。由于这些文字散落于过去十余年间不同的出版物中,现在已经不易读到,眼下的这个集子,我想,或不致有新瓶旧酒之讥。

从内容上看,这本集子的特点是杂。收在这里的文字,不但长短不齐、品类不一,而且历时久远,涉猎广泛,要把它们分类编排,统为一书,诚非易事,而最难的也许是找到一个表明全书题旨的书名。真是"一名之立,旬月踟蹰"。不过,最后我发现,能否找到"全书题旨"一类的东西其实并不要紧,重要的是,这些同出于一人之手的文字记录了作者的行迹,表达了作者的好恶,展示了作者精神生活的一个侧面。着眼于此,则内容上的驳杂与文体上的多样也就不成为问题了。

自20年前离开工厂，进入大学，我便开始了书斋的生活。20年来，我未尝有一日脱离这样的生活，也从未想要改变这种生活。在我的意识深处，做一个学者乃是自己的职分，我更无法想象比书斋生活更适合于我的另一种生活。然而，书斋不是象牙之塔，身在书斋即是生活在社会之中。我读古今中外之书，也读社会这本大书。我关注和讨论社会问题，但是不离学者立场。在我看来，书斋与社会既是一体，又非同一场域，而在书斋中守望，正是我进入社会的姿态和方式。由此，则读与看与思，也只是偏重不同，它们其实是同一活动的不同方面：读即是看，看亦是读，思则贯穿其中。书斋与社会，从来贯通不隔。题为"书斋与社会之间"，重在"之间"。

收入本书的文章先后发表于《读书》《瞭望》《光明日报》《文汇读书周报》等报刊。在此，谨对当时编发拙文的编辑朋友们致以谢忱，没有他（她）们的努力，这里的许多文章至少将因为我自己的怠惰而被推迟写作或者干脆不会被写出来。我还要感谢法律出版社总编辑贾京平先生，因为他的一番美意，我才下决心放下手边的事情来编这本小书，并使它早日与读者见面。

梁治平

1997年10月1日

写于北京万寿寺寓所

《法治十年观察》序

这本集子所收录的,是我近年来发表的部分文字。这些文字分作两部分。一部分是短评,主要发表于《南方周末》《二十一世纪经济报道》《中国法院报》和《新京报》等。另一部分算是专门之论,篇幅亦较长。统名之为"法治十年观察",是因为:一,这些文字大都与法治主题有关;二,最早的篇什写于20世纪末,距今已经10年;三,无论长短、深浅,也不拘采用什么形式,它们都是针对现实问题所发的议论,可算是"观察"的记录。唯因文章发表的时间跨度较大,其议论所及的具体事件,有些已经算不上是新闻了。不过,这些议论所针对的社会现象并未消除,甚至没有太大改变。就此而言,这本集子仍具有强烈的现实性格。事实上,编辑此书也为我自己提供了一个机会,透过形形色色的案例、事件、论争和现象,重新审视十年来中国的法治进程与社会变迁,看法律建设究竟取得了什么样的进展;法律与社会之间循着怎样的轨迹互动和演进;人们关心和面对的问题发生了何种变化;以及在纷繁变幻的世态之下,变化的是什么,不变的是什么,应当改变的又是什么。

如此，则"法治十年观察"便有三层意蕴：一，作者10年间对法治问题的点滴观察，以及对这观察的记录；二，对此观察、记录的反思，即对观察的观察；三，各方对过去10年中国法治的观察与思考。这三层意思，互相关联，又层层抽象，对作者、对读者，却都是一种开放样态。书名《申冤与维权》取自书中一章名，之所以以此为书名，是因为它提供了一种可以包含上述三层意蕴的贯通而开放的观察视角。

对法治的观察，或出于官府，或源自民间，或着眼于法律制度，或重在社会实践，立场、角度不同，所见亦不同。在上者断言，经此10年，有中国特色的社会主义法律体系已基本建成；启蒙精英相信，过去10年表明，法治文明的进步不可阻挡。自然，也有愤世嫉俗者，认为10年岁月蹉跎，法治饰词却不改人治本色。这些看法固然各有所据，其所依据的事实则交织缠绕，互相渗透，以致其界限模糊，意义变换。就此而言，对所谓"法治"的各种界定，对相关事实的种种述说，皆为解释性活动，其目的是要建立对解释对象的支配。所谓法治，根本上是这样一种意识形态的构建，以及在此过程中对"法治国民"的模塑与争夺。书中"申冤与维权"一章，最后就落在这一点上。

以《申冤与维权》为书名，还包含下面几点考虑。

其一，无论申冤还是维权，都由当事人发动。行为人怀抱某种信念，运用可能获得的各种资源，去保护或争取其认为正当的利益。在此过程中，普通民众将特定意义灌注于法律之中，他们不但激活了法律，也参与和创造了法律。这是行动者的视角，也是自下而上的视角，还是"活法"的视角。采取这样的视角，我们便不会只关心每年制定了多少新法，哪些重要的法律获得通过，法律规范有多大的改善,而更关注法律对于行动者的意义,关注行动者与法律互动的方式,以及生活实践中法律的性质、含义和范围。

其二,维权的出现,意味着中国的法治运动进入到一个新的阶段。以往,中国的法治运动主要自上推动,是在上者改造社会教导民众的手段,其动力为单向的。由此造成了法律与社会生活的脱节和与普通民众的隔膜。如今,因为社会经济的发展,社会结构的改变,以及人民生活方式和思想观念的改变,普通民众的利益诉求开始同法治有密切关联,中国的法治运动也因此而获得了新的意义和持久的动力。民众的参与打破了在上者对法律的垄断,同时拓展了法律的疆域,丰富了法律的内容,使法律成为社会中不同个人、群体和组织均可利用的竞胜场所。法律话语正日益成为不同利益的表达方式,也成为社会互动的一个基本渠道。就此而言,中国现在才开始进入到它的法治时代。

其三,维权的重要性还在于,作为一种社会实践方式,它预示了一个制度演进新阶段的到来。典型的申冤与维权,皆非革命性诉求,而是现行体制架构内的行动。虽然,这种行动对于改善制度安排可能具有重要意义。此种情形在今天的中国尤为明显。这是因为:一,中国当代的政治、法律制度,本是百年来一系列政治革命、社会运动和制度移植的结果,它们不但具有多重渊源,而且包含诸多内部的疏漏与矛盾;二,在所谓全球化时代,不同地域人民及其政府之间的关联和相互依赖愈来愈紧密,以至于任何国家、政府都不能以这样那样的理由孤立于国际社会之外,甚至公然拒绝和违反国际通行的基本价值和准则。换言之,当代中国的法政体制,在内、外两方面都不是单一、严密的封闭体,这就为维权行动提供了可观的开放性空间。

最后，申冤与维权，无论作为行动样式，还是行为符号，既有古今中西之别，也可以是一事二名。这种情形，极具象征性地揭示出中国当下法治运动乃至现代化事业融合中西、联结古今的复杂性。这种局面既包含紧张与冲突，也容有转换与调和，其变化的方向与路径远非任何二元对立的概念可以概括。而这意味着，中国的法治运动具有某种开放的可能性，中国的现代化方案也不是全无选择。中国的未来实取决于今天中国人思考的深度，取决于其想象力、判断力、意志力，以及行动者坚韧不拔的程度。

本书依文章体裁略分为上下两篇。上篇收录短评，下篇则列专门之论。各篇文章基本按照发表时间先后排列。《人类的法：千年回顾》原系应邀为《南方周末》20世纪最后一期特刊撰写的文章。该文最具综合性，特移于篇首。个别篇什，如谈论法治与运动的文字，虽然发表时间前后相隔最久，因为主题完全一致，也置于一处，以利阅读，以资对照。另有少数之前未曾发表，或者虽经发表但是出处不详的文章，只标明写作时间或者大致的发表时间。所有已经发表的文章，若于刊出时有删节者，现均原文收入。之前发表时文章题目有改动的，现在也一并改回。

梁治平

2008年4月9日补记于奥园

《法治十年观察》，上海人民出版社，2009年。原稿书名为《申冤与维权：法治十年观察》，出版时改为现书名，序言的相关内容则未作改动，以存原貌。

《寻求自然秩序中的和谐》台版前言

拙著《寻求自然秩序中的和谐：中国传统法律文化研究》将要出繁体字版，这让我想起一件旧事。

将近30年前，我还在大学念法律。某日，学校食堂前卖书，趋前视之，尽为台湾法律教科书。自然，当时条件下，我们看到的并非原版，而是未经授权的大陆印本。至今仍在我书架上的几册台湾中国法制史教本，就是那次购得的，其中有戴炎辉的《中国法制史》、陈顾远的《中国法制史概要》，以及林咏荣和张金鉴的中国法制史论著。

今天在台湾念法律的学生，知道这些作者的大概不多，读过这些著作的可能更少，不过，我对于台湾的中国法制史研究的了解，却是从那里开始的。

那时，在大陆的法律系，中国法制史是基础课，也是法律本科必修课，不过，其名称并非现在所说的"中国法制史"，而是"中国国家与法权历史"，盖因在马克思主义看来，国家与法皆为阶级专政之器械，二者为一事之两面，不容分割。实际上，"国家与法权历史"这门课程就源自苏俄，50年代传入大陆。我入大学时，法科教育中断多年，恢复未久，各科亦多延用旧时教材。

自然，现在回顾那段历史，很容易发现，那种以"国家与法权历史"取代法制史的尝试，不过是中国法制史研究史上一小段波澜，而前面提到的台湾的中国法制史研究，接续的却是发端于梁启超的中国法制史研究传统，是这传统的一部分。[①] 因此也不妨说，当日我接触到的，并不只是台湾的中国法制史研究，而是历史更加久长的本土的中国法制史研究传统。

不过，那时我没有想到，有一天我也会涉入这一研究领域，而且有机会与台湾同行们交流往还。

去年10月，我应政治大学法学院陈慧馨教授之邀，赴台访学，其间，参与了"黄静嘉法史学讲座"的几次课程，得与黄先生本人和我久已熟识的张伟仁先生同台，向两位前辈当面请益。此外，我还在慧馨教授陪同下，参观中研院史语所，观摩了张伟仁先生主持的规模浩大、历时久长的清代内阁大库档案整理工程。又一日，台大社会学系林端教授陪我参访台大，其间偶遇历史系高明士教授主持的唐律读书会，也给我深刻印象。高教授主持的这个读书会，集合岛内同行及同好，逐条讲读律典，每月一两次，逾20年而不辍。这种问学方式和精神，在大陆法制史学界似难见到。

那次访问政大法学院，还有机会与黄源盛教授促膝谈心。源盛教授治中国法制史多年，于清末民初法制用力尤多。我与源盛教授

[①] 关于中国法制史研究传统在中国的起源和发展，以及相同主题在不同时空和不同学术背景下的展开和互动，请参阅拙文《法律史的视界：旨趣、方法与范式》，载拙著：《法律史的视界》，桂林：广西师范大学出版社，2013年。

神交已久，今次相见，谈得十分投机。谈话中他提到，最近因故又找出拙著，重新阅读。当时，这个话题只是一带而过，并未深入。事后思及，觉得失去一个当面向他讨教的机会。如今，拙著将由台大出版中心重新出版，给了我一个补救的机会，可以将拙著再度呈上源盛教授以及诸多台湾读者，祈方家有以教我。

拙著得以在台出版，缘于林端教授的一片美意。初见林端兄，是在千禧年到来之前的那届"浩然营"①上。然而早在此前，我们已经透过彼此的研究互相认识。林端兄长于宗教社会学和法律社会学，其对于儒家法律文化的研究，独具见解。如今，蒙林端兄不弃，拙著将被列入他所主持的"社会理论丛书"，以繁体字版面世。30年前的一段因缘，如今有了一个小小的结果。

拙著的出版，还要感谢台大出版中心。作为台湾教育与学术重镇，台大不但在岛内声誉最隆，在东亚乃至世界上也卓有声望。拙著能够在此出版，实为作者之幸。此外，也要感谢两位匿名评审人。他／她们对拙著的首肯，令拙著能够列入台大出版中心的出版计划，对作者本人也是莫大的鼓励。而他／她们中肯的评论意见，也令作者受益良多。最后，感谢台大出版中心的游紫玲小姐，她为拙著出版所做的工作是不可或缺的。

有关拙著此前的出版及修订情况，"再版前言"里有说明，不赘言。此次出繁体字版，我对拙著又做了一些技术上的订正，内容

---

① 浩然营系浩然基金会殷之浩先生所创办，一九八九年举办首届，期以为"世界各国不同领域的优秀华裔青年，创造一个拓展视野互动交流的学习空间，并借由开放而理性的短期研讨活动，来提升华人对文化环境的关怀度，进而培养出卓越的领导人才"。本届浩然营为第六届，于一九九九年八月在美国加州 Santa Cruz 的 Chaminade 举办。有关浩然营的更多资讯，参见 http://www.hao-ran.org.tw/Page_Show.asp？Page_ID=297。

主要涉及原书排版中的错漏之处，至于原书内容，则一仍其旧，未加改动。其原因，"再版前言"也已经说明了。

梁治平
2010 年 8 月写于冀北榆柳草堂

当年，拙稿完成之际，正是大陆学界思想文化热潮汹涌之时，然而不过数月，风云骤变，已交付出版的拙稿也遭冰封，两年后才得出版，而且，我想要特别感谢的一位友人，苏炜，他的名字也因为政治原因而被隐去。如今，时过境迁，那段历史也要被遗忘了。但历史是不应该被遗忘的。

拙著面世以来有过几次修订，但都是技术性的，我不想将旧作与时更新，也是因为想保留历史的面貌。不过，这已经是另一层意思了。

梁治平
辛卯年端午前三日补记于西山忘言庐

《寻求自然秩序中的和谐：中国传统法律文化研究》，台北：台大出版中心，2011 年。

《梁治平自选集》自序

编自选集，在我，这是第二次了。前一次是在1995年，那时，我的文字生涯，由初次在《读书》发表文章起算，将将10年，到现在，则将近30年了。与之前的10年相比，过去这17年，除了"马齿徒增"之外，发表文字的数量递减也是显见的，而这后面的原因也很简单，那就是，写字的人没以前那么勤奋了。至于其他方面，可以说，变化不大。同样的事情，同样的做法……现在还发现，编自选集时遇到的问题，要说的话，也都差不多。

翻看17年前的旧序，觉得要交代的事情，那里都讲清楚了。比如关于拣选文章的原则，技术上的难点，应对的办法，等等。在这些方面，这个自选集并无新意，只不过，积累的文字多了，内容也更形丰富，书即分为两卷，一卷偏重于法的历史和理论，另一卷侧重于当下的法律与社会。内容上作这样的安排，并不一定表明有所谓研究上的转向，不过，比较前后两部自选集的目录，尤其是新加入文章的内容，还是可以看出某些变化之迹。只是，此种变化出于自然，而非出于计划，这也意味着，这种变化，好也罢，不好也罢,并无深意,更没有预示着何种——如一些可敬的读者经常以为和期待的那样——惊人之举。

与一般编纂文集不同,编自选集就好比作人生总结,不但要交代以往都做了什么,而且隐含自我评价之意。坦白讲,我向来不擅此道,而且认为,这就像时下的博士答辩,一律被要求自陈其"独特贡献",根本是不当之事。所以,逢到年终考评,填报表格,我所做的,除去罗列事实,如已经完成和正在进行之事,不复多言。不过,最近一次却是例外。这一次,涉及某部门管理系统的专家数据库,被要求填写的表格备极繁琐,令人不胜其烦。最后一项,"主要业务成就",尤为可恨。我一向拒绝命题作文,更不用说这样的题目。想一句话对付过去,又发现其下特别注明"不得少于500字"云云。管理者出此规定,是因为对此等逃避行为早有预见?转念一想,既如此,何不依其要求,做一篇新式八股?念动之间,烦扰即去,遂"欣然命笔",拟成五百言:

> 主要从事法律史及法律社会学等领域之研究,著作八九种,文章数十篇,主编法学类丛书两种,编辑社科类书刊一种,组织学术活动逾百;曾游学欧美,讲学港台,足迹至于海外,略为人知。
>
> 以读书为乐,以学术为业,研究涉乎古今,比较及于中西,唯古文不精,西文欠通,学术碍难专精。虽然,每著一书,每撰一文,必苦心孤诣,力求发人所未发。立言不求传世,但求无愧己心,不负读者。
>
> 尝追随法儒孟德斯鸠,以文化阐释法律,以法律阐释文化,创为法律之文化解释。自法学出,然素尚史学之视界广

博,哲学之分析精微,群学之方法贯通,尤喜人类学之观察细致,反思深刻。治学不拘一格,凡有用之材料、可行之方法,尽皆援用,而少受制于学科界分;重意义世界、俗民生活、自生秩序;运思在史学与哲学之间;惯以解释立场,求理解之可能。

学重说理,文尚简约。善倾听,不因人废言,唯公是听,唯理是从。不变于己,无改于人。有所为,有所不为。行事在可为可不为之间。无意于事功,尤不以改造世界为务。入学界数十载,先执教鞭于大学,后专著述于研究院,以发表之文字计,年不过数万言,若以申领课题之数量论,则一无可陈。唯平生所为,率皆无违乎己心,故亦足自满也。

所谓自满,当然不是指"业务成就"。要讲"业务",我可以呈上这两卷小书,至于它们能否称得上"成就",或者,可以算是何种"成就",那只能由读者去检验和判定了。

梁治平
2012 年 7 月 19 日
西山忘言庐

《梁治平自选集》二卷,即《法律史的视界》和《法律何为》。桂林:广西师范大学出版社,2013 年。

序《公羊学引论》

十数年前,我与蒋庆兄同时就读于西南,彼时,我们相识而无往来。毕业后,大家各分东西,不通消息,直到两年之前,我们聚首北京,促膝长谈,始由相识而进于相知。

蒋兄志于学,精于思,勇于行。先曾钻研佛典,以其空寂无所寄托,转而问道于耶教,又因彼隔膜难以打通,终归于儒学。这一段心路历程不但标示出他欲行救世之志向,而且也表明了他在儒学传统中采取之特殊立场。

蒋兄上下求索,坚持不懈,端因其内心焦虑无以平复之故。此种焦虑固然为生命的,同时亦是当下的、历史的和制度的。蒋兄遭受种种现实之压迫与刺激,不堪忍受,奋起而行,其苦痛乃是当下的,其欲疗救之创伤亦是当下的。只是,与一般倡言"理性"、屈从"规律"者相反,蒋兄强调历史,推重产生于历史文化中之智慧,坚信传统乃再生之源。同时,他又相信人心系于制度,对于社会问题之解决,典章制度具有不可取代之功效。由此一立场出发,他就不但弃绝了所有出世的和末世的宗教,而且还对儒学中偏于

"心性"且至今不衰的一支提出了批评。在蒋兄看来,"心性"之学乃是"为己"之学,于政制甚少贡献。强以此学为儒学全体,即是否定儒学之政治智慧,结果在今日只能是舍己从人,"全盘西化"。蒋兄于此特标出"公羊学",以为"公羊学"乃政治儒学、制度儒学,为儒家政治智慧集大成者,其内蕴宏富,义理精微,足以为今人所用,重构儒学,重建中国文化。

两年前既已闻此议论,惜乎未得其详。近日蒋兄重来,随身带了这部《公羊学引论》,我得先睹为快。读后静思,头绪繁多。这里只说几句书外的话。

蒋兄不但相信《春秋》为孔子所作,《公羊传》为孔子自传,公羊口说为孔子亲说,而且相信孔子为王,孔子作《春秋》是要为万世立法。这纯是公羊家的立场,也是两千年前世间颇流行的看法。后来因为种种缘由,是说日衰,延至近代,世人假科学、理性之名看待古史,以怀疑始而以否弃终,于是,孔子可以为道德家,可以为哲学家,可以为教育家,独不可以为王。近代"世俗化"运动之是非功过姑且可以不论,先要问下列问题:公羊家所持之论有无根据?曰有。其根据是否充分?曰充分亦不充分。以世俗理性之立场必以其为不充分,以信仰之立场必以其为充分。理性可证历史真伪,信仰能否探得历史真实?曰能。蒋兄不但征诸文献,诉诸推理,且以同情之想象贯注于历史,以彼忧患之心去体察两千年前古人的焦虑之情,因能得历史真实。他的立场是信仰者的立场,他的信仰是生命鼓荡其间的信仰。吾人追循其思路,善察之,体认之,必有所得。

依蒋兄所见,公羊学肇始于孔子,自春秋而秦汉,绵延七百余年,予生民以慰藉,给时代以希望,更为此后两千年之中国制度奠定基础。东汉以还，古文学兴，公羊家一蹶而不振。清季，公羊学复兴，求微言大义，托古以改制，同样是行此批判之事。再往后，儒学衰微，传统失落，经学遂成绝学。古之人不喜公羊学，以其非媚世之意识形态；今之人不兴公羊学，以其为儒学古董。两千年之诋毁与误解可谓深矣。然蒋兄何以于儒学之中专治经学，于经学之中独事公羊？我以局外立场观之，于上述蒋兄之历史信仰之外，还见出更深一层原因。春秋之世，礼崩乐坏，政治混乱，人民无靠，于是公羊家出，怀抱救世热望，持守大道，批判现实。而自19世纪中叶以降，政治之黑暗，社会之腐败，日甚一日。无秩序，无理想，人心漂荡，精神失落。在我国5000年历史上，这两个时代最像，是以最多仁人志士，慷慨悲歌。蒋兄以其一己之生命体认与历史信仰，独宗公羊。上追孔圣，下继前贤，由先秦之孟（轲）、荀（卿），接前汉之董（仲舒）、何（休），而晚清之康（有为）、崔（适），欲振经学于当世，继绝学于未来。这自然不是学究气的经学研究，而是贯穿以生命信仰的致用之学。蒋兄用心良苦，吾人岂可以不察？

70年前，国人众口一辞，曰礼教杀人，孔学当废。今之人回首往事，恍若南柯一梦。传统当重新评估，此渐成学界共识。时人之喜谈传统创造性转化即是著例。然而倡言此说易，实行此说难。海外学人注目于未来，以儒学为后工业社会之精神滋养。蒋兄独不以为然。儒学生于斯，长于斯，乃中国文化根基，倘彼不能为今日之中国人提供精神支撑与引导，不能救世于斯，光大于斯，何以言收拾人心于世界未来？蒋兄作《公羊学引论》，综述前贤，阐发古义，正非为门户之辨，而实欲沟通中西，融会古今。然而为传统之现代诠释谈何容易！我国文化源远流长，自成一格，义理精微，至大至深。唯两千年间，政治上实行专制，经济上重农抑商，社会中以家族为本，文化上严义利之辨。凡此种种，若欲推陈出新，使与现代生活相融合，进而成未来中国文化再造之源，又岂是"去其糟粕，取其精华"八个字可以阐说清楚。但凡历史中之价值，无论其超越性若何，总不能免于有限性与偶然性之纠缠，因此，成功的诠释者，必擅长于"剥离还原"之法。"剥离还原"者，但去其皮肉，不坏其筋骨，如此，方可以推求本源，探得真义。我观是书，蒋兄于此用心极深。唯因世人昧于经学，于公羊家隔膜尤甚，蒋兄不能不以大量篇幅阐说经义，正本清源，其对于传统之现代阐释虽不乏精粹，终不能全面展开，这方面更系统更深入的论说只能待于来日了。

最近十数年间，海内外从事于传统思想之现代诠释者日众，然抱持济世之心，汲汲于传统政治智慧之现代义，而以公羊传人自居者，唯蒋兄一人。彼在南方一隅，置身"商潮""股风"之中，不独平日所思所想无人可以交谈，其甘于寂寞一心向学的态度也与周围人事格格不入。难得他数年如一日，隐于市，不动心，信弥笃而志弥坚。终于撰成此书，是不负前贤，亦是尽性立命。是书涉义广而论世深，见仁见智，读者自具慧眼。蒋兄命我作序，我不敢推辞，聊缀数语于此。是为序。

原载《公羊学引论》1995年6月版（此文写于1992年）

序《法理学的世界》

《法理学的世界》原来有一个副标题：从香港看天下。不知为什么作者后来没有用这个副题。其实，这是个很切题的说法。弘毅教授在这本书里谈主权与人权、国内法与国际法、现代与后现代、诉讼与调解、法家与儒家、社会与国家、香港与内地，还有立宪主义、"一国两制"、违宪审查权等等，纵横古今，出入中西，当真是立足香港，放眼天下。我读收在这本书里的文章，感觉印象深刻的，第一便是作者这种放眼天下的眼界与胸怀。

作者对法理学问题一直有浓厚兴趣，不过，他的法理学思考并非托于空言，而是建立在坚实的生活世界之上，贯穿于对历史和当下各种具体制度、活动、人物、事件的观察和分析之中。也因为此，他的法理学世界不但包容广大、丰富多彩，而且极富人间性。这一点同样令人印象深刻。

弘毅生于香港、长于香港、服务于香港，对香港爱之也切，知之也深。我一直以为，他关于香港政制、法律与社会所写的篇什最见功力。这一集收入作者讨论香港法律问题的文章四篇，均是对当下重大法律与政治问题的理论思考。作者认为,"一国两制"的构想与实践不但对香港市民有意义,对中国法学工作者也有意义。我对这种看法极表赞同,理由是:香港法制已经是中国法制的一部分,谈论中国法律者不可不注意之。进而言之,不但"一国两制"政治试验的成败将决定香港法的未来,这一特殊经验的取得对于中国未来政治与法律的发展也将产生深远影响。

收入本书的文字,大多是作者应学术会议或学术刊物之请而写,虽然,它们绝非应景之作。弘毅为人谦和,为学则极认真。他的文章兼有思想清晰、论证缜密的优长,而这正是一个好的法理学者应当具有的素质。我把弘毅教授的这部文集推荐给汉语世界的读者,相信大家会像我一样从中获得阅读与思想的快乐。

梁治平
2002 年 12 月 5 日写于北京万寿寺寓所

《法理学的世界》,陈弘毅著,中国政法大学出版社,2003 年。

序《法治与文明秩序》

一本书写得如何，要看作者的资质和能力。书的内容是不是有趣，思想是不是深刻，需要读者去判断。在读者和作者之间，最无存在必要的便是作序的人了。明知如此还要去扮演序人的角色，固然是因为不愿拂作者的美意，编者的职责也让人觉得不好推托。

理由虽然有了，仍觉得下笔困难。写些什么呢？不能画蛇添足，也不要强加于人，却要言之有物。难。古人云：知人论世。又云：文如其人。读其书，知其人。了解了人，书的意思也更明白了。就说说人吧。

本书作者於兴中博士属于"文革"后上大学的这一代人。上学前下过乡，大学毕业后不久便留洋，一去十数年，或读书，或教书，或从事研究，一直浸淫于西洋法律思想和学术之中。虽然如此，中国经验却在他身上早已深入骨髓，不能忘怀，而他也自觉运用这一文化资源去观察、体认和思考，成就了一种兼容并包、平衡折中的理性批判立场。比如，他欣然接受人权观念，同时也指出权利观念以外其他人类价值的重要性。又比如，他肯定法治所代表的基本价值，但又指出法治秩序的局限性，认为法治要与其他文明秩序互补才能成就更加理想的社会生活。再比如，他一方面认可和接受现代性的重要成果，另一方面对后现代思想又有同情的理解。

本书的文章分作四个部分，大抵由广而狭，先谈文明架构下的法律和政治秩序，继而讲法律的理论与学说，再谈运用法律的技术，最后谈到香港的法律制度。这种安排不只表明了作者十数年来用心之所在，而且反映了作者的生活经历。作者曾经对法律与文明秩序问题思考良久，他在哈佛大学完成的博士论文就是围绕这一主题展开。法理学算是作者的本业；法律解释和推理是他在一些大学讲授的内容；而香港法律制度进入他的视野，应当与他后来在香港的大学任教有关。

了解於博士的人都知道他性格沉潜，为人敦厚。二十多年间，於博士出入学府，辗转东西，称得上行千里路，读万卷书，唯述而不作，疏于著述。只是近几年与国内联系较多，因朋友之请或者会议之约，才陆续写了一些长短篇什。这些文字也像其为人，轻描淡写，不事张扬。作者不作长篇之论，但是厚积薄发，举重若轻，让我们在一窥学术与思想堂奥之时，也得享阅读的乐趣。

可能有读者已经在其他地方读到过本书中的一些篇什，但是作者将这些文章结集出版却还是第一次。而有机会将本书列入"法律文化研究文丛"出版，并借此把作者介绍给更多的读者，则是我的荣幸。

梁治平
2004 年 10 月于北京奥园寓所

《法治与文明秩序》，於兴中著，中国政法大学出版社，2006 年。

序《在东西方之间的法律哲学》

最初读到田默迪博士的这部书稿大约是在 1995 年。那天,中国艺术研究院中国文化研究所的刘梦溪教授拿了一本装订整齐的打印稿给我,说这是最近德国《华裔学志》的友人所寄,寄稿人对这部书稿未加说明,据他推测也许是想看有无可能在他主编的《中国文化》上发表。因为涉及法学,刘先生以为最好由我稍加审阅。

对我来说,吴经熊的名字不能算陌生。早些时候在图书馆翻检旧籍,读到过吴氏法学研究的一些篇什,后来受人之托编选 20 世纪中国学术要籍之法学部分,也曾打算收入吴氏的代表性著作。不过总的来说,吴氏确是一个遭人遗忘的人物。坊间早已看不到他的著作自不待言,就是他早年的代表性论著如《法律哲学研究》,在图书馆里也不容易找到。1989 年我在美国哈佛大学的燕京图书馆搜寻此书未得,后来回国在北京图书馆的善本书阅览室里查到书目,又预约了时间去读,结果还是未能读到。如今有人以吴氏为研究对象,写成专书,自然引起我很大的兴味。读完书稿,写了一个简要的意见,兹录于下:

在中国法学史上，吴经熊占有一个特殊的和引人注目的位置。

吴经熊（1899—1986年），浙江宁波人氏，1917年入东吴法学院，1920年入美国密歇根大学法学院，翌年毕业，并获资助前往欧洲游学，两年后返回美国，在哈佛法学院做访问研究一年。1924年，吴氏回到中国，历任东吴法学院教授、院长，上海临时法院法官、院长，南京立法院起草宪法委员会委员等职。

吴氏对法律哲学抱有浓厚兴趣，并于游学欧美期间，博览群书，精研西学，而与当时最杰出之法学家如德国新康德派法学家 R. Stammler、美国现实主义法学家 Holmes 大法官、社会学法学领袖 R. Pound 等人之个人友谊更使他对当代法学思潮有深入精微的了解。不过，吴氏始终是从一个中国人的立场去观察和了解世界的。自清末变法改制以来，中国人面对的一个突出问题便是法律移植过程中的文化冲突，这一问题反映在吴氏身上，便是对中、西两种法律传统持久的关注和在理论与实践两方面试图调和这两种不同文化传统的努力。

吴氏于20世纪20和30年代曾经撰写了数量可观的法学研究的文字，不过总的说来，吴氏自己的法学思想缺乏系统的构造与完整的表述。尽管如此，作为主流法学家，他在30年代就被人推许为一个中国法学派别——新分析法学——的领袖人物，其影响不可低估。事实上，由于种种今人尚未充分注意和了解的原因，自20世纪初大规模移植西方法律以来，中国几无真正意义上的法学家产生，如果有，则吴经熊氏便是其中最可注意者之一。遗憾的是，由于个人的和时代的原因，40

年代以后，吴氏在法学方面的影响逐渐减弱，在中国内地，甚至其名字也被人遗忘。在一些主要图书馆里，最能代表吴氏法学思想的著作亦难寻觅，遑论对其人其学的了解与研究。因此，时隔半个世纪以后，重新去了解吴氏的法学思想，检讨其中得失，其重要性不言而喻。

田默迪博士的博士论文《在东西方之间的法律哲学》，对吴经熊早期法律哲学做了细致的比较研究，该文分两篇十一章，以时间与著述为经纬叙述吴氏的行止和思想，其重点则是探究吴氏致力于认识和沟通中、西两种文化的过程，看不同的文化和禀赋如何影响并反映于一个人的思想，以及个人在其思想的形成过程中如何由不同的文化背景中获得资源并找寻适当的表达方式。在进行这项微妙研究的过程中，田默迪博士表现出对相关材料和论题的充分把握。而比这些更重要的，是田博士由其个人经验和与吴氏本人交往的经历中所获致的的对吴氏生活与思想的整体性把握。由这种整体性了解出发去叙述和阐说吴氏的思想经历，虽然不一定能够为每一个读者提供其所需要的东西，但肯定是切合其研究对象的和富有启发性的。

田文汇集了吴氏20世纪20、30年代的所有重要论文，并按年代顺序和文章题旨，以引述为基本的方式，一步步展示吴氏的思想，使读者有可能完整和真实地了解到吴氏的思想。文后所附"吴氏著作一览表"更搜罗了吴氏一生中发表和未发表过的绝大部分文字的目录，颇便利用。

本文倘能以适当方式在中国大陆出版，则不仅能够帮助读者重新了解吴氏及其所代表的时代与思想，亦将对中国当代法学研究产生积极的影响。

没有想到这个"以适当方式在中国大陆出版"的想法延宕了将近10年才成为现实。

最初，在征得刘先生同意之后，我打算把这部书放在"法律文化研究文丛"中出版，并请刘先生通过他在《华裔学志》的友人联络田默迪博士。出人意料的是，联络工作很不顺利，好几年过去了，田博士没有找到，就是这部书稿的来历也没有弄得更清楚。在此期间，中国政法大学出版社打出了书稿的清样，现在西北政法学院的王健教授也受我委托对书稿做了一遍资料核实和文字编辑的工作。只是，这些材料终因版权问题无法解决而被束之高阁。

2002年，就在我对此事已经不抱希望的时候，事情忽然有了转机。拜一位台湾朋友之助，神秘的田博士终于"现身"。原来他一直在台湾的辅仁大学任教，距离我们并不很远。3月间，我们通了电话。6月，王健博士访问台湾，专门与田博士见面谈出版事。然而，讨论的结果却令人失望。原来，田博士的书已经在奥地利出版，当时，台湾商务印书馆有意出中文版，正与那家奥国出版社商讨版权事宜。在此情形之下，我们如果还要出版此书，就只能先等上一阵了。不久又有消息传来，因为奥国方面索要版税过高，台湾商务印书馆决定放弃原来的出版计划。现在轮到我们了。奥国出版商仍然坚持高价，我不愿让出版社为这样一本小书花费太大，也决定放弃。应该说，本书最后能够出版，完全是因为李传敢社长的坚持和支持。我与传敢社长交往有年，对他在学术出版方面的眼力和魄力深为了解，这一次，我再次领受了他的信任和支持。

版权问题迅速得到解决，出版的障碍遂不复存在。我再次委托王健博士对书稿做必要的加工。今年3月，王健博士携校订稿来京，我们见面最后商量定稿。这部拖延近10年的书稿终于可以付梓了。这10年里,中国政法大学出版社出版的《二十世纪中华法学文丛》已出十余种,一套专收民国时期法学论文的丛书也已同读者见面,而吴经熊的名字仍不数见。倒是吴氏1951年出版的英文自传《超越东西方》的中译本两年前在大陆悄然问世,尽管那本书中不乏讨论法律问题的篇章,但那毕竟是一个天主教徒而不是一个法学家的自传,因此基本上仍在法律学人的视野之外。有鉴于此,在长久的延宕之后出版这部吴经熊法律哲学研究,仍然是适时的。

如前所述,这本小书的出版一波三折,旷费时日,最后终能成书,端赖多方的支持与合作。刘梦溪先生提供了最初的书稿,田默迪博士本人为本书在中国大陆出版提供了各种便利,李传敢先生对这项计划给予了无条件的支持,王健博士两度仔细校订了书稿,并编写了吴经熊简介和本书作者简介,出版社张越女士做了大量的协调工作。我谨对他们和这里不能一一提到姓名的帮助本书出版的其他人深表谢意。同时我也相信,他们的、也是我们大家的努力是有价值的。

2004年4月1日于北京奥园

序《天下的法》

对许多人来说,公益法是个陌生的概念。这并不奇怪。因为就是法律中人,若非有专门研究,对这个概念多半也是一知半解。这也不奇怪。因为所谓公益法,并非传统上可以归于公法或私法的任何一个法律部门,毋宁说,它是跨越多个法律领域的一种法律实践,而且,作为特定时代的产物,它的历史并不算长。然而,也因为如此,这个在概念上让我们感觉陌生的"法",在生活中离我们并不遥远。

几年前的孙志刚案件,人们都耳熟能详。在那个事件中,3位法学博士以公民身份公开致函全国人大常委会,要求对《城市流浪乞讨人员收容遣送办法》的合法性予以审查。在中国语境中,这一举动被视为具有示范性的公益法事例。一些针对社会歧视、消费者保护和环境污染而提出的诉讼,也是公益法的典型事例。这些事例具有一个共同特点,它们都是"以公益之名推动制度和变革,并倡导公民对公共事务的参与"(本书第一章)。

像其他许多法律制度和概念一样,公益法之名最初是译自英文 public interest law。不过，中国的公益法实践，并不能用这个英文词来简单地说明。就像另外一些传来的制度和概念，公益法终能在中国的社会土壤中扎根生长，根本原因还在于，它能够被生活在这里的人们用来解决自己的问题，而这意味着，它的动力和能量，它所利用的资源，它聚集力量的方式，主要都出自这个社会、这个时代。

自20世纪80年代以来，中国的法律发展经历了不同的阶段。着眼于法律与社会的互动，我们今天所处的阶段或者可以被称为"维权的时代"。关于这个时代的特点，我曾在其他地方述及：

首先，法律日益深入到民众日常生活之中，越来越多的普通人开始运用法律实现其主张，保护其利益，在此过程中，他们不但激活了法律，也参与和创造了法律。这种参与打破了以往官方对法律的垄断，同时拓展了法律的疆域，丰富了法律的内容，使法律成为社会中不同个人、群体和组织均可利用的竞胜场所。法律话语正日益成为不同利益的表达方式，也成为社会互动的一个重要渠道。

其次，维权并非革命性诉求，而是现行体制架构内的行动。尽管如此，这种行动对于推动变革、改善制度仍有重要意义。这是因为，中国当代的政治、法律制度，作为百年来内外压力下一系列革命、运动和制度移植的结果，并非单一、严密的封闭体，而是内在地包含了诸多矛盾和紧张，这就为维权行动提供了可观的开放性空间。这同时也意味着，中国的法治运动具有某种开放的可能性（更详细的论述，参见拙著《法治十年观察》序）。

中国公益法的兴起，放在维权时代的背景下看得最清楚。实际上，公益法实践就是一种维权，只不过，这种维权行动的目标，主要不在个人利益，而是更加广泛的公共福祉。而且，可称为公益法实践的维权行动，具有更严格的法律行为特征。其行动者，无论个人还是组织，对所采取的行动及其方法和目标，也具有更强的自觉意识。前面提到的孙志刚案中的公民法律行动，就是出于法律人的精心策划。其目标甚至不只是一部法律的存废，而是合宪性审查制度的建立。那些针对比如垄断行为、不合理制度和政策的诉讼，具有同样的特征，它们因此被称为公益诉讼。因为公益法的这种性质，法律人在这种法律实践中就扮演了重要作用。当然，只有那些具有较强公益意识的法律人才会投身于这一事业。

本书正标题《天下的法》，让人想到黄宗羲在《明夷待访录》中的一段议论：

> 三代以上有法，三代以下无法。……此三代以上之法也，因未尝为一己而立也。后之人主，既得天下，唯恐其祚命之不长也，子孙之不能保有也，思患于未然以为之法，一家之法，而非天下之法也。……此其法何曾有一毫为天下之心哉！而亦可谓之法乎？

以法为天下之法，视一家之法为非法，这是中国古时的传统。然而在20世纪的革命当中，这一伟大传统却被颠覆和抛弃。结果是，法之阶级性压倒和取代了法的公共性。如今，公益法实践者所做的，正是要利用数十年来法律与社会变迁带来的契机，在新的社会条件下，重新赋予法律以公共性，让法律恢复其大公的性质。

本书的3位作者，贺海仁、黄金荣和朱晓飞，既是法律学者，更是公益法的实践者和研究者。他们合著的这本公益法实践研究报告，对在中国兴起的公益法运动，有深入的观察和分析。透过他们的观察和分析,我们对中国公益法运动的动因、性质、主要形式及特点,相关制度背景以及其中各方的行动逻辑,推动公益法实践所面对的困境,以及中国公益法运动的前景等问题,会有一个基本的了解,对中国公益法实践者的追求、努力及个中甘苦,也会有一点真切的体味。法律人向以公平、正义的追求者自许,但在现实中,尤其是在当下的中国社会,要维护法律的这些基本价值,人们经常要付出高昂代价。正因为如此,我对本书这几位作者,还有他们所代表的那个群体(我认为这个群体比报告中写到的更大),一直深怀敬意。在我看来,他们所从事的事业虽不足以代表法律的全体,却涉及法的根本,且为我们的时代和社会所亟需。而他们以法律为公共事务的想法,他们执着于公共利益的精神,还有他们通过法律服务于大公的理想,所有这些,也都恒具价值,令人肃然起敬。

我期盼着,本书的出版,能让更多人注意到中国的公益法事业,进而吸引更多的人,以适合自己的方式,直接或间接地参与到这一事业中去。广泛的公众参与,原本就是公益法实践的一个目标和特点。天下之法,人人得而言之。也只有当天下人皆视法为己务之时,天下之法才能够变成为现实。

梁治平

2011 年 6 月 28 日写于西山忘言庐

《天下的法:公益法的实践理性与社会正义》,贺海仁、黄金荣、朱晓飞著,社会科学文献出版社,2012 年。

序《法律的灯绳》

中国古代,法律用于惩恶,所谓讲法律以儆愚顽。这个传统,一直延续到20世纪,甚至不绝于今日。其表现于前,有以法律为专政工具的意识形态,绵延于今,有凌驾于个人权利之上的国家主义。不过,共和时代的法律,毕竟不同于古昔。不但普通法律之上有宪法,公法之外有私法,即使名为刑法的这支法律,也大不同于传统的刑律。二者最大的区别在于,人权的价值、权利保障的理念,贯穿于现代法制——包括定罪名之制的刑法。中国今日之刑事法律制度,其实是在此二者之间,仍在传统刑律转向现代刑法的途中。当下中国社会诸多问题,折射于刑案,如刘涌案、赵作海案、佘祥林案、崔英杰案、许霆案、梁丽案、邓玉娇案、李庄案、吴英案等,成为公众关注焦点,主要原因在此。

仁文,刑法学者,其关怀却不止于刑法一科。他面向社会,向公众发言,但不从流俗,坚守独立思考的理性立场。他也从理性中抽取原则,但并不高标理想,罔顾经验与现实。这些特点,在他关于比如"见危不救"应否入刑、"欠薪"应否写入刑法、劳动教养制度改革等问题的讨论中，表露无遗。仁文也是死刑的坚决反对者。他对死刑问题有系统而深入的研究，并在各种不同场合宣讲其反对死刑的观点。同这种观点相一致，他始终反对重刑。在他看来，中国的刑法，不但死刑过多，而且总的来说，刑罚也过重。所以，对于各种想要通过订立新罪名或者加强刑罚来解决社会问题的想法，他多抱持怀疑和审慎态度。

大约一年前，有若干法律界同人，就推动中国的禁止虐待动物立法发出呼吁。仁文对此事抱有同情，但同时又对将虐待动物行为入罪表示疑虑，他的基本考虑，就是中国的刑法已经过重，设立新罪当慎之又慎。他还强调说，中国的刑法所规定的内容，大体相当于欧美国家刑法上的重罪，中国的治安处罚法等行政性处分所针对的行为，则与那些国家法律规定的轻罪和违警罪相当。因此，如果要对比如虐待动物行为予以处罚，也不一定要动用刑法。

仁文的考虑当然不无道理。不过，法律的规定究竟怎样算重，怎样算轻，有时，这个问题没有简单的答案。依香港法例，地铁、列车上饮食者，可罚港币2000元；公共场所吸烟者，罚款可至5000元。如此规定，重耶？轻耶？对虐待动物者处刑是更好的事例。香港《防止残酷对待动物条例》订立于1935年，后迭经修改，沿用至今。据该法，残酷对待动物者一经简易程序定罪，可处罚款5000元及监禁6个月。类似立法见于世界上许多国家，在中国内地以外地区亦非孤例。台湾1998年即有《动物保护法》，对违反动物保护之行为，可分别情况，处以最高至新台币25万元的罚款，其涉及刑事责任者，移送司法机关侦办。2009年，台北地方法院援用该法，判处虐猫人丁某有期徒刑1年6个月。后丁某上诉至台湾高等法院，获改判为有期徒刑6个月。中国内地尚无此类立法，因此，从残忍的活熊取胆，到牲畜家禽的活体注水，到罔顾动物生存基本需求的各种行为如野蛮运输、过度利用，甚至以虐待甚至虐杀动物取乐，这类每天且常常大规模发生之行为，无一被视为犯罪。然而，人们显然不能因此得出结论说，中国内地的法律更合理、社会更文明、法律与社会的关系更协调。实际上，在当下中国，上述虐待动物行为已经不具有道德上的正当性，反对虐待动物的个人和组织、言论和行动，也早已成为一种不容忽视的力量。在此情形之下，立法的滞后显而易见。这时，单纯因为担心刑法过重而反对设立虐待动物罪名，恐怕不是一个有说服力的理据。相反，要判断某个新罪应否设立、罪名是否妥当、罪刑是否相宜等，需要从社会现实出发，综合理性与经验，对所有相关因素详加考量后而定。这一程序，与考虑应否减少死刑、减轻刑罚，其实并无不同。

诚然，中国现行刑法死刑过多，生刑过苛，这些事实不容否认。不仅如此，那些名义上只是行政处分的制度如劳动教养，其严苛甚至较刑法更甚。然而在另一方面，中国的法律常常不能被严格地和公正地施行，以至于各种违法犯罪行为大行于世，却不受法律明定的惩处。这种情形，与法律名义上和事实上的严苛恰成对照。这些，是所谓中国国情的一部分，也是中国的刑法学者需要面对的问题。也因为如此，中国的刑法学者，不能只关注刑法条文，还应当关注社会，关注现实生活中的法律，关注法律与社会的相互作用。

仁文正是一个视野宽广、胸怀广大的刑法学者。他热情、积极、诚恳，富有正义感，他希望用自己的知识和行动，影响和改变社会，让这个世界变得更美好，让这里的人活得更有尊严。这目标很大，但也很具体，具体到一次行动、一篇文章。因此，我们不妨透过这本小书，认识仁文，认识他的事业。这个事业，其实与我们每个人有关。

梁治平
2012 年 2 月 14 日于西山忘言庐

《法律的灯绳》，刘仁文著，中国民主法制出版社，2012 年。

《秩序与信仰》中译本序

读者面前的这本书,是伯尔曼(Harold J. Berman)教授的一本论文集。其英文原书出版于1993年,中译本则是在2011年面世。这也是作者个人论著被译为中文出版的第4本书,在此之前已翻译出版的,有脍炙人口的小册子《法律与宗教》(1991,增修版,2003/2012),还有关于西方法律传统的鸿篇巨帙《法律与革命》(第一卷,1993;第二卷,2008)。这些中译本,包括这本《信仰与秩序》,曾经(大概现在也仍然)被广泛阅读,乃至于同伯尔曼的名字相连的某种思想和观点,也广为流传,变得耳熟能详了。

伯尔曼的研究涉及法律、历史、宗教等多个领域。其中,他关于西方法律传统的撰述,不但篇幅巨大,史料丰赡,而且识见独具,思想深邃,颇受世人推重。曾任耶鲁大学法学院院长的卡拉布雷西就说,以其对于法律现代性的历史和比较研究所达到的深度论,伯尔曼是唯一可与马克斯·韦伯比肩的美国人。但有意思的是,在伯尔曼眼里,韦伯的法律社会学不足为训。因为在他看来,韦伯及其追随者蔽于世俗化和理性化的观念,不见植根于法律生命深处的宗教要素。正是这类认识和理论,造成今人对自己法律传统的隔膜,阻碍了未来新秩序的发展。而他毕生的努力,就是要消除这一蔽障,重现法律与宗教之间的联系和互动,并在此基础上,展现一种富有活力的新的法律,新的宗教,一个面向未来的新的世界秩序。拥有这般见识和抱负的人,已不单纯是一般所谓专家学者,而有几分先知的味道了。事实上,只是法学家的缜密思维,历史家的宏阔视野,尚不足以成就伯尔曼的思想世界。帮助伯尔曼融贯法律、宗教和历史各个领域,支撑起他全部思想的,是信仰,一个身为法学家的当代基督徒的信仰。要说明这一点,最好的证明,也是最好的导引,就是这本《信仰与秩序:法律与宗教的复合》。

与大多数论文集一样,《信仰与秩序》收录作者历年文字,分题汇集。但这却不是一本普通的文集。因为一方面,收录在这里的文字,前后跨度逾 50 年,展现了作者一生的思考和追求。另一方面,书中收录的文章,在类别上涵盖了作者全部的研究领域,同时多数又以演讲的形式,如毛细血管一般,伸展至作者思想的各个角落。因此,一册在手,读者便能够相当完整地了解作者的学术、思想和精神世界。

照伯尔曼的说法,这本文集的主题是:"一个社会的法律秩序,即调整社会的形式法律制度、结构、规则和程序,本质上与关于生命根本意义和历史终极目的的基本信仰,也就是宗教信仰,紧密相连。"(文集中译本"序",第 1 页,以下引此书只注页码)其实,这也是贯穿伯尔曼所有论著的主题。现代社会,法律日益世俗化、理性化、工具化,不再是目的本身。功利主义和实用主义法学理论盛行,它们注重的,只是法律解决实际问题的效能。然而,人们愈是看重法律的效能,法律愈是衰败。其结果,法律的怀疑论、相对主义和虚无主义以各种面目流行于世。而伯尔曼自己，作为一名法学家，并不只是以法律为业，而是对法律抱有坚定不移的信念，相信法律乃安排人类事务所不可或缺者，是展现人类美好价值的不二法门。这种信念，源自他个人的宗教信仰，也源自他对于西方法律传统的深刻理解和自觉承续。

不久之前，曾有一位经济学人对拙译《法律与宗教》中"法律必须被信仰，否则它将形同虚设"（Law has to be believed in, or it will not work）一句提出质疑，以为伯尔曼此言中的 believe in 并无信仰之义，而且在他看来，"把法律同信仰放在一起"本身就是问题。对于这一批评，我已在其他地方略加回应（参见拙文：《法律的信与信仰》，载《文汇报》2015 年 12 月 18 日），不赘述。不过在这里，我倒想借此机会讨论与之相关的另外几个问题。

第一个问题是，伯尔曼所言"法律须要被信仰"究竟是什么意思？是说只要是法律，或者被称为法律的任何规范、规则、指令、程序，都可以要求人们的信仰，应该得到人们的信仰，或值得人们去信仰吗？显然，这不是伯尔曼的意思。如果法律只是一种政治工具，是人们获取其利益、维护其权力、实现这种或那种目的的手段，它凭什么要求人们信仰？其实，这正是伯尔曼自己提出的问题，也是他想要通过重建法律与宗教的联系来解决的问题。他在指出法律与宗教皆具有仪式、传统、权威和普遍性诸要素时说，这四个要素把一个社会的法律秩序同这个社会对终极超验实在的信仰联系在一起。它们"赋予法律价值以神圣性，并因此增强了人们的法律情感：权利义务意识、公正审判的要求、对适用规则前后不一的反感、受到平等对待的愿望、忠于法律及相关事物的强烈感受、对不法行为的痛恨。这些情感是任何法律秩序都必不可少的基础，它们不可能从纯粹的功利主义伦理道德中得到充分的滋养。它们需要一种信仰来支撑,即相信它们具有先天的、根本的正确性"(第4页)。那么,同一个社会"对终极超验实在的信仰联系在一起"的,应当是一种什么样的法律秩序呢?除了上面提到的这些,伯尔曼还提到,对西方社会而言,那些"即便不是出自《圣经》原本,也是符合《圣经》的"各种原则(《法律与宗教》商务版,第82—83页),或者,对文明社会而言,与"十诫"后六条诫命相同的内容。总之,它应当是一个社会最珍视且视为当然的、在漫长历史过程中逐渐衍生、发展起来的那些制度化的原则、规范、规则和程序。这种意义上的法律秩序能够存在,并不只是因为它们具有某种功效,或能够解决某些实际问题,而在根本上是因为,它们体现了生活的目的、生命的意义或与之相连。相反,若只从功效角度来看待法律,损害的必将是法律的功效。进而言之,不见法律的宗教维度,不但会削弱法律实现正义的能力,甚至危及法律的生命(第4页)。所以他说:法律须要被信仰,否则它将形同虚设。

在《律法上更重的事》一文中,伯尔曼在回应索尔仁尼琴对西方的批评时区分了两种法律观,一种是"拘泥于教条的机械'律法主义'(legalism)",一种是"从正义感出发具有创造性、目的性的'合法性'(legality)"(第364页)。他承认,人造的法,若因其自身的缘故而被荣耀,受人敬拜,那便是偶像崇拜。要证明我们对法律的敬畏是正当的,那只是因为"法律指向的是高于其自身的事物"(同上)。在这篇文章里,伯尔曼再次提到耶稣批评"律法师"的著名段落:"你们这假冒为善的文士和法利赛人有祸了!因为你们将薄荷、茴香、芹菜献上十分之一,那律法上更重的事,就是公义、怜悯、信实反倒不行了。这更重的是你们当行的,那也是不可不行的。"（和合本《马太福音》23∶23）他引这段话来说明，律法的精髓是"公义、怜悯、信实"，律法上较轻的事如税收等虽然也"不可不行"，却要服从于律法的根本目的。换言之，法律与公义和爱并非对立之物。毋宁说，"法律实际上是将公义和爱融于关乎大众的社会环境的一种方式"（第367页）。对法律的这种理解完全符合西方法律传统，其核心是这样一种观念：上帝是立法者，律法系上帝所赐予，法律关乎拯救。在这里，因为对话者是一个具有浓厚东正教色彩的作家，伯尔曼自然地采取了一种，至少在一个异文化的读者看来，更具内在性的立场，而与前面讲法律与宗教的内在联系时有所不同。简单地说，四要素说采取的是人类学的立场，两种法律观采取的是历史的立场。前者对所有文化均属有效，对应于他瞩目的世界法；后者讲述西方故事，对应于他用力最多的西方法律传统。如果把作者个人信仰这一层也考虑进来，也许还可以说，前一种立场是社会科学的，后一种立场有时则近于神学。那么，这些不同的立场和倾向之间有什么样的联系？它们又以怎样的方式影响和塑造了作者的基本思想？

  伯尔曼身为犹太人，青年时期皈依于基督教，奉之终身。如此深刻和丰富的生命经验，为他提供了一个观察和参与世界的独特视角，不但塑造了他的法律观、历史观，而且决定了他的全部思想取向和智识上的努力，从早期的苏俄法研究，到西方法研究，再到对世界法的关注。这里，最让我们感到好奇的也许是，伯尔曼，一个具有坚定宗教信仰，而且不断从中汲取灵感和勇气的法学家，如何处理非基督教历史、文化和社会，如何论述这些社会中法律与宗教、秩序与信仰的关系？

  大概可以说，伯尔曼对西方法律传统的观照源自其自身（既是个人的，也是他所属的特定文化共同体的）的经验，而在把目光投向更广大的世界时，他一面将这种经验进一步抽象、升华（比如坚持法律与宗教的内在关联），一面把它层层淡化（比如采用更加宽泛的法律和宗教定义），让它与更多不同的人类经验相协调，从而具有更大范围的有效性。这就是他所谓的人类学立场。这种立场是宽泛的，可以容纳形态各异的部族、国家和文明，但又是统一的，是正在形成的世界法的基础。伯尔曼反对相对主义，但他的立场，也不是某种僵硬的绝对主义，甚至不是抽象的普遍主义。在《"基督教法学院"是否存在？能否存在？》（作者1991年在圣母大学法学院150周年院庆学术报告会上的演讲）一文中，他公开批评了新托马斯主义自然法理论的狭隘之处，首先是它的"过度理性主义"，它的被认为"在任何时间任何地点对任何人均同样有效"的论证方法，以及它只注重普遍有效的一般原则，而把构成变一般原则为具体裁决的历史背景的"环境和文化因素"弃置不顾的做法。在这篇讲辞里，伯尔曼再三强调历史意识、历史方法和具体情境的重要性，而这一点特别能够说明伯尔曼思想的特性。

在伯尔曼的思想里，时间的观念、历史的概念极为重要（参见拙译《法律与宗教》"增订版译者前言"。商务印书馆，2012年）。他使用的许多重要概念，如传统、历史性、世代、生长、发展、延续性、生生不息等，都与此有关。这恐怕不是因为他是一个法律史家，倒不如说，因为持有一种特定的时间观、历史观，他才如此看重历史研究。事实上，这种特定的历史观不只是把他引导到历史研究之中，而且也深深地渗入和支配了他对法律的哲学思考和他对世界法未来的展望。比如，在他力倡的融合政治、道德和历史的综合法学里，历史一维的作用被特别强调，这不只是因为，与实证主义法学和自然法学说相比较，历史法学久已遭人遗忘，需要复兴以平衡政治和道德，更因为他相信，在历史之外，政治哲学和道德哲学都将流于空洞。因此，只问"何为法律""法律与政治和道德有何联系"很难得到切实的答案。更重要的是问："何为法律传统？""法律所属共同体在长期历史上的关切在何种程度上影响和塑造、指引和决定了实证主义在分析上的关切和自然法论者在道德上的关切？"（第291页）历史的概念如此重要，是因为对伯尔曼来说，它不简单是物理上的时间观念，也不只是前后相续的机械编年，而是具有方向和目的含义的规范性之物。这样一种历史观念同样来自西方，来自犹太—基督教，是西方法律传统的核心意识。正因为如此，这种传统才不致沦为一般人惯常称之为历史的死的过去，而是能够连接过去与未来、为当下人们指引方向、提供意义的活的遗产。伯尔曼认为，19世纪的历史法学秉持的就是这种理念，它相信，"特定民族所特有的长期历史经验指引这一民族走向特定方向；特别在法律方面，特定民族法律制度的发展所历经的历史时代有助于确立制定和阐释其法律所应依据的标准，确立其法律制度的奋斗目标"（第286页）。伯尔曼今天所强调的是同样的理念。只不过，面对一个比百年前的世界更大同时也更小的世界，他的视野必须更加开阔，胸怀更加广大，思想更加包容。当他说，世界法生长的基础，主要不是民族国家的政治意志，不是自然法上的普遍道德秩序，而是人类共同体的生生不息的共同历史经验的时候，他心中想到的，恐怕就不单是"上帝所护持的历史"，而是渊源更加多样、内容也更加丰富的各种人群的历史。

2006年，年届耄耋的伯尔曼造访中国，并在多所大学发表演讲。某次，一位中国听众问他，是不是要信了上帝才能建立正义的法律秩序。伯尔曼的回答不失幽默:"那自然会有助益。"但他随即又说:不,不是非信上帝不可,但你总要**有所信**。起码你要信法。如果你不能接受上帝,那就注目于上帝写在我们所有人心中的法吧。即便孩童也本能地知晓这我们心中的法。世上每一个孩童都会说,"那是**我的**玩具",这就是财产法;每一个孩童都会说,"但你**答应**我了",这是合同法;每一个孩童都会说,"我没错,是他先打我",这是侵权法;他还会说,"爸爸说了我可以",这是宪法。归根到底,法律出自我们的人类本性,而人性终究只是上帝的形象。

听上去,伯尔曼这里讲的好像是某种自然法,但按照他的思想方法,这些原则的确切意蕴和意义,只有在具体的历史和文化情境中才能够呈现出来。而一旦引入历史和文化,整个图景就会立刻变得丰富多彩,充满挑战和可能性。只不过,对我们来说,这项工作恐怕还没有真正开始。

本文原标题为《一个身为基督徒的法学家》,系笔者应出版者之邀为伯尔曼著《秩序与信仰》中译本撰写的序言。

礼法之争再思

光绪三十三年，清廷修律大臣沈家本将《大清刑律草案》进呈上奏，据时人纪云，此"草案一出，举国哗然"。盖因这部"专以折冲樽俎，模范列强为宗旨"的刑律草案太过西化，竟至动摇了两千年来人们奉为国本的礼教。

以张之洞、劳乃宣为代表的"礼教派"并不反对学习西方、变法图强，但他们强调国情，以为各国礼俗民情不同，法律因之，所谓"天下刑律无不本于礼教"。他们更主张，变法之道，在立基于己，取人为用，而反对一味舍己芸人。而以沈家本、杨度为首的"法理派"则以大同之制、世界公例、进化之理为圭臬，严法律与道德之分，重公域与私域之别，欲以国家主义克服家族主义，以政法手段改造社会、再造文明。

如今，整整一百年过去，当年的激辩久已沉寂。历史似乎是在"法理派"一边：政治、社会、文化之革命锋芒所及，儒家社会解体，基于礼教的文明秩序分崩离析；现代法制蔚为大观，当年曾惊世骇俗的刑律草案早已不在话下；"国家主义"大获全胜，"规划的社会变迁"影响深远。然而,在目睹和经验了所有这些变革之后,我们蓦然发现,当年的礼法之争虽然早已烟消云散,但是隐藏其后的问题不但没有获得解决,反倒在这个"进步"了的全球化的时代,这个"法理派"梦想成真的时代,更加突出而尖锐了。换言之,那些缘道德主义与法律主义、特殊主义与普遍主义、家族主义与国家主义、自然主义与理性主义诸论争而浮现的困扰,于今较以往更为深切,也更加难以抒解。

在过去的一百年里,"法理派"的事业被人们发扬光大,但是从现在开始,"礼教派"提出的问题也应该被认真对待了。

本文系笔者应邀为《中国文化》撰写的"学人寄语",发表于《中国文化》2009年春季号,总第29期。

薪火相传的燃灯者

越胜嗜书，然甚惜墨，有文章，必为佳作。故此，我对越胜的文章总有双重的期待：希望他多写一点；俟篇成，必欲先睹为快。

过去这一年，接连读到越胜数篇新作，其中就有《忆宾雁》和他记年轻时友人唐克的这篇。8月，越胜携家人回京，朋友聚会时，他说到当时已经写作过半的《辅成先生》，更为没能在辅成先生离世前完成此文而备感遗憾。10月，稿成，越胜即以之传示友朋。越胜作文，或因朋友之请，或为朋友之故，他最想知道的，也只是朋友们的意见。既然不为发表，这些文字便有几分私人的味道。然而，作者所记述的人和事，蕴含的，却是这个时代的大悲大喜，几代人的生命经历。这样的文字，是不应当只在朋友的小圈子里流传的。

读毕《辅成先生》，我即函复越胜，略云：

> 此前读你写唐克的那篇，觉得写得很精彩，写宾雁先生的，则笔调深沉，情感浓郁，此篇似又深一层，描写更细而用

意愈深。相信任何人读毕此文，都会对周先生纯真而高贵的人格肃然起敬，对他身上体现出的一代中国知识人出于中西古典文化熏陶的价值情怀深怀敬意，而这些东西，现在已经逐渐淡化，甚至为人所遗忘。但这也正是此文重要处。能够代周先生剖白心迹，而将其理想和追求记录、传达于后人，令其薪火不绝者，这是第一篇也是最具分量的文字吧。周先生有你这样的忘年知交，可以感到欣慰了。我读大作时也在想，这样的文字不可只在朋友的小圈子里面流传，甚至也不应该只在海外出版物上刊出，那样太可惜了，而且也失去了她原有的意义。

这些文字终能公诸世人，诚为读者之福。

越胜在信里说，他有意将此集题为《燃灯者记》，又解释说：

> 燃灯者在佛家是指片语可开悟人的觉者。贩夫走卒，引车卖浆者皆可为燃灯者。辅成先生、宾雁不用说，是燃巨烛之人，而唐克小子亦是我的燃灯者。

不消说，越胜也是我辈友朋、读者的燃灯者。犹忆80年代，越胜与一班朋友问学论道，砥砺思想，终至开创一番事业，引领一时知识风潮。那几年，大约也是越胜"入世"最深的一段。不过，即便是在那时，越胜仍然保持着一份逍遥。他淡泊的心性，温润的友情，对古典文化的追慕，和对趣味的好尚，在朋友中间最具魅力。他家的小客厅，总有朋友满聚，煮酒吟诗，纵论古今。还有他筹划的那些令人难忘的出游：攀古长城，踏夕阳残雪，水中泛舟，月下放歌……山水之间，也是我辈精神滋养之所。

1990年，越胜去国。悠悠近二十载，世事丕变，人事亦然。这期间，我数度往巴黎。再见越胜，他率性依旧，爱家人，重友情，劳作之余，以音乐、诗歌为伴，说到读书，依然眉飞色舞，不改其乐。只是，他差不多与写作绝缘。不过，我知道，他心中的火焰从未熄灭，这些文字可以为证。我读这些文字，在莞尔与凝重、欢悦与沉郁之间，又被一次次地感动和启悟。读者诸君，也会有同样的体验吧。

梁治平
2009年岁末记于北京西山忘言庐

本文系为赵越胜著《燃灯者》所作序文香港牛津大学出版社2010年版。

《为政》答问七则

第一问：为什么会写这本书，这本书跟您以前的研究有什么关系？

梁治平：这本书是因为一个特殊的机缘促成的。关于这一层，本书"自序"有简单的交代，这里就不重复了。说说这本书跟我之前研究的关系。

我的研究领域之一是法律史，其范围就包括法律思想史。事实上，我的第一本专书（写成于1988年）就已经在处理这些主题了。这一点，看那本书的章名就一目了然，比如第一章"家与国"，第二章"刑、法、律"，第三章"治乱之道"，第七章"义利之辨"，第九章"礼法文化"，第十章"礼与法：道德的法律化"，第十一章"礼与法：法律的道德化"，等等（详参《寻求自然秩序中的和谐：中国传统法律文化研究》，商务印书馆2013年版）。不过，那本书并不是观念史研究，论及这些观念，也是从某个特定角度切入，把它们作为说明该书题旨的相关材料来加以运用。本书则不同，它以这些观念本身为研究对象，力图以客观、完整的方式，对这些观念做系统的梳理，包括对其源流及演变的追溯，对其基本形态的描述，对其含义及其变化的说明，对其意义及历史影响的展示等。显然，这种写法要求于作者的，与前一本书不同，这种不同，尽管没有达到古人所说"六经注我"与"我注六经"的程度，但至少在形式上，"我"要受的约束更多。毫无疑问，这种类型的研究自有其价值，也自有其困难处。

第二问：您的研究从一开始就属意于具有观念史意义的法政关键词，新著《为政》亦然。您是如何理解关键词对于法律文化研究的意义的？

梁治平："具有观念史意义的法政关键词"，这个说法很有意思。的确，我对中国古代法律传统的研究，从一开始就很注重关键字、词的意义，比如1986年的《"法"辨》就是从对"法"这个字的深度释义开始的，稍晚写成的《寻求自然秩序中的和谐》以类似方法处理的古代字、词、概念更多。不过，这并不是字、词研究或概念研究，它们不过是历史文化研究的导引，我感兴趣的，与其说是这些字词或概念，不如说是浓缩在这些字词和概念中的人类经验，我想透过这些研究说明的，是那些经验本身：这是一种什么样的经验？形成这种经验的原因是什么？它对后人意味着什么？等等。同样，这种研究也不是观念史的，只不过，它与观念史研究之间可以有某种交叉，因为那些"关键词""具有观念史意义"，观念史的研究自然绕不过这些关键词。《为政》5篇，加上"自序"，各有其关键词，也都是从概念释义开始的，但我还是要说，这不是关键词或概念史研究，而是观念史研究。这种区别，放在与思想史的比较中显得更清楚。三者之中，思想史最泛，观念史居中，关键词或概念史最狭。思想需要观念赋形,观念可以透过字词和概念来认识,同时又不以后者为限。更多说明,可参阅本书"自序",此处不赘。

第三问:您以"为政""致治"统摄"天下""为公""民本""家国""礼法"等观念,怎么看待这些观念之间的关系?

梁治平:简单地说,古人以"治""大治"为人世间的理想境地,"为政"则是"致治"的手段。"天下"即为人世间(其中一义),是"治"的对象,也是"治"得以展示和实现的场域。"天下"也是"家国"的延展,"礼法"则是"家国""天下"的秩序架构。"天下"亦指政权,"为公"则是其根本属性。因此,"为政"之道,以民为本,以公为先。用今人的话说,"民本"说是传统的政治理论,"为公"论则是政治正当性的基本原则。"天下"所指,是古代的国家与世界,"礼法"则是古代公私制度的经纬。

自然,这是一个简略至极的说明,远不足以展示这些观念之间的丰富联系。因为,这些都是中国文化中的基本观念,我称之为大观念,它们在传统中国的思想世界中具有特殊的重要性,能够表征民族的精神特征,具有极为丰富的内涵,通常表现为概念群,并与其他重要观念互相连接,构成有紧密联系的意义之网。比如,"天下"之"天","民本"之"民","为公"之"公",以及"礼""法""家"诸单字,都是具有核心意义的概念,彼此间的关联极为密切,可以从多个角度和层面加以论述。不用说,中国文化中与之相关的字、词、概念、观念还有很多,它们彼此关联,交叉缠绕,构成一种立体而多面的观念世界(详参本书"自序")。着眼于这一点,本书择取5种观念以论"为政",并不具有标准意义。换言之,尽管本书所论基本内容或不容遗漏,"为政"却可以有不同写法,"为政"主题下的大观念也可以有不同组合。我希望读者以一种开放的和富于想象力的方式来阅读本书,这样,他们不但能透过本书的论述发现诸观念之间的丰富联系,而且能够在此基础上进一步扩展他们自己对于本书主题的理解。

第四问:当我们用"正当性"等现代学术语言理解古代思想时,如何把握度,才不至于被视为"以今日古",苛责或美化古人?

梁治平:这是个好问题,其核心可以表述为:理解如何可能?从哲学角度看,这是具有根本性的问题。之所以这么说,是因为它涉及真理(伽达默尔意义上)的发现,更涉及人的存在状况。谈到历史研究,这些年有一种很流行的说法,叫作"同情的理解",据说这才是进入历史的正确方法。然而,什么叫"同情"?"同情"是"理解"的前提条件吗?一般的理解,"同情"指的似乎主要是一种立场,那如果不是对于传统的温情,至少是一种对古人的友善态度。鉴于过去一百年历史虚无主义盛行的情形,提倡对古人的"同情",有助于消除今人的种种傲慢自大,于历史研究总是有益的吧。不过,因这种"同情"而生的"理解"是真正的理解吗?尚未达成"理解"的"同情"根据又何在?如果"理解"确实与"同情"有关,也许正确的表达应该是"理解的同情",即基于理解的同情。除非我们把"同情"理解为一种方法,即设身处地,如古人一般地感受和思考。然而,这几乎是一项不可能的使命,因为我们都是凡人,涉入历史时不可避免地带入属于所处时代的甚至只是个人的种种偏好。因此,要使"理解"成为可能,至少有两件事至关重要:一是研究者必须具有充分的反思能力,意识到自己的有限性；二是在此基础上能够有效调动和运用既有资源，与研究对象展开循环往复的对话，最终实现不同"视域"之间的融合。自然，这两条也是说来容易，实行起来甚难。它们涉及一系列理论、方法和程序，而且不可能一劳永逸，远不是"同情"二字所能概括。关于理解的问题，这里无法多谈，只列出以下几点：

首先，理解是一项普遍的事业，历史研究无疑是其中的一个部分。就此而言，历史研究者之间的差别，不过是自觉的有无和能力的高低而已。

其次，很早开始，我就把自己的研究视为解释性的，并试图对自己以往的研究做方法论上的总结和理论上的思考。早期的思考，可以参考拙文《法律的文化解释》（载拙编同名文集，三联书店，1994/1998年），较为晚近的事例，参考拙文《"事律"与"民法"之间：中国"民法史"研究再思考》（载《政法论坛》2017年第35卷）。

再次，具体到本书。一方面聚焦于古人用语中的古代观念，另一方面频频使用现代语汇，运用现代学术规范和方法，围绕这些观念展开论述。表面上看，这种日常学术实践平淡无奇，实际上内中暗流涌动，陷阱遍布，同时机会无限。而这正是现代学术背景下典型的解释学情景。本书开篇略论"为政"之义，或可当作一个小小的样本来看待。至于作者这一研究是否成功，说服力若何，那只能请读者自己去判断了。

第五问：《为政》五篇，"天下"篇居首，篇幅也大，有什么特别意义吗？

梁治平：本书5篇的排序，并没有非如此不可的逻辑。不过，置"天下"篇于诸篇之首,确实有以之统辖全书之意。

照前面有关本书诸观念的解说,"天下"恐怕是最能串联其他观念,因此也最具涵括性和基础性的大观念了。更重要的是,"天下"观联通(形)上(形)下,兼及内外,表露出古人关于宇宙、自然、人类以及世界、文明、秩序的想象,这种想象既是描述性的、知识性的,又是理想的和规定性的,不但被用来解释历史,也被用来认识和规范现实,进而塑造未来。具有这种性质的"天下"观,兼具知识体系与意识形态的双重性格。历史上,以中国为中心的东亚文明圈——当时的世界体系的建立,便是缘此而得以完成。然而,当世界大变局来临之际,同样的一套观念,又令其信奉者故步自封,自说自话,与现实相隔绝,从而一再错失历史机遇。作为一种观念、一种意识形态,其于文明兴衰影响之巨,恐怕无有出其右者。其中的消息,也特别值得今人回味、深思。

第六问:"礼法"是书中最长的一篇,这篇主要围绕礼、法在历史上的分与合展开,这中间可有规律可循?

梁治平:讲中国古代法政思想,言必称"礼""法",不但古人论述极多,今人研究也不少。本书注重于"礼""法"关系,并以这种关系的变化为线索展开,借此揭示出"礼""法"诸观念之性质、特点及细微含义等。以"礼""法"分合观察其历史,是本文所取的视角。从这里可以发现一个重大现象,那就是,二者的分合与文明演进之间有一种对应关系。

中国文明发展到今天,极粗略地说,经历了三个大的阶段,我称之为"文明三波"。第一波文明经历了夏、商、周三代,延续了两千年,可以被称为礼乐文明。第二波文明始于秦汉,延至明清,可以称之为礼法文明。民国建立,中国始进入文明的第三波,我们就处在这一波发展的初始阶段。

回顾这段历史,我们会发现,从第一波文明到第二波文明,以及,从第二波文明转向第三波文明,各有一次文明转型过程中的"断裂"。第一次"断裂"发生在春秋战国之际,古人的说法是"礼崩乐坏"。道术分裂,礼法分隔,就发生在这一时期。汉以后人重回古代传统,试图通过综合、平衡新旧文明要素,创造一种更具适应性的新秩序,于是就有了后来的儒法合流,礼法融合,有了建立在这种融合基础上的礼法秩序和文明。

文明转型的第二次"断裂"发生在清末民初,这次"断裂"与前一次"断裂"不但性质相同,规模接近,特征也近似。它们都是文明的整体性危机,波及心灵与身体、个人与社会、思想与制度等几乎所有方面,都涉及秩序的毁灭与重建、文明的死亡与再生这类根本问题,而且,都表现为文明内部各有机成分的疏离和分裂:礼与法的分离,国家与社会的分离,道德与法律的分离,制度与价值的分离等等。我们今天所遭遇的许多根本性问题都与此有关,需要放在这个大背景下才能够理解。

第七问:您在书的"序言"里说:"真正严肃的思想史研究,必定有助于我们深刻理解当下。"从上面关于"礼""法"分合的现象,我们可以得出什么样的教训?着眼于历史研究与当下的关系,您还有进一步的研究计划吗?

梁治平:如果着眼于文明的演进、秩序的建构,大概可以说,礼与法、国家与社会、道德与法律、制度与价值等各种文明要素,因天下崩解而分裂,缘秩序重建而融合。文明的再生、秩序的重建,必定是一个再续传统、综合诸端、求取中道的过程,一个包容万有、协和万象的"和"的过程。而文明转型能否成功,新的文明能否持久,就取决于它包容万有与协和万象的能力和程度。按"文明三波"的说法,我们仍处在第二次文明大转型的初始阶段,在这样的时刻,重温历史,或可为我们理解中国当下的情境提供一个至关重要的内在参照。

思想史研究与当下的关系,自然是一个重大且复杂的问题。我相信严肃的思想史研究有助于人们更深刻地理解当下,是因为我们的阅读足以证明这一点,也是因为我们明白其中的道理,还是因为我们在自己的研究里面也不难体认这一点。用心的读者在阅读本书的过程中,或者心有所动,若有所思,应该是很自然的。因为,我是带着我们时代的问题进入历史的,更重要的是,即使出现了我们目为"断裂"的改变,历史仍以它的方式在延续。

最后,跟本书有关的研究,就如我在"自序"结尾处提到的,其实已经完成了大半。这项研究可视为本书的副产品,确切地说是本书的"跋",这篇题为《众声喧哗,"天下"归来》的文字最终没有收入本书,一是因为其篇幅过大,二是因为它本身可以独立成篇。这篇文章会成为我下一本小书的基础。

> 本文系拙著《为政:古代中国的致治理念》(生活·读书·新知三联书店 2020 年版)出版后应《三联学术通讯》之约而作。文中七问主要依据中南财经政法大学法学院陈子远教授所拟问题增删修改而成。仅此说明,并对子远教授的虚心相问表示感谢。

后　记

收录在这里的,是我自20世纪80年代以来写的与书有关的各类文字。这些文字主要由两部分构成,一部分此前收录在其他集子里,而这些书已不再印行,里面的文章也都拆散,按文类分别编入包括本书在内的其他各书。另一部分多成于最近十年,其中不乏研讨会发言的记录整理稿,这部分文字是首次结集出版。书中所有文章均注明出处,少数出处不详的,则注明写作或刊出的大概年份。

诚然,本书并不是我以往所写谈书文字的全部。我早前的著作,如《法辨》《法律后面的故事》《高研院的四季》等,所收谈书的篇什不在少数。为保持这些尚在印行之书的完整性,同时也避免重复,那里的文章概不收入本书。本书"序与跋"部分选录自序几篇,也是出于类似的考虑。《书斋与社会之间》《在边缘处思考》《法治十年观察》三书,俱已拆散,不再印行,姑录其序,以存史迹。《梁治平自选集》原分两卷:《法律史的视界》和《法律何为》。这两种书,连同原来的书名,仍得保留,但在重新整理之后,已不再被当作自选集,故存其序,以记其事。至于"《寻求自然秩序中的和谐》台版前言",对于大陆读者而言,应该算是新的篇目,所以也收录于此。

　　读者很容易发现,本书除了谈书,也论人,这种情形,并不限于"书与人"的那个部分。盖因所谈之书,无非人的作品,所论之人,也都是著者。读书与阅人,本为一事。因书而见人,知人而论书,皆出于自然。而我所以能"结识"书中论及的人物,也无不是缘于读书。书籍进入我的生命,成全我的人生,书籍为我展现了一个广大而丰富的世界,帮助我认识古今人物,让我领略他们的思想,认识他们的风貌,亲近他们的世界,甚至得享他们的友情,在他们的陪伴下展开自己的人生。这是书的故事,也是人的故事,故名《书与人》。

梁治平

2021年端午写于之江月轮山